程乃珊 /著

程乃珊散文

上海素描

SHANGHAI SUMIAO

学林出版社
www.xuelinpress.com

目录

娜拉的出走与回归

方言和普通话

上海西餐和上海小吃

阅读的灵与肉

序一　我们生来都是旅人

曹可凡

严尔纯先生从爱妻程乃珊遗物中找到一本题有我上款的《上海素描》，落款时间为“2011.8.15”。乃珊的“马大哈”远近闻名。除写作外，乃珊凡事大大咧咧，此书想必她写完后随便一放，便遗忘了。睹物思人，往事历历在目……

印象中，与程乃珊见面，大都是在餐桌旁或派对上。有乃珊的聚会大抵不会冷清，大声的话语和爽朗的笑声总是盈满屋舍。尤其边啜几口红酒，夹几筷小菜，边听她讲海上旧闻，是再惬意不过的事了。记得有次聊起“天鹅阁”的“鸡丝焗面”和“凯司令”的“栗子蛋糕”，她的谈兴忽然被激发出来，声调也高了许多：“‘鸡丝焗面’表面烤得金黄，内里却散发浓浓的芝士味，吃完之后齿颊留香，若再配上一碗蘑菇汤及一客冰淇淋，简直赛过活神仙；而‘凯司令’的‘栗子蛋糕’更是神奇，蛋糕以栗子泥堆成，外形呈球盖形，然后用鲜奶油裱出各色花纹，中间再放一颗艳红樱桃，极具海派风味。”平心而论，这两款食物均吃过不止一次，感觉不过尔尔，但经乃珊一品评，似乎陡然变成人间珍馐。

乃珊出身名门，祖父是知名银行家，丈夫严尔纯先生外公则是鼎鼎大名“绿屋”主人。因此，她待人接物讲究格调、品位，追求高雅精神气质。在她看来，格调与名牌无关，只要穿着得体，一件普普通通的衣服，照样显现主人的腔调。忘了哪一年去她家“嘎讪胡”，我那皱巴巴的风衣居然引起她的注意。后来她在一篇散文中有过专门描述："一身旧塌塌的米黄色风衣，颈上随便搭着一条颜色黯淡的（那种颜色新的看上去也像旧的）羊毛围巾，配一口略带苏州口音的老派上海话，貌似十分30年代，但谈吐思维却是摩登的。须知这些老牌风衣就是必须要穿得旧塌塌、风尘仆仆、漫不经心，才显出气派，很有《北非谍影》中亨弗莱·鲍嘉的神韵。只有那些盲目的名牌追求者，不惜花几个月工资，求得一件英国名牌风衣，小心翼翼地赤刮辣新地上身，连褶皱都不敢起，那才寿头寿脑……"

虽然家境优渥，从小过惯钟鸣鼎食般生活，但乃珊身上毫无颐指气使的大小姐娇蛮个性；相反，倒是乐观开朗，古道热肠。朋友间有什么事找她，她从来就是有求必应。2011年拍摄电影《金陵十三钗》，导演张艺谋提议，戏中我饰演的"孟先生"和女儿"书娟"那段对话，可否改用上海话，当然，还必须是老派上海话。于是，"程乃珊"这三个字立刻跳入我的大脑"内存"。乃珊及尔纯先生果然满口答应，不辞辛劳，逐字逐句修改。譬如：原剧本"孟先生"有句台词"书娟，爸爸一定会想办法把你救出来"。乃珊说，老上海人一般称"爸爸"为"爹爹"，对女儿也很少直呼其名，总是以"阿囡"代替，以示亲昵。因此，那句词便改为"阿囡，爹爹一定会想办法拿侬救出来"。同时，她还提醒哪些字必须要念尖团音，语气、语调也要有那个时代的韵味。拍摄时，导演专门请了位“老克勒”到现场“监督”。一场戏下来，我和“女儿”以上海话你来我往，时代感瞬间弥漫整个摄影棚，连见惯世面的“老克勒”也不禁跷起了大拇指。导演自然大为满意，并特意请我代为向乃珊致意。原本还想请她参加电影上海首映式，不料那年 12 月，乃珊被查出罹患白血病，从此谢绝一切公众活动。

2012 年春节，经数月化疗及靶相药物治疗，乃珊病情一度得到控制。在阴阳界游走一圈后，她不仅没有消沉，反而愈加变得乐观，写作欲也十分强烈。于是，我试探着问她是否愿意为我的新书《不深不浅》写几句话，而且一再强调必须在健康状况允许范围之内。但乃珊毫无迟疑：“呒没关系，我来写，解解厌气也好。”仅仅一个月，乃珊便交出了这篇“作业”。当时只期待她写个二三百字，她却一口气写了千余字，还一再自谦“写得太长，废话太多”。她在文章中说我“属于老派的（traditional），但绝不老式（out）。他属海派的，但自有一道坚定不移的底线。这恰巧就是上海先生的特点。百年风云，云舒云卷，上海的城市文化不是一天打造出来的。为了生存，上海男人在时代的洪流里沉浮颠簸，渐渐打磨出一套顺应大都会游戏规则的应变能力……棱角虽已被生活打磨得溜光滴滑，不露锋芒，不张扬，却认认真真处理生活中的每一个细节……”文章表面上看似说我，实则却是她对海派文化的深度思考。大概过了半年多，我拿着新出版的《不深不浅》再次登门探视，却发现乃珊略显落形，状态也大不如前。原来药物已无法遏制癌细胞的恶性繁殖，而骨髓移植也因超过年限而无法施行，前景暗淡。尔纯先生告知，乃珊对自己病情了如指掌，虽也有片刻情绪失控，但很快镇定下来，靠煮字作为心理支柱，陆陆续续写了十多万字的文稿。那时，对乃珊而言，书房乃是战场，是其生命的维系。她每日躲进狭小的书房，奋笔疾书，拼尽最后一点气力，说尽留存于大脑中有关老上海的悲欢离合。当生命之舟慢慢驶向终点，乃珊终于无力执笔，但丈夫仍一如既往将书房的灯开得亮亮的。起先，乃珊从卧房走到客厅途中还会往里张望。后来，她嘱咐不要再开灯了，因为有书房而无法写作对她来说，实在太过残酷。即便如此，她又忍着病痛，以口述方式留下若干篇万字以上长文。我知道，她是想和时间赛跑，以优雅的姿态跑完人生这最后一圈！因为她说过："人生的起点和终点，我们都需要天使守护在侧。特别当生命缓缓降下帷幕之时，更需要仪式化的庄严之美。那不是迷信，是一份诚与敬，是生命的一个饱满润濡的句号。"

"我们生来都是旅人……不顾途中的危险、艰苦……虽然有时忍受不了，但有爱从四面八方伸过手来。让我们学会响应不倦的爱情的召唤，不陷入迷惘，不让惨烈的压迫用锁链将我们束缚！"张培往生后，乃珊以泰戈尔的这段话为挚友送行。芸芸众生如我们者，其实何尝不是匆匆而行的旅人，如若在有限的人生旅途中看到无限精彩的风景，便不枉此生。从这个意义上讲，乃珊的生命虽然短暂，却也是华彩的乐意。

这篇小文，不知何故，写写停停，前后竟花费整整一年时光，直至今日才得以完稿，算是放下一桩心事。身处彼岸的乃珊读了此文，不知是否会拈花一笑？

（选自《远去的声音》）

序二　永远的星辰

简　平

时间走得太快，程乃珊老师离开我们已经四年了。

可这四年来，我从未停止过对程老师的怀念，我经常想起我们在一起时的那些时光，而这所有的时光都与文学相关，这就使得这份怀念有了一种特殊的质感。我自己都很惊讶，我与程老师的第一次和最后一次见面都记忆犹新，仿佛刚刚结束，每一个细节都非常清晰，一点模糊都没有，真正是深沉的刻铸而非仅仅是浅表的记得。

1982 年早春，我第一次去愚园路见程老师，是为了向她求教文学，那时她已蜚声文坛，而我则刚刚开始练笔。那一天，程老师跟我说，能与文学结缘是人一辈子中最幸运的事情。我记住了，我希望自己能像程老师那样，让自己的人生与文学维系。程老师帮我达成了这个心愿，在她的推荐下，我得以发表了第一部文学作品。

2012 年初夏，我去富民路见程老师，这是我最后一次见到她。那时候，我们两人都在癌症治疗期间，可是我们谈的依然是文学，程老师告诉我她的创作计划，她说她脑子里的上海故事写也写不完，她还嘱咐我说，你也要多写点。我记住了，我想我要向程老师学习，因为她是在用自己的生命坚守文学，用始终不渝的真诚和热情，用强烈的使命感和责任感描述百年上海。

这样一份与文学交织的怀念，让我因此也就时常重读程老师的作品。那样的时刻，我发现程老师从来没有离去，她以她的文字与我们同在。不是所有的作家都能在无限的时间和空间里永不淹没的，能够不朽，惟因公认的经典的作品，任由时间流逝，空间转换，却永不泯灭。而程老师留下的文字，至今还是那样鲜活，那样深邃，那样难以超越。

我读过好多次《上海探戈》《上海街情话》和《上海素描》，这都是程老师杰出的著作。我第一次读《上海探戈》时，还曾写过一篇书评，我认为在中国这个舞池里，大概只有上海这座城市才能跳出探戈的韵味；而用文字来捕捉、描绘并解读这样的韵味，程老师可谓顶尖高手。同样，《上海街情话》和《上海素描》也是萦绕着独特的探戈旋律的。能领悟“上海探戈”神韵的作家，需要有相当的积淀，而这种积淀不是刻意而为的，而是不由自主的。从某种意义上说，我觉得“老克勒”和“小市民”是构成上海最为生动的探戈舞步的两个层面，他们的追求和奋斗，他们的生存和流变，足以阐释一部上海史。在我看来，上海是一座典型的让有梦想的普通人涌动并力争上游，且可从中脱颖而出，变“流民”为“绅士”“淑女”的城市。看尽百年上海沧桑，真正精彩的正是这两个层面的生活。而程老师恰恰得天独厚地融入了其中。

程老师是“老克勒”的后代，我曾在静安寺附近她家花园洋房里悠悠转着的老式台扇中，感受到弥散开来的优雅的氛围，所以，她可以直达家族最为深刻的“内心”，真切地触摸着“老克勒”们每一根精细的神经。程老师又是一位长年在“下只角”的学校里教书的先生，她还没成为专业作家时，我曾去她任教的中学看她，那所学校在惠民路上，逼仄、潮湿，校门前有几只开了盖的马桶，那是对面弄堂里的住家洗刷完后拎出来晒太阳的。程老师每天在静安寺和惠民路间往返，就像穿越两个截然不同的部落。这段生活让她真实地走进了小市民阶层，并且对他们的喜怒哀乐有了深切的洞察和理解。因而我一直认为，程老师上海题材写作的不可替代性，正是在于她将笔触深入于“老克勒”和“小市民”这一上海滩最为出彩的两个层面的生活流中，而这也是她上海题材写作的认识价值和意义所在。

让我备感欣慰的是，程老师的这些作品始终在读者中不断地流传，我想，这是程老师赋予文学的永恒的生命，她自己也在这样的文学生命中永存。这次，学林出版社再次推出程老师的《上海探戈》《上海街情话》和《上海素描》三部著作，可见她的作品仍然为时代所需，为读者珍爱，我想象着众多的读者会与我一样，读着程老师的这些作品，像她在《上海探戈》中所说的：“嗅到来自一个全新世界的甘美清新的气息，这种感觉会一寸寸地伸展。”程老师的写作是富有理想和情怀的，她娓娓道来的所有的上海传奇，不只是追怀逝去的过往，还着眼于历史的链接和文化的传承，她希冀通过自己的作品，让读者都浸润于上海独特而丰厚的文化之中，并将包容并蓄、海纳百川、积极向上、努力进取的海派精神发扬光大。

在这个清朗的夜晚，我为程老师的杰作写下这篇序，说实话，我是诚惶诚恐的，作为她的学生，我知道自己远远不及她的文学成就，因而我甚至都没有这样的资格，不过，我真的很愿意做这件事情，这让我可以再一次重温她的作品，再一次向她表达我的怀念和敬意，再一次仰望夜空，在浩渺的星海中找到属于她的那颗永远不落的星辰。这颗星辰一直照耀在我们的头上，并引领我们探索更好的世界、更好的未来、更好的自己和更好的生活。

2017 年 5 月

JIAZU ZHISHU CHANGLü

家族之树常绿

家族之树常绿

四世同堂是中国传统最令人羡慕的一种最高境界的生活方式，意寓长寿、和谐、富足和团圆，尽管内里肯定有这样或那样的矛盾，但分家始终被视为家道败落之兆，所谓“树倒猢狲散”！反过来讲，在社会福利保障远不如现代的传统中国社会，这种“饭勺在一起吃”的大家庭式生活方式，对突发性灾难或家庭重大经济变故，有相当抗衡力。笔者经历过四世同堂的大家庭生活，随着 20 世纪 60 年代太祖母高寿去世，特别 1966 年“文革”受“黑串联”等莫须有罪名的威胁而彻底解体。开放后各房陆续移民海外，要再同堂聚合谈何容易！期间风风雨雨七八十年，家族之树在各地开枝散叶，回忆其中细节逸事颇有传奇性，竟也可以是一部新版《红楼梦》。

一

我们程家原籍为安徽休宁人，为避太平天国迁至浙江省嘉兴府桐乡县梧桐镇落籍，从此我们就成为桐乡人。中国传统，五代为一服，程家宗谱排行为“汝”“树”“传”“家”“宝”；此为循环沿用，今时尚话为“滚动运作”，以示程氏支脉生生不息之意。旧时老家桐乡程氏祠堂有家谱定期修续，最后一次修续为 1946 年抗战胜利后修续“家”字辈，所以我哥程家濂（1944 年生）正好轧进去，解放后至今就再也没有修续过，不知这份家谱还在吗？家谱其实是最客观、最原始的社会档案！从前有一句话："只要凭着国际歌的旋律，就能在世界每个角落找到同志。"这话今天当然值得商榷，但是我绝对相信，只要凭着家谱中名字的宗辈排行，再配上籍贯，全球任何一个华人都可以找到自己的根。

太祖父程汝盛，字震权，在杭州张公馆（前清山东巡抚）做账房先生，后又在张家女婿、北洋政府总理孙宝琦（他的孙女就是张爱玲的后母）家做账房先生，并在乡间开爿小小的蚕种栈"久盛号"，太祖母就在乡间养蚕种桑，辛勤劳作。太公早在我出生前已去世，照片上的太公一脸严肃、不苟言笑，一看就是凡事一点一划的，想来绝不会做假账。由他立下的节俭、用功、谦和、孝顺、互助的家规一直被小辈记住，可以讲是程家家风。从前老上海说的"好人家"，其实并非指家财身价，而是指家风家规。

太公先后育有十一个子女，但最后长大成人的只三子一女，即大伯祖树棠（字不详）、二伯祖树榛（字慕颐）和祖父树槦（字慕灏），姑婆慕英。大伯祖树棠英年早逝，祖父常告诫我们：要永远记住大伯祖对我们家做出的牺牲。早年太祖父财力单薄，为帮助家计，大伯祖（树棠公）早早辍学去南浔启泰酱油店学生意，后任职大掌柜。大伯祖母则留在桐乡与太祖母一起种桑养蚕，正如茅盾在《春蚕》中所

2008年笔者与丈夫的叔婶、哥哥及堂弟一起回老家桐乡上祖坟。

1930年，杭州孩儿巷新宅落成，中坐者为太祖父和太祖母。

述。婆媳俩形同母女，起早摸黑，她们孵养的蚕种名驰桐乡梧桐镇，一时有“久盛号蚕种为最好”之说。古语长嫂如母，祖父与二伯祖对这位嫂嫂是一世尊敬。祖父常说，他少小时脑后拖的辫子（时属晚清）都是慈爱的大嫂为他梳编的。祖父和伯祖是一辈子记住大哥的恩的。后来家境好转后，祖父和二伯祖及太祖父合资在杭州孩儿巷建造中西结合的三层洋房一幢（几年前才被拆迁，原址已建起省医院）。为答谢大伯祖对全家的牺牲，这幢房子一直由大伯祖及其后代居住至动迁拆除。就此大伯祖家的支脉就在杭州开枝散叶，故而，我们与其后代也疏离了。

二伯祖慕颐公自小聪颖好学，杭州中学毕业后，考入官费留日东京帝国大学医学专业名额，此时祖父正在浙江省簿记学校就读，成绩优异。两个儿子学业如此优秀，太祖父喜忧参半，坦白表示无力同时培养两个儿子，祖父即自愿退学一心成全兄长深造。为此，二伯祖领了兄弟一辈子的情。祖父辍学后，太祖父请东家孙宝琦作保，介绍入中国银行。一生为账房先生的太祖父在民国初年已看到老式银号钱庄将近式微，而新兴的由孙中山亲自批示的中国银行必定大有作为，不得不钦佩他的远见和时代感。就这样，年方 15 岁的祖父在太祖父的陪同下，来到上海汉口路 50 号中国银行（该建筑现在为一家西餐厅）。或者因为持有孙宝琦这样大有来头的保书，中国银行行长丁道津亲自对祖父面试，并当场同意入行任练习生，且办理了寄宿手续。此时太公从怀里掏出 40 块银元给祖父作应急用，在当时这也算一笔钱了，太祖父嘱祖父好好学生意，非到万不得已，不要动用这笔钱。

就这样，祖父为我们程氏家族在上海的衍生打下第一块基石，从此在中国银行服务了 70 年，成为中国银行有史以来服务资历最长的一位员工，也是中国银行有史以来唯一的一位既未受过高等教育也未留过洋的高层管理。祖父 29 岁已为中国银行副经理，是中国银行有史以来最年轻的一位经理，也是中国银行有史以来唯一一位先后服务于新旧中国银行的高层管理。祖父生前为全国政协委员、中国银行总行常务董事、香港中国银行副行长（正行长为北京委派）。

二伯祖慕颐公不负众望，在东京帝国大学苦读直至获博士学位。经由同班同学、严复之子严智种关照，回国不久便出任国民政府卫生局副局长。不久终因文人不惯官场游戏规则而请辞，宁做个体户开设“程慕颐博士医药化验所”，此为沪上规模最大的首家由华人开设的化验所。业务蒸蒸日上，不久即在富民路、静安寺路岳阳路等开设多家分所。二伯祖富经营头脑，一有积余即购置物业，但个人生活除喜收藏车料玻璃器皿外，十分省俭。

我们的上一代就是这样恪守诺言、互谦互让、奋发努力。在农业社会，大家庭生活某种程度体现了同舟共济的精神。人说和气生财，

1966年4月，周总理接见祖父。

祖父的三个孙子，笔者哥哥（右一）和两个堂弟（摄于"文革"中）。

大家庭只要上下团结，一定会代代昌盛、枝叶繁衍。

从此犹如《红楼梦》中的荣国府与宁国府。程慕颐、程慕灏兄弟在上海滩上层圈子名气蜚然。都说太祖父母福星高照，膝下两个儿子如此兴隆发达。信不信由你！当年太祖父在杭州张公馆做账房先生时，两位年幼的祖父兄弟俩时会趁暑假时去张公馆小住，当然是住在下房里。祖父回忆，张公馆内楼台亭阁，小桥流水，是十分漂亮的园林，解放后做过杭州市粮食局。张公馆内另一位账房先生会算命，那天，与太祖父闲聊，看到太祖父的两个儿子活泼伶俐，就开玩笑地说帮他们看相算命。岂知看完后马上起身，连连向太祖父作揖："震权先生，你两个儿子不得了，长子是富命，将来新房子一幢一幢造得你来不及住，小儿子（我祖父）是贵命，做官一直要做到80岁。"不理此是巧合还是什么，两位伯祖确实是我家的创业人。

二

祖父虽然持有孙宝琦的介绍信，但入行后并无任何特殊化，一切从基层做起：从扫地抹桌招呼大师兄茶水到点钞票包银元译电报等。祖父犹记得为练习辨别真伪银元，隆冬季节在天井里就着一只水缸逐个敲击银元，水缸结起厚厚的冰，祖父双手生满冻疮。祖父还有一

祖父程慕灏在香港中国银行主持会议

个习惯，站着吃饭，这个习惯直到他中年以后才完全改正过来。皆因他在做练习生时已养成眼观四方，随时准备应差办事，故而连吃饭也是处于待命状态，站着吃饭，方便随时放下碗筷张罗琐事，即使后来升任银行高层，在家里吃饭时也常有电话或行里信差送紧急文件批示。久而久之，站着吃饭就成习惯了，一下子还真改不了！

我们家广为流传一个 40 块银元的故事：话说当时太祖父送祖父到中行学生意时，从怀里掏出 40 块银元给他防身，三年后祖父练习生满师回乡省亲，拜见太祖父母和大哥大嫂时，40 块银元一个不少如数归还，再另掏出他省吃俭用攒下的 40 块银元（练习生一月包吃包住只得 3 块银元生活费，还要剔除剃头洗澡及去夜校补习英语的学费）给太祖母作家用。

这 40 块银元的故事并未就此终结。1991 年，祖父以 93 岁高龄去世，在整理他的遗物时，发现三方刻着他三个孙子（即笔者哥哥及叔叔的两个儿子）名字的图章。原来，祖父一早已为三个孙子准备好三份教育基金，他是希望三个孙子经他一臂之助留洋深造，可惜因时局不佳，无法实现。说来遗憾，祖父年轻时家境贫寒，将出洋深造机会让给哥哥，到他有能力可以培养自己子女留洋，却正值“二战”，全球一片战火；1949 年后，国门关闭！直到 1972 年尼克松访华，中美关系突飞猛进，祖父才看到曙光。事实上，早在 1976 年，“四人帮”

一被粉碎，在祖父的支持下，我父母亲已为我时在雁北的哥哥办好到华盛顿大学留学手续。哥哥却放不下自己的事业和家庭，决定放弃出国，颇有点谢晋电影《牧马人》的味道。直到1991年，哥哥的儿子以优异成绩考上康奈尔大学，祖父已去世了！虽然他没有看到曾孙拿到康奈尔金融专业硕士，但我侄子记住太公的40块银元的故事，他出国时家里同样给了他一笔五位数的美金，供他防身，但他从本科直到读硕士整个求学过程中靠奖学金和打工，这笔钱原封未动。今天他已成为世界500强某企业亚太区业务拓展总监。经过将近80年的风雨历程，我的侄子总算接过了他曾祖父的班。

三

中国传统，对父母的赡养义务首先为长子，长子不在便是二子，以此类推。20世纪30年代初程家家道渐佳，在杭州孩儿巷造了三层洋房，太祖父母就从桐乡迁至杭州，与大伯祖同住。大伯祖去世后，二伯祖慕颐公就将太祖父母接到上海，此时二伯祖在今新闸路1048号，已造好带二百多平方米花园的新住宅（该宅已于2004年拆除，现址为高档住宅远中风华），一直赡养到两老寿终。

祖父老宅在福煦路（今延安中路）931号一德式花园洋房（造延

笔者祖父祖母摄于 20 世纪 30 年代

安路高架时拆除，现为我家所在的南西街道政府机关），姑婆就住在贴邻的四明邨，两处都离新闸路1048号仅一箭之遥，三兄妹就像卫星绕着太阳一样紧紧围着我们的太祖父母。

那时每逢周末及节假日，祖父和姑婆都会携全家去新闸路1048号团聚，我家的四世同堂是分居不分家。不分家是因为，太祖父本无什么财产可分。

但凡四世同堂之家，必有位精神领袖，通常是家中年资最长之辈，住的房间必是全楼朝向最好的一间，家中一应起居饮食活动都以他们为中心，哪怕已不再管家退居二线，他或她仍享有绝对的至高无上的地位。中国历代文学作品，从《红楼梦》到《家》《春》《秋》我们见识了太多“老太爷”和“老太太”，总觉得，当这位权威人物是老太爷时，家中风气多半为严谨封闭、压抑的（如高老太爷）；而如若是位老太太，那就要活泼温馨得多，如《红楼梦》中的贾母，整日与众孙儿女一起看戏嬉笑……

我家的精神领袖当然是太祖母邵氏，享年96岁，当时我已经十三四岁，故而对她印象尤深。由于子孙太多，她对我们第四代谁是哪房的孩子已经搞不大清楚，需要旁人在边上提点。太祖母的房间是二楼朝南外加一只大阳台的全楼最好房间，内里全堂红木家具，收拾得一尘不染。太祖母不喜欢坐沙发，常年坐一把高背藤椅，看到我们小辈去，她总会开锁从大橱里拿出各种吃食：白糖杨梅、油枣、橘红糕、松仁粽子糖分给我们吃，然后又一一归还原处上锁。她腋下永远吊着一串钥匙，就只是她房里的那些箱柜，可能这是她心理上对当年当家人地位的依恋。太祖母辛勤劳动一世，到晚年仍力所能及地坚持为人民服务：剥毛豆、拣豆芽、折锡箔……实在没事干，就将草纸整整齐齐地一裁三（当时用的都是黄草纸），并仔细将草纸上的粗糙经络拉扯掉，再将它搓得柔软，然后再一份份整整齐齐地放在各层的洗手间里供使用。贴邻太祖母卧室的一大间是全家饭厅兼起坐间，就是为了让老祖宗热闹又不用上上下下爬楼梯（一般上海人家饭厅和客厅都设在底层），闲时一家四代都挤在那里聊天。太祖母因年事已高，吃饭时像小孩子一样米粒常会掉落在桌上和地上，她都要逐一捡起放在嘴里，不听众人劝阻。所以我们从小就习惯将碗里的饭粒全部吃干净，根本不敢“剩饭碗头”（意为把剩饭留下倒掉）。

二楼老祖宗专用的卫生间很奇特——没有浴缸。其实新房子造好时是有的，无奈老太太一看见就发脾气：“像个白棺材，看着就触气！”二伯祖慌忙将浴缸给拆掉，可见其对母亲的百依百顺。仗着和和睦睦、互携互助，四世同堂大家庭熬过敌伪时期。1949 年，我们程家又面临一次考验。

解放前夕，二伯祖可能自忖一世清白，且在祖父鼓动下多次为解放区捐造西药，为老区来上海治病的领导（传说是陈赓将军，曾经在我祖父的福煦路931号老宅养过病）联系医院治病，因此他是坚决不离开上海的。

祖父毕竟因常年从事金融，所谓财政，与政治总是有千丝万缕联系。祖父与国民政府高层宋子文、孔祥熙等关系密切。

当时国民政府应诺为中行高层提供邮轮去台湾，言下之意，家中一应财物甚至猫猫狗狗都可以带上，中行高层张嘉璈（徐志摩的前妻舅）、元老宋汉章、贝祖诒（贝聿铭之父）都携家眷走了。祖父考虑再三，还是婉拒了当局的“去台湾后原职原薪”的承诺，选择了留在上海与中行全体员工共进退，并接受地下党劝说积极参加护行卫行工作，迎接中国银行的新生。

做银行的习惯保本意识特强。祖父最后决定让长子（我父）携全家去香港，打头阵先留好一条后路。自己则铁了心留下来。

我们的两位祖父，就是这样在历史转折关键时刻，明大义，为我们这个四世同堂的旧家族，新开了一扇窗。

从此直到“四人帮”上台，在党的统战政策温暖中，我们程家虽不至“马照跑，舞照跳”，却也如当年溥仪在北京紫禁城中保留一个小朝廷样。那时全上海的资本家和高级知识分子、民主人士，都过着舒适优渥的生活。二伯祖由衷地说过：“我们这种人，要在苏联十月

20 世纪 50 年代香港家中，父亲和我的两位姑姑。

革命时，早被枪毙了。现在人民政府，没有绑架没有强盗抢，政府定期发放定息，不用天天操心生意经，笃定泰山过日脚！”

不过，这毕竟是一场推翻旧时代的革命，二位祖父兄弟情深，互携互助走了过来。

上海解放不久，祖父办理好与人民政府的移交手续，南下香港，出任香港中国银行经理。

此时祖父上海福煦路老宅被政府征为国家机关所用，祖父的老窝没有了，二伯祖二话不说，腾出花园北端新造的一幢四层公寓楼给祖父在上海安个家，留个老窝。祖父则坚持亲兄弟明算账，一定要付房租。二伯祖拗不过，象征性收点房租以让祖父安心，岂知竟埋下大祸。20 世纪 60 年代初有关部门以“私自出租物业却瞒报为自住”之罪将全楼没收，这令二伯祖打击很大，祖父终生为之抱憾。二伯祖却从不出一声责怪之言。

说起二伯祖这幢公寓式新房子，其实也孕育着他自己的一个四世同堂之梦。二伯祖共有四子二女，这第二幢房子是他特地为四个儿子设计的。楼高四层，每个儿子一层，每层为品字型南北三间，钢窗蜡地，卫生间壁橱设施齐全。奇怪的是，整幢房子没有造一间厨房。这是因为，二伯祖想当然四个儿子不会分家，总是聚在老房子吃大锅饭，否则何为四世同堂？谁知他四个儿子只有一个留在上海，四层楼的房子空空荡荡，可见人生，根本无法预先设计，也无法代绘蓝图！

1957 年我父亲携全家从香港迁回上海，就在这幢四层公寓式房子里住过一段时间，同住的还有当时三个尚未出阁的姑姑。

那时我们还奉行吃大锅饭（早饭自理，午饭除小孩子外都在各自单位解决），最开心是晚餐时光，因为两幢房子相隔一个花园，所以每晚 7 点吃饭要打铃的，如不回家吃饭一定要先打电话回来告知，反正准时开饭，过时不候。四代人铺铺满满坐满两只圆台面，遇到星期天姑婆一家来还要加一桌圆台面。朝南打横一椅一几，就是太祖母的专座。1957 年，政府提倡穿花衣裳，我家的女眷们立时热诚响应，花花绿绿的旗袍点缀着圆台面，很有花团锦簇的味道；男眷们还是拘谨的，蓝布人民装一身，言语也不多，风头都被女眷们抢去。

大家庭几乎每个月都有人生日，有的一个月要有几个人生日，当家人二伯祖母都会一一记住老少无欺，公平对待。届时饭桌必有添菜并有长寿面吃，既改善了伙食，又讨了大家的开心，皆大欢喜。

人说十根手指有长短，大家庭中，谁也不甘做最短的手指。故而，大家庭的氛围一直充满竞争：男人比事业，女人比贤淑，小孩比功课，都是在暗下功夫。听起来似很让人吃力，但相比那种败家子当道的脱底棺材样只会吃老本的，我们的四世同堂大家庭充满进取和

20 世纪 60 年代程家合家欢，二排右一为笔者，左四为笔者母亲，三排右一为笔者哥哥，右四为笔者父亲。

活力。

尤记得每逢大考完毕假期开始之际，必是各房小孩学生手册大展示之时，也是笔者最难熬之时。我家苦读蔚然成风，最优秀的是上海“家”字辈中的长房长孙、我哥哥程家濂。哥哥之名为祖父所起，一个“濂”字意喻清廉正直。哥哥1944年出生，正是抗战激烈之年，此时祖父受总行高层之嘱，死守上海中国银行。上海已沦陷，成汪伪天下，却要守住中国银行与自身的清白，又要与日伪周旋，谈其何易！作为长房长孙，我哥哥的诞生无疑令祖父很欣慰，取“家濂”这个名，或者也是祖父对自身的一种勉励吧！哥哥百日，各界人士纷纷送礼致贺。祖父却考虑到国难当头，自己如若为得孙大办百日汤并会，影响不好。但收了人家的礼总该有一份表示吧。正好此时在富民路197号四行俱乐部前有块空地，行方正在为员工修造一个网球场，以供员工休闲消遣之用。祖父遂将礼金集中再私贴一些，捐助了这个网球场，直到20世纪90年代这个网球场还在使用。作为四世同堂大家庭的长房长孙，哥哥可以讲是楷模，且是唯一一名共青团员。1962年哥哥以优异成绩考入北京大学化学系——虽然祖父为知名银行家，但解放后经济金融专业无出路，哥哥无意继承祖父衣钵，选择更有前途的自然科学。关于哥哥，一个社会主义国家四世同堂的长房长孙，简直可以是又一部《牧马人》！改革开放后，哥哥始得

1948 年，哥哥和小姑姑。

祖父祖母与我

公平对待，从基层化肥厂厂长做起，直至山西大同市副市长。他一直牢记祖父对他的期望：清白廉正，在法制相对不如上海严谨的异乡洁身自好，是当地有口皆碑的“清官”。作为长房的父母亲，一直因我们兄妹俩而在大家庭中很自豪。

我的成绩单，是众人中最拿不出的，幸好我有我的闪光点——作文和英文。因此每逢展示学生手册之时，妈妈总像卖鱼搭葱姜一样，必带我的作文簿，还叫我当场朗诵一段英文，我的拿手是安徒生的《Little Match Girl》(《卖火柴的小女孩》)，作文簿上老师的褒奖和漂亮的评分，总算为父母挽回面子。

犹如今天的香港人，白天讲英语穿洋装，晚上回家喝王老吉凉茶煲老火汤，布置时尚的家中还供着神位。我的长辈们白天是毛主席的好学生，晚上是程家唯唯诺诺的灰孙子。每年过大年和端午中秋，家里都会祭祖。仪式就在老房子的底层，用以间隔餐厅和客厅的大拉门敞开，朝南座北墙上是一帧帧历代祖宗像，上海人称此为“尊”，还有已故的太祖父照片。香烟缭绕中我们的长辈们穿着蓝人民装一个个虔诚地排队向祖宗叩头，少不更事的我们有时忍不住会笑出来，即遭来长辈们一个严厉的眼色，从此再也没有人敢笑。

随着太祖母高龄去世，新房子不久又被查收，我们不得不迁出二伯祖的家，从而结束了那令我十分留恋的四代同堂生活。直到“文

1966 年 5 月合家聚会，没想到一个月后“文革”开始，世界大变，二排右一为笔者，右二为笔者妈妈。

革”前，每逢过年过节，我们还是要去新闸路1048号后宅相聚祭祖，直到“文革”开始，二伯祖家受冲击，两幢洋房只剩下一间亭子间。在当时特定的形势下为避嫌疑，互相才疏离了。而今两房长辈都已相继去世或移民国外，因都散居各地很难再现当年四世同堂的盛况，难得回沪探次亲团聚，拼拼凑凑的一只圆台面也坐不满！

其实，在我的女儿出世时，我的外公也已实现了四世同堂的心愿，只是因为外公只一子一女，儿子又远在美国，所以就算四世同堂，也坐不满一只圆台面！

四

上海滩呼风唤雨四世同堂之家的富二代之辈有的是，与之相比，我们程家算不上富贵人家，只是比辛苦创业的“汝”字辈和“树”字辈，我父亲叔伯的“传”字辈，相对算“富二代”。我父亲（程传照，但他一直用号程学樵）为祖父这房的长房长子。祖父共有二子（我父亲和我叔叔）六女，程家门风，女孩子要富养男孩子要苦养，因此程家从姑婆起就是姑奶奶的天下。或许因为男孩子要打天下，不能太娇养，父亲和叔叔回忆小时候穿的长衫是“三色冰淇淋”。因为小孩子易长个，因此长衫总做得特别长，为方便行动，就在中间折叠起来，到长个了，就放一截出来，如是一截一截的，因洗晒程度不同而颜色深浅不同，故称“三色冰淇淋”。祖父对儿子特别苛刻，是有切肤之感。早年曾祖父服务的杭州张公馆和孙宝琦的孙公馆，可谓富甲天下，但几个富二代一世不务正业，互相比着花钱，钱花完了就卖祖屋分家。到我祖父已为中国银行经理的时候，一天，张家来祖父写字间报丧：张家三少爷去世。祖父立时去吊丧慰问，发现此时张家三少爷一家蜗居在一幢普通的石库门房子里，家徒四壁，除了一房子的姨太太和小孩子，什么都没有。三少爷遗体盖着一床旧被子，原来连办丧事的钱都拿不出来。祖父念着当年张公馆对太祖父不薄，当即一拍胸脯表示：“三少爷的丧事我包了！”此时满屋人“唰”地一下向祖父下跪，这个场面令祖父震惊、感慨，终生难忘。这就是为什么祖父对仅有的两个儿子特别严厉。

作为富二代的爸爸和叔叔，唯一可以称为“富”的，就是上的都是好学校。父亲清心男子中学毕业，再入中法大学制药系毕业，后入德资拜耳药厂做工程师直到解放前夕赴港。回沪后听从分配在区业余大学教金属热处理直到退休。

说起择业，家庭影响力是极大的。程家“传”字辈男孩子，受搞生物化学的二伯祖程慕颐影响多过我的银行家祖父程慕灏，或者他们目睹祖父太辛苦太奔波，如二伯祖只靠几滴药水和几台显微镜就

祖父和两个儿子，左为笔者父亲程学樵，右为叔叔程诗英。

年纪轻轻的祖父已进入汽车阶层，女孩子们都是我的姑姑。

一幢幢新房造起来，故而几乎所有“传”字辈都选化学、生化、医药等专业。我叔程诗英是上海葡萄糖厂总工程师和副厂长，我堂叔伯都是清一色医生、上海医药研究所工程师、大学化学专业教授……而程家的姑奶奶们几乎清一色都为英语专业，还有是音乐、美术或如我写作。

祖父和二伯祖因工作需要，都有自备汽车，但所有“传”字辈的父辈们上下学都是一辆自行车，从来不敢沾父亲的光享受下私家车。父亲与叔叔唯一可以与自家自备车有肌肤之亲的例外是在家里客人散时，将几位长辈女客送回家！

祖父因子女众多，故而家中女佣也多，每个女佣负责照看一个或两个孩子。到我长大了这些女佣与我们家仍常有来往，逢祖父母从港回沪省亲，总会来看望老东家，我们小辈都以某某婆相称！祖父一早有话发下来：“孩子们长大一定要记住看顾自己的女佣。”徐金婆是照看我爸爸的，爸爸每月都给她赡养费直到她去世。其他几位长辈也如此。彩贞阿婆更是在我们程家终老。

因为党的统战和对民族资本家的赎卖政策，只要不乱讲话被戴上帽子，上海还是有个上层社会小圈子，可以享受高工资及比一般老百姓平均工资高几百倍的定息。从这个角度讲，笔者一代或也可属“富三代”，可以住宽敞的公寓或独幢花园洋房，天天早上一杯牛奶。

困难时期因市场有高价副食品（包括糖果西点和侨汇商品特殊）供应，仍长得雪白滚壮，仅此而已。在外面从来不敢狂妄自大，自觉高人一等。此外，就是家中堆积的唱片，老的英文《读者文摘》和《生活》画报，大人们言谈中许多有关家族之树庞杂却又涉及各领域的各种逸事细节……对我来讲，这倒是一笔价值连城的财富！

我们从小被告诫：上天让嘴巴生一只，而耳朵生两只，就是要让人多听少讲，以防祸从口出。在大人们感叹“房子越住越少，车子越乘越大”时，不忘告诫我们好好读书，唯有读到肚皮里的本事是抢不走夺不走的。

遗憾的是“文革”中，我的两个堂弟及表弟妹丧失学习机会。与之相比，二伯祖更惨！二伯祖几个儿子都是医药界专才专家，为事业都是迟婚，结果孩子全部轧进插队落户，没读上大学。好在大孙子自学成才，自办企业，其经商能力秉承了二伯祖的才智。

五

价值观冲突，时尚称代沟。上海虽有东方巴黎之称，但传统势力仍是十分强势，反映在大家庭中，四代之家成员时空跨越起码要有 80 年：如我的目不识丁的太祖母到习惯唱英文歌满口好莱坞电影的手持教会大学文凭的孙子辈，直至唱着“我们是共产主义接班人”长大的我们第四代，其审美与价值观肯定风马牛不相及，但在传统“孝”、“敬”、“和”之道的训教及统一在为“家门争光”的主训下，淡化了冲突，加强了和谐……跟上时代新步伐，始终是大家庭的主旋律。

反映在婚姻上，门当户对是绝对的铁规，几代人必须共同遵守的家规。今天看来，“门当户对”之说似十分迂腐老土，但不得不承认，这里面也折射了我们的老祖宗从生活实践中总结出的经验。正如贾府的焦大绝不会爱上林妹妹，我的财力平平的太祖父绝不会找张公馆的小姐做自己的媳妇。

太祖父的三个媳妇（包括我父亲的生母）都是普通农家出身。二伯祖留学前，由太祖父母为其娶妻，二伯祖母也是目不识丁，一世勤劳，一过门就与大伯祖母一起操持家务及桑园蚕房的劳动，妯娌之情同姊妹，晚年时还常回忆起年轻时一个在灶上烧柴，一个在炉膛吹火的情景。

我父亲的生母早逝，我的继祖母为新派的时尚新女性，但对两位“土气”长嫂一点不敢轻视，尊敬如长辈。

二伯祖母一世勤俭，虽然日后丈夫事业有成，财力鼎厚，她仍成日与佣人一起忙活，过不得半点少奶奶日子。四世同堂吃大锅饭，当家人是不易做的。二伯祖母是当家人，将一切摆布得有条不紊，她常年一身深色毛葛宽宽松松的旗袍，冬天压上一袭粗绒线披巾，腋下一串钥匙沉甸甸的，人未到就听见咣咣的钥匙声。

二伯祖潇洒倜傥，说真的，这段父母包办的婚姻太委屈他了，其实当时也是为了家中多一个劳动力。二伯祖体恤母亲太过辛劳，自己又要远渡重洋照顾不了家庭，才勉强应允了这门亲事。二伯祖学成归来，与他的一个袁姓女学生相互爱慕，人称袁小姐。袁小姐对二伯祖的事业帮助颇大。我没见过袁小姐，据说长得十分清秀，也是好人家的小姐，在旧社会能够读到医科大学的女学生一定家境不俗。二伯祖与袁小姐在富民路二伯祖又一幢物业里两人共筑爱巢，从此相伴相依数十年，直到二伯祖去世。令人唏嘘的是，她始终没有一个名份，人前人后还是被称为袁小姐，而且从来不进新闸路 1048 号的门，也没拜见过我们的太祖母，家里祭祖更轮不上她，也没有孩子。袁小姐晚境凄凉孤独，“文革”中受迫害自杀，倒是二伯祖母没事人一样潇潇洒洒活到九十几岁。

祖父向来尊重子女婚姻自由，他自言八个子女个个大学毕业，他心愿已了，其他一概不再严加管教。二位祖父从来讨厌用姻亲来巴结上层势力，子女个个受良好教育，其交往之友，必定也是有礼教之家。祖父虽从不强调门当户对但不意中结下的姻亲总会在同一层面上下。

“文革”开始，一切都打乱了，包括“门当户对”。我的一个堂姑姑长得清丽秀美，受过高等教育，择偶苛刻，追求者无数，她却一个也看不上，一直挑到三十多岁，这个岁数在20世纪60年代已属老姑娘了。“文革”中不知怎么搞的，嫁给了进驻她单位的一个没有文化的工宣队员。一开始大家就不看好这段婚姻，门不当户不对嘛，果然，这段不幸的婚姻完全改变了我姑姑的个性和外貌，毁了她一生！

“文革”这个特殊的年代，把一切都扭曲了，包括婚姻价值。我这一辈中离婚率颇高，我想，会不会因为违反了“门当户对”这个祖训！

六

按照“汝”“树”“传”“家”“宝”的宗谱，我的侄子应该为“宝”字辈，他生于1971年，在当时一片打倒声中，谁还敢提“宗谱”两字？再者，“宝”这个字做名字多少有点俗气，所以侄儿的名字就没有跟宗谱。因为哥哥北京大学毕业后被分配在雁北黄土高原，侄儿取名海晋，上海和山西之意。侄儿在上海没有户口，但他从8个月起，就在上海由我父母既当爷爷奶奶又当爸爸妈妈带大，父母常开玩笑称又多了个小儿子。

从老派角度讲，侄儿就是我家“龙的传人”！可惜此时我的祖父母常住香港，“文革”中一度不敢回沪探亲，四世不能同堂。好在我

“文革”中我哥哥与我的侄子

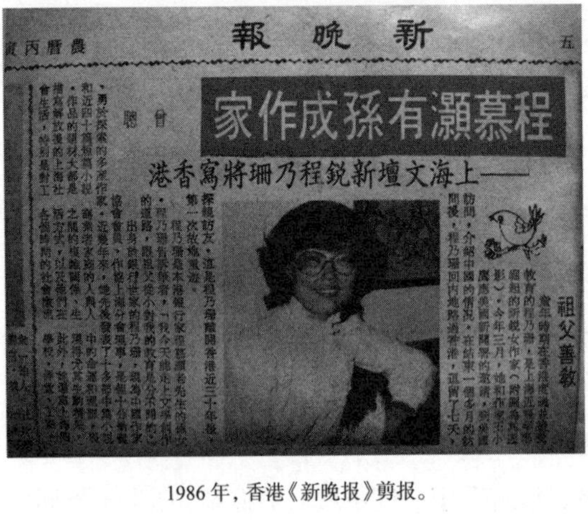

新晚報

農曆丙寅

五

程慕灝有孫成作家

——上海文壇新銳程乃珊將寫香港

曾聰

祖父善教

1986 年，香港《新晚报》剪报。

1977 年国家副主席叶剑英接见祖父。

们上海的大家庭对这个没有上海户口的祖父第一个第四代十分疼爱关心。从在上海借读小学到高中回雁北参加全国高考到最后出国深造，侄儿都在全家爱的关注中一一顺利解决。侄儿出国是读本科的，当时出国极少有读本科，大多为读硕士。财力之限外，英语不过关也是主要原因。侄儿仗着当年太公（我祖父）给他留下的教育金，还有祖父祖母（我父母）为他打下的扎实英语基础，很稀罕的以本科大学的入学通知书获得赴美签证！犹记得当年签证官对他一口流利的美式英语大吃一惊，说他的口音就像个“ABC”。今日他已是世界500强之一亚太区总监。

改革开放恢复高考，允许海外留学，无疑为我们程家带来翻身机会。侄子有机会赴美留学，我时逢良机，成为作家，并先后任市第七届、第八届政协委员。祖父闻讯十分激动：“我是全国政协委员，孙女是市政协委员，一家门有两个政协委员，多光荣啊！”

侄儿还没有孩子，如果他有个儿子的话，按照“汝”“树”“传”“家”“宝”的宗谱，应该又回到“汝”字辈了，和我的太祖父程汝盛是一个排行，又是一个新的循环。相信他们这新的一个循环，一定比我们幸福、顺利。生命之树常绿，历经风雨坎坷，天灾人祸，家族之树依然开枝散叶，代代繁衍，万溯归本，因为它的根深深扎在故国的土壤里。

上海是个大舞池

上海是个大舞池：华丽、时尚、亢奋、喧闹、拥挤……活色生香、风景道道，既前卫现代，又遗世怀旧！ 20 世纪 20 年代作家穆时英写过一部小说《上海狐步舞》，但时代不一样了，今天上海这个大舞池不再适合缱绻慵懒的狐步曲，也不适华丽自恋的华尔兹，更不适雄赳赳气昂昂碰鼻头不转弯的 March 步（进行曲节奏），而是节奏越来越急剧抑扬、明快奔放、炽热又细腻的探戈舞步。

上海这个舞池固然具备海纳百川的广博胸怀，任何人都可以进场起舞，但舞池本身的物理空间是有限的，这注定唯有探戈舞步才合适上海这个大舞池。探戈舞不需要太大空间，方寸之间，进退之中，东方与西方、开放与约束、传统与现代、保守与出格等互相不住碰击，只要配合默契，就能演绎出令人眼花纷乱的舞姿。上海人自信地在一连串看似毫无规律的进退中，在局促的空间里，互相纠缠又精于配合，从灰姑娘遗失水晶鞋的那一场舞会，到地下工作者穿梭其中传递情报，血洒舞池，蕴含着十分丰富的戏剧层次，所以有了《上海狐步舞》《子夜》《上海的早晨》《半生缘》等舞出不尽的上海传奇……

“探戈”源自拉丁文 Tangere，原意是“触摸”，可见探戈舞中作为矛盾体的男女双方身体的距离。上海城市空间拥挤人所皆知，近年更已从“寸金寸土”到“寸土尺金”了。正如前文所述，上海仄逼的空间就合适探戈舞步：人们常以热烈、奔放、疯狂和性感来形容探戈舞步，而探戈舞步又总是会令人离不开对生命、爱情、反叛等的联想。这种原属阿根廷及乌拉圭两个拉丁国家早期劳工阶层的街舞，带有浓厚的乡土色彩。由于拉丁美洲融会着欧洲、非洲奴隶后裔移民及当地白人原居民，以致形成一种独特的结合多元的风俗宗教信仰和音乐文化相融的综合文化——拉丁文化。探戈舞很生动感性地将其表现出来。从这一角度讲，海派文化与拉丁文化十分神似；都是以本土文化之深厚底蕴海纳百川，从而形成一种全新的独特的文化。所以说，海派文化与拉丁文化可谓异曲同工。

上海大舞池，不用入场券

上海这个舞池，可谓来者不拒，谁都可入场起舞。

众所周知，上海人与本地人（上海原居民）是完全不同的两个概念。有许多上海人根本还不是中国人：如20世纪30年代的电影皇帝金焰，根本是韩国人，但今天我们追溯上海百年电影史，谁还会想到金焰是个外国人？以一曲《夜来香》成名的李香兰，是日本人……此外，有东方哈佛之称的上海圣约翰大学校长卜舫济（F.L.Hawks. Pott.）是位美籍犹太人，从1886年出任该校校长至上海沦陷，先后达五十年，他的第一位妻子是广东籍上海人黄素娥。娶了个上海太太对卜舫济在上海的教育事业帮助很大，他还会讲一口洋腔上海话。不幸黄素娥女士年纪轻轻就去世了，学生们都很怀念这位足以胜任中西文化桥梁的校长夫人，在社交楼 Social Hall 的大堂，一直挂着这位首任校长太太的照片。卜舫济在 1941 年初告老回美，但他的儿子，学生昵称他为小卜 Little Pott，仍然留任约大教务长。这位中西混血儿讲着一口地道的曹家渡本地上海话（约大地处曹家渡）。上海沦陷后，留沪的欧美侨民全部被日伪押进集中营。小卜一口曹家渡上海闲话和一张混血脸救了他，令他顺利逃脱至大后方重庆。小卜的儿子小小卜，老约大学生都记得他十分调皮，因长着一头黄头发，都称他“小黄毛”。就是这样一个小黄毛，抗战期间参加陈纳德的中美航空队，为中日抗战血洒长空！二战胜利了，已是耄耋之年的老卜，远涉重洋重返上海约大校园，在他，上海就是他的家，他死，也要死在家里。他要求，将他安葬在约大校园内，他要与亲爱的学生朝夕相处！就这样，一位姓 Pott 的外国人一家三代，将青春和生命洒在黄浦江边。

有“中国声乐之父”美誉的苏石林，是位俄国人，原是彼得堡歌剧院的首席歌唱家，来上海后，就开了个私人声乐教授班，同时在当时的上海音专（上海音乐学院前身）兼职任教声乐。声乐是西方舶来品，而将声乐有系统理论地介绍进中国，苏石林是第一人。我国男低音歌王温可铮、女高音歌唱家周小燕、高芷兰等，都是这位白俄音乐家的学生。

白俄与犹太人，都是被自己国家驱逐的国际难民，外交辞令称为“无国籍者”。上海这个大舞池，毫不吝啬地向他们敞开怀抱。所谓英雄不问出处，只要你舞出精彩，上海的史册就会将你记住。所以我们记住了苏石林、卜舫济、建筑师邬达克、地产大王哈同、沙逊、上海电车公司大股东雷士德……

不说外国人，上海开埠以来，全国各地人都涌向上海，苏州河是实现上海梦的开始。我们这一代小时候特别喜欢看法国大仲马的《基督山恩仇记》。在我年轻时，有一句话：女孩子没有读过《简爱》的就不算女孩子，男孩子没有读过《基督山恩仇记》就不算男孩子。《基督山恩仇记》给我印象最深的是故事的开始：船到马赛，如果用武侠小说中的话说，那就是夜黑风高。邓帝斯就是那个主角，披着一身斗篷，从小船上，“bong”的一跳，跳上河岸，接下来就是小说的开始。我印象很深，我觉得一条河就是很多故事的发生开始，很多人物命运的改变，也总觉得好像跟一条河有很密切的关系。苏州河对我意味着什么？船到上海，一条芦船，两三个很壮实的青年背着再简单不过的包袱往岸上那么一跳，就跳出很多故事，很多传奇。可能因为这一跳，他们的家族之树，有了一个新的上海支脉。

上海一方水土养育天下人。百年世博中国参展第一人，是上海蚕丝商人徐荣村，却原来根本是广东人，在历游东南亚各国后，决定定居上海发展，在洋行供职，并于1851年伦敦世博会寄出十二包湖丝，勇参世博，打出品牌，为徐氏家族挣得第一桶金。徐氏家族很快成为上海富甲一方的巨商，并建造了私人宅院愚园，其原址就是今天的愚园路。

虞洽卿也是一个人物，上海现在西藏路以前叫虞洽卿路。他本来是宁波的一个农民，3岁父亲去世家贫。到十几岁时，他妈妈实在养不活他就让他到上海去闯世界。当时村里经常有船到上海来，水路是最便宜的。虞洽卿拿着一封老乡的信乘船来到上海，去瑞康颜料行学生意。临行妈妈给他做了双鞋，那天下大雨，他怕湿了鞋便两手各夹着一只鞋光着脚来到颜料行。天雨路滑，一进店堂就仰天摔了一跤，老板却哈哈大笑，连呼财神爷来了。原来他隔夜做了一个梦，就是财神一手一个金元宝进门就仰天摔了一跤。后来虞洽卿就是靠自己的努力让这个颜料店越来越好，连老板都做不过他了。虞洽卿办实业办报纸办银行，还在工余去夜校学英文。他当时讲一口流利的英文，但是现在去考上海外国语大学肯定是考不上的，因为他讲的是宁波英文，只要外国人都能听懂就好啦。就是凭着这口宁波英文他做了很多事业。中国人都说富不过三代，创业的人克勤克俭，然后儿子孙子呢大把花钱。挣钱慢啊花钱快啊，后来这个颜料行老板只好把大宅卖了。虞洽卿说你是我的恩师，你的房子就卖给我吧，其实他是想帮这个老板。一个人之所以成功是因为受教育，虞洽卿对此深有体会。于是他把这个大宅买下来办了个学校，这幢建筑现在还在，是上海一个很有名的饭店即梅陇镇酒家。

这就是上海，你两手空空来，但是只要你努力，只要你刻苦，你就一定会成功。上海的魅力就在于此，我想你到其他任何一个城市，都没有上海这样的空间。这就是海派，为了个上海梦，人们从苏州河上小船跳下来，经过自己的努力，有的成功了，大部分的人都默默无闻，但是他们从农民变成了上海人。这些沿着苏州河来上海的人可能就是我们的曾祖父、曾曾祖父。

大都会的舞池，是势利的名利场

大都会的舞池，也是个势利的名利场，尽管大门敞开，没有相当本钱——学历、智慧、机会和背景很容易被飞出局。此外，舞会入场券还印着一行小小的却万万不可忽略的小字——正装出席。故而上海人讲究衣着，在全国甚至海外，是有口皆碑的。上海生活程度高，不算计着点还真没法过。如何以最低的资源创造出最体面的生活文化，是每个上海人必须研究的课题。

有说，骆驼闯入瓷器店，上海仄逼的空间就像一爿列满精致艺术品的瓷器店，骆驼闯入就要闯大祸的，唯有小白鼠才可以在其间灵活蹿跳，上海人很懂得这个道理：宁做灵活袖珍的小白鼠，也不要做庞大强壮的骆驼。就在精致的瓷器店里，上海人打造出独特的经济又不失体面的生活品味。哪怕一碗最廉价的光面条，上海人也必做得细巧用心：面条下得软硬适中，加上一勺火灼笃滚的、细火熬出的高汤（最廉价的猪骨汤），再洒上一层切得细细的、碧绿生青的葱花，最后毫不吝啬甩上一坨猪油，如此一碗大众化的面条还有一个十分灿烂的名字：阳春面。最便宜的萝卜干到了上海人手里，也会切成薄薄的片状，在热锅旺油里一炒搁上些许食糖，再注上一汪麻油，萝卜干顿时华丽变身，成为可口的佐餐佳肴。这就叫生活的精致。

上海的小点心：生煎包、大饼油条、豆腐浆，已成上海民生的一个符号。无论是棚户区还是花园洋房的上海人早餐桌，真正天天咖啡西点的毕竟少，唱主角的还是大饼油条，价廉且可口。上海人就有这本事，将最廉价的原料做得用心精巧。遗憾的是，现今买大饼油条远不如从前方便就脚。

所以，上海城市文化和审美的特点，不在阔气豪华，而在精致典雅。上海少北方那种动辄五六进、七八进，雕龙缕凤，描金嵌银的深宅豪院，上海人连洋房都称小洋房。“小”字在上海不仅是解释物理空间的小，而是“小可爱”的意思。上海方言称赞“好”有很多：“小悠悠”“小有趣”“玲珑相”……都带有“小”的意思，却又含有精致的赞美原意。可见早在百年前，上海的审美已有“迷你”的意识，比世界的“迷你”潮流要超前一大截呢！

亭子间文化，是上海特有的居住文化。亭子间有点类似北方的耳房、偏房，从其在住宅的地位来讲，还可能及不上耳房、偏房的部位。一般上海殷实人家的亭子间，只是用以做箱子间或保姆房。也有中产人家特地将其作为子女独立房，也有做书房。然对大部分上海市民，哪怕天天西装笔挺去坐写字间的小职员、小知识分子，亭子间可是他们得以避风雨的蜗居之所！

从开埠至今，上海房价就一直高企，要在上海置业，从来就必须有相当身家和财力，一百来年都是这样。最可怜的是那班小职员小白领，索性蓝领倒又是另一回事了，他们不稀罕进入那幢诱人的大舞池；他们是宁可坐等在大舞场门口的拉车开差头的，舞场晚晚歌舞升平生意红火他们就开心。他们不用正装，一身短打，也不用天天翻行头。至于“住”，苏州河边——自己用煤屑砖土坯就可搭成，还是不用付房租的自己物业。小职员小白领就惨了，捧那么点薪水不一定比蓝领高多少，为了要进这舞池，他不得不天天“正装出席”，将大半收入投入在“正装”上。上海人熟悉的节约领，俗称假领头，其实早在老上海就有了，当时的名牌衬衫 Arrow，一件衬衫可同时配买数只假衣领。衣领底部有数只纽扣，衬衣颈部有相对纽扣孔便于脱卸。因大公司对衣着有严格规定——衬衣需天天烫得笔挺领口要洁净，因此就有此招。

“住”，同样是名利场上一个“关”。上海人只需一问你住的路名：如巨鹿路、富民路、愚园路、华山路、南京西路……就能估摸出你的生活层次。若是一句“兆丰别墅”“沁园村”“逸园”，根本不必路名门牌号，就现出你身价。这就是名利场上的势利眼！难怪今天的楼盘，动不动就是名人坊、太子坊，原来是有历史劣根性的。

坐写字间的怎么也不得不住在法租界英租界，哪怕在亭子间安家，怎么样也要是在蒲石路（长乐路）、愚园路等。小白领小知识分子小职员入住亭子间，造就了上海很独特的一道城市风景——亭子间风景。

小小亭子间，不但飞出了震撼大江南北的文字和旋律，也体现了上海人精于用最经济的资源缔造最精致的生活质量。

小职员的亭子间不会有沙发有银器柜，但必有一只小书架，上是一尊廉价的小花瓶或维纳斯石膏像，五斗橱镜前会有太太一盒香粉和一尊夜巴黎花露水……

上海人是连小小亭子间，也收拾得窗明几净的。

亭子间是一众在名利场上舞客保持尊严的底线，是众多意气风发闯荡大上海的好汉在上海受训的第一块基石。许多上海传奇就是Made in 亭子间。上海人都梦想自己只是亭子间过客，遗憾的是，不少人无奈在这里度过一生。可以说，小小亭子间，要比上海众多华厦豪宅，更载得起一部沉甸甸的上海都会史。如果说上海是一部长篇小说，亭子间就是序；亭子间在沪语中已跳出建筑术语而成上海一道特别的文化符号。如果你读不懂上海这座大舞池这个特别的符号，你一定会被飞出局！

上海人有时会被人误解为小气，其实上海人是精于计算，钱都花在刀口上。必要时，上海人海派起来，哪怕赚的是辛苦钱，都可以为保持自尊和颜面，一掷而出，这就是身在名利场的无奈。

上海，特别合适女人

舞池上从来有条潜规则：礼让女士。舞池还有条规则：没有不会跳舞的女人，只有不会带舞的男人。所以说，上海是一个很合适女人的城市。女人是舞池的灵魂，她们的灿烂笑容和华衫丽服令整个舞池熠熠生辉，但操纵布置整场舞会的掌阀者，还是男人！毕竟，全世界还是属于由男性主导的，上海自然也不能例外。再者，中华传统中，就有“舞必伴”的规矩，上海大舞池再西化，毕竟还是根植在中华大地上！上海女人很聪明地遵循着这个游戏规则，不张狂、不强势，就像太阳静静地将自己的光和热洒向大地，上海女人不露声色，小鸟依人依偎着男人坚实的臂膀，悠悠地步步生花。

上海女人了不起，从三寸金莲到在舞池中翩然起舞，中间不过只有短短的一百来年。今天，女性在教育、就业、从政等诸方面的空间越来越广阔，女性与生俱来的天赋如语言、协调能力，进可攻退可守的灵活性和坚韧性，令上海女人的舞姿越来越精彩，难怪有人用“她”来称呼上海这个大舞池。

男性作为舞池中一员，要想不被飞出局，光靠体能和勤俭刻苦已远不够。舞池本是西方传入的文化，因此他必须学会众多的西方礼仪和行事方式，包括尊重女性。上海先生怕老婆全国出名，应该就是在这只大舞池里熏陶而成。不过与其说怕老婆，不如说疼惜老婆。故而上海女人的地位，是很高的。

曾见过一张历史照片，是晚清时期（1910 年左右）的上海市电话局在岗女接线生的照片。她们一律梳着大辫子，穿着过膝长袄，她们应是上海滩首批职业女性，甚至可以讲是首批女白领。此外，上海四大公司，“先施”是率先聘用售货小姐的，很快，永安公司也跟上了。售货小姐在上海滩的出现，为女性职业化搭建了平台。据史载，先施公司开张后，先施的老板马应彪太太带着一行八位女售货员，在先施开闸时正门口迎客，在上海滩还引起一阵小小的轰动和远远的围观：这些敢于“抛头露脸”走出家门、服务社会的女性，堪为上海一代新女性的先驱。

上海职业女性最初的活动舞台只限于服务行业：售货小姐、电影院带位小姐、美发厅的美甲小姐……女性天生的细腻温柔，注定上海的服务行业一早就烙上规范化和体贴周到注意细节的印记。直至今日，服务业仍占上海经济板块很大比重，也是上海有口皆碑的强项。

随着上海日益扩大的职业女性队伍，女子教育不失时机跟上时代步伐，上海的女校大约在全国是数目最多分布最广的。光以旧公共租界为例，公立私立教会办的女子中学，真是几双手的手指都数不完：培成女中、培明女中、协进女中、爱国女中、工部局女中、智仁勇女中、华童女校、中西女中、圣玛丽亚女中、务本女中、中国女中……女子中学就是上海职业女性的摇篮，为上海女子教育的普及立下汗马之功，决定了上海女性知识化的百分比可能是全国最高的。千百年来，中国的职场因有了女性的介入而发生了微妙的变化，就像舞池中因为有了女人，才可以起舞——不论如何，两个男性相拥而舞总显得有点恶心。因为职场中有了异性，男士们更要注意自身的礼仪仪容，力尽斯文得体。在女子刚刚加入职场大军时，可能当时的办公室丛林战没如今那般残酷激烈，也可能因为百多年前上海刚刚从农业经济社会走出不久，职场上还不那么硝烟弥漫。回过来说，枯燥死板的写字间工作因为有了那么一两个美好的女性倩影（当时女白领毕竟所占比例极少，物以稀为贵嘛），而显得有点生趣。所以说，职业女子的兴起，有意无意中，某程度起了润滑剂的作用。女性以其语言的天赋及委婉阴柔的天性，化解了众多男人无以解决的问题。故而幼儿教育、小学启蒙、医药护理、职场专职处理文件及与客户磋谈的众多细微又繁琐的事务，几乎都被女子包揽了。渐渐地，看似小鸟依人的女子，羽毛渐丰，不觉间，在今天职场上形成对男人一股极强势的威胁。

特别当高等教育向女子开放了，令上海职业女性跨上新的层次：宋氏三姐妹，女外交家龚澎，第一代女飞行员陈素任等，女子教育家薛正，女名医王淑贞，首批中国公费留美女大学生，哈佛大学文学博士，上海国立音专唯一女主任周淑安，中国女子银行创办人张幼仪，女科学家谢希德、何建雄等。

尽管职业女性的崛起大大威胁了男士在职场的地位，但广大男士仍热衷诚邀女子入场翩然起舞。

女子经济独立，自己花自己钱，就可以尽情装扮自己，大大刺激了社会零售业和制造业。不是有句话：世界上如若没有女人，所有的百货业都要关门大吉。

职业女性在家中也有相对发言权。据统计，90% 左右家庭买什么房型，什么颜色型号的车，包括先生领带颜色的图案和色彩，都是由太太决定的。所以讲，女人，是社会大卖场最大的客户，所有商家都得罪不起她们。

职业女性的社会活动肯定繁多——公司年会周年活动，商界同仁、同事间的联谊交际……这形成上海女人格外关注自己形象和时尚信息，上海女人的衣着从而成为全国乃至亚太区的时尚风向标。

上海很早就有各种女性时尚杂志：如《玲珑》杂志，是销量颇不俗的。不过一般女大学生却是不看这种小儿科女性杂志的，犹如今天时尚白领只看《Vogue》和《玛丽嘉儿》《大都会》等，不大看本土的时尚杂志一样。早八九十年前的时尚女性也一样，她们看《Life》、《Vogue》……好莱坞片中女主角发式是她们的时尚风向标。一如英格丽·堡曼在《战地钟声》中的短发型，一时扫遍上海滩的时尚女大学生。就是在 20 世纪 50 年代国门关闭几乎没有时尚讯息之时，一出东德电影《柏林情话》女主角俏皮的发式，经南京理发店张学明师傅之手，很快出现在上海街头，成为当时的时尚。就是在文革期间，中国境内唯一允许上映的白人电影，阿尔巴尼亚电影中女主角一袭黑白人字呢大衣，也成上海女人争相克隆的时尚……

上海的时尚，因上海女性背景的多元，层次分布是十分细腻的，对“时尚”的理解，也是各不相同的。上海女性时尚一般分三类：公馆派，典型的如宋氏三姐妹。曾与盛宣怀的一位孙媳妇一起做过电视访谈录，她就谈到，像盛家这样的豪门，不能太时尚。讲得白一点，就是穿着的面料和做工都是一流的，但裁剪和式样要低调，不能太花哨；另一类是学院派，基本与公馆派相吻合，低调和素雅是其主旋律，但普遍要比公馆派活泼洋气得多。以前静安寺路（今南京西路）上犹太人开的专卖店，就是以她们为客户对象，她们基本上都是职业女性。她们也会模仿好莱坞明星的发式和衣着，但绝不全盘吸收，只是在细节上攫取一点。第三种时尚就属于明星派，多为舞女、交际花等所追捧，特点是色泽鲜艳大胆。比如现今影视剧中的旗袍衩都开到胯部，包括浓妆艳抹、细脚伶仃的高跟鞋，都典型是交际花、舞女的审美，不是一般大家闺秀所能接受的……不过，百花中百客，选择哪一种时尚流派，只要过得了自己和家人的关，尽可自由选择。

今时今日，肌肉和力度体能，已不足为男性的强项。随着时代的进步，上海这个大舞池许多游戏规则也在不断整新，在起舞中不但只是男人做领舞，因此上海男人必须学会必要时改变由男性领舞的规则。君不见，越来越多的上海企业机构的管理层中，女性占的比例已越来越多。上海这个大舞池，女人从来没有这样精彩过。上海男人的舞技和能量，面临着严峻的挑战：如何不失风度又不失主动地带好这曲上海探戈，是一门十分费工夫的功课。

探戈的灵魂——手风琴，海派的源头——小市民

与小提琴、竖琴等西洋乐器相比，手风琴是最最平民化的，甚至似不大上台面的：一般交响乐或钢琴协奏曲演出，根本看不到手风琴的身影。连今日望子成龙的家长，都热衷忙于让子女学钢琴或小提琴甚至萨克斯风，罕见学手风琴的。

尽管富丽堂皇的音乐厅里不大见得到手风琴，但平民对它并不陌生。因为便于携带，老百姓在街头巷尾、小公园及马路上的三角花园等，经常看得到它。手风琴不如吉他那样潇洒倜傥，手风琴甚至有点老土相。吉他一背很有种游吟诗人的酷味。手风琴一提，就有点风尘仆仆浪迹天下的苍凉感。

其实手风琴一直被视为探戈乐的灵魂，其音色层次十分丰富多

变恰如探戈的肢体语言一样：既能像单簧管或管风琴一样密实深沉，又能像大提琴那样充满沧桑，也可以峰回异转呈长笛竖琴清亮的高音。在探戈音乐中，手风琴是最平民最具本土色彩，充满张力，具多变的音色，且不受任何场地限制，只要手风琴一拉，就能迸发出激情火花，驱动舞者释出迷人的肢体语言。

如果说上海是个大舞池，探戈舞是最合适的最上海的肢体语言，而那把手风琴——探戈舞的灵魂，就是上海满眼满目的小市民。我们说大都会小市民，没有市民的“小”，就不会有都会的大。如果说整个上海大都会是一尊精工细雕的艺术品，广大默默无闻的在滚滚红尘中挣扎的小市民，就是那尊艺术品下的红木架座。收藏家都十分清楚，任何珍瑰异宝一旦没有那个红木底座的衬托，就会黯然失色，风采大逊！

小市民不同农民，小市民就是城市人。上海小市民，最初也是农民，后因为洋人大肆圈地，失却了土地，无奈中被转型成城里人。因此不难理解，为什么上海的某些特点服务业先驱，如西崽（boy，又叫仆欧，专指为外国人打杂的男孩），海派西餐大厨，外国阿妈，西式女装裁缝，建筑营造商人（旧称包作头），多为本地人一统天下！就是因为洋人圈走了他们的土地，并顺势将这些廉价劳动力招进自己企业或干脆在家里做侍役，从而歪打正着，令西洋风不仅通过教育，而且直接从社会上，熏陶影响着几代上海人。

因此我们有了全国独特的洋泾浜英语“司必灵”“巴士”“发嚎”“的士”……这些新上海方言！从这个角度讲，上海人与ABC有种与生俱来的姻缘，小市民阶层作用不可漠视。在他们，ABC是一种吃饭家什（谋生工具），然后才是时尚，再就是身份象征……英文讲得好不好不要紧，文法对不对也没关系，只要外国人能听懂。

小市民不同于城市贫民，小市民有点小家当，如一爿小店铺，或大洋行大公司任个小办事员，政府机关一个小公务员……小市民大多发不了财，但夜饭桌上热汤热菜再加二两老酒的日子还是过得去的。上海小市民多聚居在石库门弄堂里，上海弄堂看似拥挤密集，视觉凌乱残旧，却因为天生天养，自有一股蓬勃活力。相对今天上海人有困难宁可打素未谋面的求助热线，而不肯去敲近在咫尺的邻居家门，上海旧时弄堂有一份市井的温馨和守望相助的情怀。一度关于“睡衣出街”的话题讨论十分热烈。其实，“睡衣出街”的多为上海中老年市民。不能说他们不文明，只是他们大多在弄堂房子里长大，在他们记忆中，弄堂就是众家的大客堂，后门一开一身家常服（可能就是睡衣），拖鞋一拖，就可以出去“嘎讪胡”串门子。小市民生活虽然捉襟见肘，却过得滋滋润润，这就是大都会小市民的风范。

百多年来上海的弄堂生活，不断受到作为白领文化代表的西方文化的挑战，上海小市民们背靠石库门弄堂作后盾，白天西装笔挺或一身长衫山清水秀上班去，晚上回来，汗背心一件甚至打赤膊，躺在横弄堂的竹塌上优哉悠哉，听绍兴戏哼评弹，沁凉的井水里用网线袋吊着只西瓜湃着……小市民就是会小乐胃，外面百乐门舞场霓虹灯再耀眼美国电影中女主角衣服再越穿越少，他们眼睛都不斜溜一下，不过在老酒吃饱后，会讲讲大话，装出一副资深白相人样。上海小市民自有一套生活路子，代代相传。尽管烦恼事一大箩，蜗居在石库门的他们仍过得津津有味。因为他们在弄堂里生活，生于此，甚至逝于此。石库门是上海文化的图腾，是解不清、摸不透的海派繁荣的密码库！今天说到不动产，人们首先联想到地产，其实地产在今天是分分钟可成转瞬即逝的流动产，要说到令一个城市安身立命的不动产，恰巧就是城市小市民而绝不是城市精英。

当石库门成片被推倒，小市民赖以生长的温床没有了，不能不说是上海城市文化的一个遗憾。

当上海人几乎都住进一门关煞的有房有厅的格局划一的大楼式住宅，上海人好像一下子白领化了，小区里再也见不到小孩在玩官兵抓强盗、女孩子在跳橡皮筋。家长们宁可驱着他们学钢琴、补习英文、学美术……

上海人一面倒地白领化，令生活模式也是统一白领化，小市民群体在迅速消失，并成为弱势群体的代名词。探戈乐的灵魂乐器手风琴的声音越来越微弱了，因为缺少碰击，探戈音乐特有的连续切分音的节奏不再分明，那原始生命与城市繁华相承的纠缠也越来越平淡……现今社会上十分吹捧白领文化，从生活方式到美学价值，都有意无意地纳入白领文化的规章，因而我有点担心，我们的海派文化会否因此迷失？

恰如西方有“后街文化”，上海有弄堂文化。说起城市文化，我们立时会联想到商业文化、金融文化、娱乐文化……往往容易忽略后街文化。众所周知，街舞、爵士乐、探戈等，都诞生在城市的后街。上海的弄堂文化，大约也可归为后街文化一类。曾经我们的后街文化是多么的丰富：耳熟能详的上海儿歌、各家窗户飞出的地方戏曲、白俄磨刀匠的吆喝声、卖马奶的铃铛声、“光明”棒冰的拍打声，还有卖花女“栀子花白兰花”悠悠的曼吟声，这些市声尽管不入流，却犹如探戈乐中的响板，洋溢着生命力。曾几何时，上海后街满是私人影楼、私人社交舞班、个人画室等种种广告招贴画；上海后街，不时蜗居着曾经显赫一世现已隐名埋姓的传奇人物：名妓、名交际花、名伶、没落的名公子——如地产大王程麻皮（丽都花园及德义大楼等的旧业主）的后人程贻泽，就蜗居老死在北京西路一条小弄堂的三层阁里。这些传奇人物，只要时机相宜，偶尔也会露一下峥嵘。只要寿命长一点，君不见，今天他们又成为了抢手货，被一帮热衷老上海的写作人像出土文物一样发掘出来，不时在电视镜前侃侃而谈。可见，后街文化的生命力有多顽强，这是我们的城市人文的营养。

光远坊的故事

——海上百年建筑世家张氏家族三代传奇

上海旧英租界北京西路上的光远坊建于1924年，1926年竣工，称为“光远坊”，其实内里前后六进中西交融的三层大宅都为一家所居——海上营造业（即承建商，旧时称包作头）一哥张继光的私宅。2009年上海市政协提案，将光远坊列为历史保护建筑。

创业一代张继光的第一桶金

建筑在中国，是一门悠久的、讲究的、纯手艺的行当，师徒、父子世世相袭是其行业的特点。上海开埠以来，西方的建筑理论及科学的模式给传统中国建筑业冲击很大，也促成了传统建筑师的自我改革与完善，在上海留下他们骄人的业绩。

说起外滩建筑群，是公认的上海名片，其中两幢著名建筑，中山东一路29号，建于1911年，具浓厚法国巴洛克新古典风格的原法商东方汇理银行；还有一座建于1985年，在延安东路100号上海首幢大玻璃幕墙的现代化智能大厦联谊大厦。时隔70年。两幢建筑是出自一对建筑业父子之手：东方汇理银行的建造者是近代上海著名的营造商——协盛营造厂厂主、老上海德高望重的企业家、建筑行业的领军人物张继光；联谊大厦的设计者是被称为现代建筑泰斗、1955—1957年连续三年的“上海市劳动模范”称号获得者，张继光的儿子张

出身世家的新中国劳动模范张乾源

乾源。

新世纪上海建筑业发展神速，远离外滩的上海金山区新城区规划，金山沙滩旅游和沙滩排球区的规划设计，松江大学城的设计参与者张永勤，是张乾源的儿子。这个建筑世家源头，在宁波鄞县傅家漕。

中国俗语：好不过三代，除了因“大树底下好乘凉”外，也因中国有史以来政局动荡有关。改革开放以来，中国正处于历史上最安定最祥和的时期，回顾张家百年家业的成功传承，或许我们可以从中获得些许启迪吧！

张家百年家业奠基人张继光（1882—1965 年），是如假包换的三代（其实还不止）贫农出身。

宁波人多田少，且土质偏咸碱，不宜耕种，人说靠山吃山，靠海吃海，正因如此，宁波人都习惯背井离乡闯荡世界。

1882 年，张继光出生于宁波鄞县傅家漕一个守着几亩薄田的贫苦农民之家，父亲张廷山是个老实巴交的农民，不问收获，只知耕耘。张继光排行第三，前面有两个哥哥。在他 8 岁时，父亲终因辛劳过度患病去世，父亲临终前，对三个儿子十分抱憾：为父没能力让你们受教育，误了你们了！将来有机会一定要让后代多读书，只有读书才能翻身！

父亲去世了，祖母和母亲靠着那点薄田，勉强将张继光抚养到16岁，他必须自己养活自己了。

此时父亲的二哥在上海石顺记营造厂做账房，为张继光在何祖记营造厂谋了个差，即所谓的“学生意”。就这样，这个如假包换的“贫二代”，背着一只小小的竹筐，乘上新江天轮登上上海十六铺，开始了他的上海梦！

从前学生意，白天做生活，早晚还要侍奉师傅、师母和师兄，生炉子烧饭抱小囡，样样都要做。看似极不合情理，其实也有老祖宗的智慧——煞煞你家里带来的“娇骄”二气，谁不是父母心头的囡囡宝贝，但来到社会上，是没有人再将你疼着护着，学生意，就是教你一个“忍”。故从前有易子而学，即使大家都是做老板，也让各自儿子交换着学生意，就是怕老板调教不好自己亲生子！

做学徒每月所得仅几角钱的鞋袜费，好在张继光是贫二代，省俭惯的。一天傍晚他去送标书，突遇倾盆大雨，便脱下母亲为他缝制的布鞋赤脚走，然雨越下越大，为怕淋湿揣在怀里的标书，正好一辆黄包车在他身前下客，不得不叫住，但一上车就发现车上有一把象牙柄镶翡翠扇骨的扇子，一看就挺名贵。尽管他很缺钱，但不义之财不能取，想到将这扇子留在车座上很易给他人顺手牵羊拿走，他就下车在原处冒雨等候着，果然马上有人狂奔过来追那辆黄包车。为表示感谢，失主给了他16枚银洋。对一贫如洗、白手起家的张继光，16块银洋可以讲是作他起步的第一桶金。说来也巧，从虞洽卿到地皮大王程德润（俗称程麻皮）包括张继光等，这第一桶金，都与他们的诚实、拾金不昧有关。他们几乎都是清一色的捡到外国人或有钱人遗留的贵重物品，如数归还而被赞赏，从而成了人生的转折点。不理这是杜撰或是传说，我们应该相信，诚实是走向成功的第一步。

张继光还从未见过那么多银洋，如何用这笔巨款？张继光已看到要在上海滩拼搏，洋人是劲敌也是盟友，总而言之，一定要和洋人打交道。他向师傅何星秋提出，用这笔钱去夜校读英文。师傅一口答应。经过四个月苦读，加上刻苦聪颖，他已完全看懂英文招标书和图纸，还能用一口宁波腔英语与外商沟通。当时上海是洋人天下，一切外国公司出示文件都只用英文。外国设计公司也如此，一切文件包括房屋结构、建材要求和装修特点都以英文示之。因为懂英文，张继光可以直接向外商设计事务所投标，并可以不通过翻译，比其他同行提早根据外商要求而报价，为老板拉了不少生意。

三年满师后，即1901年，19岁的张继光脱离何祖记，并得到当时海上营造大哥大杨斯盛支持，开办协盛营造厂，以专业第一为企业宗旨，因而业务蒸蒸日上，成为上海营造业的佼佼者。

那是大清皇朝，外国人根本看不起脑后拖着根辫子的中国人，张继光却凭着一口流利的英语及对外商设计图纸的理解和学生意时打下的扎实基本功，先后与英商通和洋行、太古洋行、业光地产等建立了良好的业务关系。其中最有意义的是中国首家国家银行大清户部银行（中国银行前身）大楼（汉口路 50 号，1907 年完工），另有日本领事馆（1910 年）、东方汇理银行（1911 年）、纱布交易所（1919 年）、盐业银行（1923 年）、中国实业银行（1928 年），此外还有大批住宅，包括近代中国著名民族企业家荣宗敬、荣德生的茂新、福新、申新系统的，厂房都为协盛营造厂承建，并也因此，张家和荣家称为莫逆之交。

就这样短短几年，张继光由一贫如洗而跃为上海建筑界巨头、上海滩有名的豪富。同时也为上海留下一批隽永的建筑精品。现存的所有张继光的承建项目，从厂房到大楼，都列为上海市重点保护建筑。所以，称张继光先生为上海近代建筑奠基人是名至实归的。

实业抗日，力救荣氏民族工业

人说，商场如战场，是寸土必争、寸利必夺，你死我活的。

其实不然，上海早期受到儒家思想浸化的一代企业家，胸怀开阔，爱国爱百姓，面对外国列强对中国欺凌，同心合力，建立起民族企业家的兄弟情。

1911年，在为荣氏家族承建厂房工程时，张继光与荣宗敬兄弟就结下了深厚的兄弟之情。一次宴会上，荣宗敬执着他的手，动情地说：“国计民生离不开衣、食、住，我办纱厂为了衣，我办面粉厂为了食，你造房子就是为了住，造厂房为了工人有工开……这些都拜托你老弟了！中国老百姓太苦，我们有一点能力，让他们日子过得好一点。”

一位成功的企业家必然也是一位慈悲的大家，绝不只为赚钱，所以才成得了大业。

荣宗敬一席话令张继光十分感动。他先后为荣氏营造了数十栋厂房，在中国近代工业建筑史上留下了辉煌的一页，这已成为我国高等院校建筑系的必备教材。《中国建筑史》一书对这些厂房做了如此的评价：“1913年所建的上海福新面粉厂的六层主车间乃采用钢筋混凝土高层框架的先例之一……”那就是现在著名的莫干山路50号的创意园区。今天的豆腐渣工程及高房价低质量的营造商们，面对你们百年前的同行先辈，你们该脸红，该无地自容！

“一·二八”事变，沪北局势不保，荣宗敬计划将十万纱锭从杨树浦搬到公共租界的澳门路，因而创办申新九厂，但资金上短缺五十万银元。张继光毫不犹豫地垫付了这笔巨款，并用最快速度将澳门路厂房建成。1937年“八一三”事变，荣家在杨树浦的纺织厂全毁于战火，亏得租界内的申新九厂正常生产并获大利，令荣氏家族得以渡过难关。为此，荣家第二代荣鸿元荣鸿三兄弟对张继光说：“是你救了申九，申九真应改名为申救呀！”

力挺国产水泥，拒绝汉奸引诱，洁身自好

同业竞争，本属正常，没有竞争，就不会有进步。但这样的竞争，应有体育精神，必须是健康的，否则，就称为窝里斗，结果必是两败俱伤。

水泥，与建筑业最休戚相关了。1901 年张继光在创办协盛记营造厂时，与同为 1901 年创办姚新记营造厂（南京中山陵、上海租界地的所有巡捕房的营造者，外白渡桥的参与建筑者）的青年创业者姚锡舟相识，情同手足，就此张姚两家成为世交。

姚锡舟原先是承造马路出身的，对 CEMENT 水门汀，即水泥这洋玩意认识不深，不明白外国人为什么造什么都要用水泥而不像中国人那样用砖石。张继光就向英国工程师请教，再现学现卖批给姚锡舟。姚灵机一动：既然水泥的生产流程这样简单，而且涉及面积这样广，我们中国人自己为什么不办个水泥厂，样样都要依赖日本人和英国人呢？当下两个年轻的老板就相约：“我们赚了钱，就合开一

家水泥厂。”后来果然在南京市郊龙潭找到了石灰石，两人分头再找老友荣宗敬、银行家陈光甫等共同出资成立中国水泥厂。那么打什么品牌呢？张继光笃悠悠掼出一句宁波话：“用我们的水泥，笃定泰山。”就此名为“泰山牌”。差不多同时，上海实业家刘鸿生在上海也创办了龙华水泥厂，生产“象牌”水泥。

20世纪20年代中，日本水泥倾销上海，令我国的水泥工业受到严重威胁，从而引起国产水泥厂间的恶性价格竞争。刘鸿生的“象牌”水泥铁了心要打垮“泰山牌”，以达到垄断上海及江浙的水泥业务，结果双方都亏本负债。张继光立时召集董事会商量对策，深知如此长期商战，互耗精力，最后得利的，是坐山观虎斗的日本人。刘鸿生也是宁波人，心里十分明白如此与同行斗下去是自搬石头自压脚，便主动出面向张、姚两位提出妥协，最后由张继光与他两个宁波老乡促膝密谈，终在1928年泰山牌和象山牌携手共同控制市场，齐心抵制日本水泥的倾销。张继光刘鸿生两个宁波大佬倌就此成莫逆之交。

团结上海建筑业南北两帮

人说“同行相轻”，张继光率先在上海建筑业创造“同行相亲”的新局面。

建筑业泰斗、海上首富张继光先生。

上海开埠之初，上海建筑业中本帮派与宁浙派水火不容，许是为了抢生意之故吧。早在1898年，当时上海滩建筑业大哥大杨斯盛就想促使两帮联合，但未获得成功。到20世纪20年代，随着张继光建筑事业上地位的确立，上海建筑业开始有“南张北张”之称。南张是指本帮的张效良，北张就是浙宁帮的张继光。凭心而论，两帮都是奇才，正由于南北两帮的努力，才创造出上海近代建筑的奇葩。张继光力主破除建筑业中地域、帮口的观念，几经谈判，南北两帮终在1930年3月实现大联合，成立“上海特别市营造厂同业公会”，张继光还说服同业，推选本地帮的张效良为理事长，自己甘为副手。1935年，张效良逝世，张继光才升任理事长。

1948年，同业公会换届选举，时年已66岁的张继光再次以最多票数当选为理事长，但他写信力辞，公会拗不过他，改推另一闻名承建商陶桂林（国际饭店的承造商）出任。

1931年，营造界一批受正规西方教育的后起之秀发起建立上海市建筑协会，同业公会内部一些高年资营造商颇有微词，认为似有分揽事权、树党立异之嫌。张继光则动员张效良分头说服众人。1931年上海市建筑协会成立，该会创办的《建筑月刊》已为今日记录全上海近代建筑业的重要资料。张继光在资金上给予该会大力支持，充分显示他提携奖掖青年的胸怀。他这个同业公会理事真是日理万事，

上海市营造同业公会成立合影，前排正中为虞洽卿，后排右三为张继光。（本照片为张乾宏提供）

一理理了整整二十年！

1947 年 12 月 21 日，上海市营造业同业公会隆重举行“纪念先贤入祠仪式”。此时本帮建筑业领军人张效良已去世，营造业同业公司隆重将张效良等其他三位业界翘楚杨斯盛（张继光的师傅）、顾蓝洲、江裕生的遗像请入“鲁班殿”。张继光任主祭，频声疾呼：“何业无才，何地无贤！”令人动容。

办企业总要雇用员工，就总存在一种雇佣关系，所谓劳资双方，一直以来，在资本的原始积累总是血淋淋的先导下，劳资双方似一对天敌。资方被形容为吸血鬼和剥削者。当然老板拖延克扣工人血汗钱之事，今天仍时有听闻，笔者认为，这与老板本身的素质品德有关，而与其“老板”“资方”的客观身份并无因果关系。

张继光与建筑工人的组织——建筑工会关系融洽，工会提出的要求无一不妥善解决。张继光自己苦出身，深明穷人生活不易，他与同业一起创建一所同业医院，即今日曙光医院前身，建筑工人就诊只象征性收点诊费。考虑到建筑行业骨折等工伤事故较多，特请海上名医骨科专家石少山和石筱山父子坐诊。

1908 年，同业公会在今老西门外，创办了通惠小学，专供同业子女上学，家境贫困的工人子弟享受全免费与奖学金。该校为现市重点小学马当路小学的前身。

张继光体恤社会弱势，在他主持下，旧上海的建筑行业没有发生过一次工潮或全行业罢工的事件，反而留下众多的优秀历史建筑。

爱国爱乡，行善乐施

全国解放后，经爱国人士黄炎培先生劝说，时在香港的张继光与刘鸿生等一起同船回上海。

早在 1956 年全国公私合营大潮前，张继光就带头将中国水泥公司及其他由他任董事长的企业公私合营。公私合营后，他仍被任命为中国水泥公司董事长。

1959 年当张继光知道有人在美国想将中国水泥公司在解放前已订购的一套水泥设备准备在美国私自出售，张继光遵照政府安排在中央人民广播电台用英语向全世界宣布："中国水泥厂在美国所订的水泥设备是属于中华人民共和国南京中国水泥公司所有，任何人都不能掠取。"张继光为此受到中央建筑材料部赞扬。1978 年中美建交后，这套水泥设备从美国运回南京中国水泥厂，大大提高了水泥的产量。

张继光自身省俭，但对公益慈善事，不论上海还是宁波老家，可讲倾其所有。

1965 年张继光病逝，享年 84 岁，国家赞誉他为"爱国爱乡的实

小开时代的张乾源

业家”。

建造私宅光远坊

上海滩豪宅集中，式式多元，凭外表看，或许光远坊与绿屋豪宅不能相比，但却如张继光秉性：沉实有内涵，不张扬不奢华，毕竟出自建筑行家之手，是十分有特色的中西结合的海派建筑。光远坊前有救火会，边上有巡捕行，选址这里，张继光觉得如此很有安全感。

光远坊外墙是汰石子粉刷，罗马式白立柱、花园门洞和窗棂栏杆都为传统中圆花楹，整幢房子风格是20世纪20年代上海早期中西结合豪宅的典型代表。沿街为六大开间的二层半门面楼，内里共有先后六进，是张继光为他六个儿子建造的。

新宅落成之时，虞洽卿代表宁波帮同业送全堂柚木大餐间家具一套，建筑同业公会送全套32件红木客堂家具一堂，这不是钱的问题，而是很有面子的。

光远坊属那种楼高堂深的真正的大宅门，底层一个餐厅连大花园可以放五十桌圆台面，因此营造建筑业同业公会、银钱业公会、水泥业公业、造纸业公会、保险业公会等，但凡张继光任董事的机构的活动都在“光远坊”。特别在抗战时期，光远坊也是上海宁波同乡会

昔日窗棂保存完好

张家老宅光远坊现貌

主要会董的活动场所。

与大多数宁波人一样，张继光对自己省俭，对朋友一定周到招待上好。

为了让朋友们吃得好，光远坊特地请来手艺超级大司务阿振师傅。阿振所创银光虾仁（即现在称的水晶虾仁）、金光嫩鸡（现叫小绍兴鸡，鸡表面为金黄色）名驰上海滩私房菜；他的八宝饭，内里有火腿丁，甜中回咸鲜。另外一道甜品“五彩缤纷”，是用白木耳及樱桃菠萝相混，色彩十分鲜艳。今日香港中环高级会所“上海总会”的一只“福禄寿”，即为“鸡鲍翅”，这只菜最早也是源自张家大厨阿振。香港上海总会首任会长王剑伟先生在光远坊吃了这只菜后，齿颊留香，在异乡再将它发掘出来。

张继光共有六个儿子，大儿子张乾铭，按民初上海风俗，大户人家长子都不出去读书，可能当时绑架很多，都是在家里请了古文老师和英文老师学习的。其他张家五个儿子个个都是名校出身，都有专业。唯第五子张乾源，继承父业为中国近代著名建筑师。

张家与笔者程家，堪为世交。要不是为了写此文，笔者还实在想不到这位衣着朴素、脚蹬布鞋、满口浓厚宁波腔上海话的乾源伯，来自这样一个有来头的大宅门。按辈分，称他乾源伯一点不错，然他坚持外国派，要我称他洋名“烫袜子（Thomas）”，有时语速一快，就成为“脱袜子（得用上海话发音）”。

乾源伯在“光远坊”出生，直到1956年搬离“光远坊”。张家的孩子，清一色是青布长衫自制布鞋，家里虽有四辆自备汽车，但小孩子都是步行上学，午饭都是自带的，菜就是宁波人常吃的烤菜、咸虾酱等，上的也不是什么贵族学校，就是光远坊附近的渭风小学。

张家的孩子从二年级起就没有暑假了，假期里要补英文、古文、书法。说来你不信，张家的儿子还有一课是要学会搓麻将，专门请来宁波老麻将来教：如何记牌、如何胡牌，如何存心要让人赢却又要让人察觉不到，赢得窝心。此外，还有牌风牌品……并非张继光要将儿子培养成赌徒，而是因为，中国的麻将台，其中蕴藏着很深奥的人情世故和纯中国式的社交文化。旧时企业招聘高层人才，面试方式之一，就是与你搓几圈麻将，几圈下来，你的言谈举止、出身背景、性格品行，就可知道七八分了。

张家的儿子们还要会听京戏、评弹，会有专门老戏骨上门说戏讲戏。不必要求玩票登台，但要懂戏，这就是所谓修养。进入中学，就要学社交舞，学吃西餐，当时上海滩有一对菲律宾夫妇搭档，专门在上海滩豪门私授公子跳舞，女孩子是断然不学的，除非学芭蕾，旧上海女孩子如若专学跳舞，会有下海做舞女之嫌。事实上，女士们全靠男士带舞，只要音乐感好，就可以应付了。

张继光很早就有意识培养接班人。长子与荣鸿元、荣鸿三三个大小开合股开票券公司，次子乾恒圣约翰经济系，三子乾祥圣约翰附中，四子乾宏圣约翰经济系，五子乾源圣约翰建筑系（后合并到之江大学），六子乾亨东吴大学会计系，总之都是教会大学。

上海人家一般家有来客，小孩子是不上台面的，怕有何不当举止对客人失礼。光远坊的孩子们则从小被逼着上台面待客。乾源伯回忆，自小与虞洽卿、荣宗敬包括笔者祖父程慕灏等上海滩头面人物同台吃饭。吃饭是次要，聆听学习前辈处世为人才是真的，乾源伯记得还为虞洽卿盛过饭。

说起来，“光远坊”还曾为上海地下党的一个据点。

张继光有个侄子张永年，当时在交通大学与江泽民同为地下党。地下党活动就选在光远坊，江泽民也来过几回。

从现象上看，张乾源是名符其实的“富二代”，但他讨厌这个归类，坚持改为“好二代”。

“光远坊”的好二代们，就是这样成长起来的。

子承父业，后继有人

五子张乾源自小勤学，成绩优异。圣约翰附中桃坞中学毕业后，保送七个教会大学：圣约翰、之江、东吴、沪江、金陵等，由他选。他选了圣约翰建筑系。张继光十分欣慰，次日就带他去拜见圣约翰大学当时的校务委员会主任委员杨宽麟先生。乾源伯记得他住在武夷路一幢小洋房，杨先生对他十分欣赏，当场送他在当时属十分名贵的美国 K.E. 牌计算尺、T 字尺和三角尺一套，促他抓紧入圣约翰暑期班，如是可尽早学满学分提早毕业。

从此，张乾源终身都没离开过 T 字尺、三角尺和计算尺！

因为学业优异，早在中小学时乾源伯就频频跳级，进入大学三年期间已拿到全部学分，1950 年 20 岁时已只差交毕业论文就可毕业。别以为张乾源因此是个书呆子，当年大学开 party，他可是女生最欢迎的派对搭档：帅气、功课好、老实忠厚，家世又好。犹记得那时学校开舞会，好多男同学都请不到派对拍档，唯他一请，就可以请到五个。回想那情景，五个打扮得漂漂亮亮的女同学婀婀娜娜走在前面，他充当护花使者小心押后，校园里一路走来十分风光，引起男同学们阵阵掌声，有人开玩笑称他为“舞女大班”。

在导师汪定曾和王华彬两位老师的教诲下，他 1950 年就开始投入新中国建设，接受的第一个项目，就是曹杨新邨二万户新公房的卫生所和托儿所。出身豪宅“光远坊”的张乾源遵循父亲从小的教导：造房子是百年大计，老百姓造一幢房子不容易，质量一定要好，信誉一定要好，交楼只好提前，不能延后，这是性命交关的事。这番话张乾源记了一辈子。

23岁时，长着一张娃娃脸的张乾源由老师、著名设计师陈植推荐给当时的副市长潘汉年，参与了当时全国最大的设计项目：上海中苏友好大厦（现上海展览馆）。

他常言，做建筑是“苦生活”，单靠在写字间画图纸是做不出“好生活”的。这里有个有趣小插曲：张家与姚家是世家，后代顺理成章也成好朋友。姚家的一个小开也是搞工程的。解放后，两个小开在南京龙潭水泥厂相逢，合作完成中国水泥厂孔山矿项目。工程总负责是张乾源，矿山设计是新婚太太李良玉（乾源伯戏言这是标准夫妻老婆店），姚小开是合作者。我们这位张小开成日泡在工地现场第一线，风餐露宿，经常吃的是白水煮茄子，这位光远坊出身的小开却没事人一样，而姚小开则成日躲在有空调（早在20世纪40年代空调全世界很稀罕时，这位会享受的姚小开已在自己写字间安空调了）的写字间，一个礼拜来现场硬着头皮熬二三日，就急不可待开着小车回去了。工人们都说，两个小开，怎么完全不同！当然那还是解放初，企业还未社会主义改造，姚小开此举也无可非议。笔者与姚家也可属世交，这里丝毫无任何指责之意，只说明各人的生活处事和适应环境之技的不同。

建筑大王小开四角钱举办婚礼一世情深

新中国成立，令张乾源看到“光远坊”外的世界前程辉煌，他先后参加北京苏联展览馆和上海中苏友好大厦设计工作，主持了上海水产学院、华东化工学院、彭浦工业小区、上海第一、三、五钢铁厂的设计建造……严谨的工作态度和扎实的专业令他在新中国广施才干，成绩斐然。1955、1956、1957年，他连续三年被评为与著名工人劳动模范黄宝妹、杨富珍、裔式娟等齐名的上海市劳动模范。1956年还出席了全国建筑业劳模大会，得到朱德元帅的接见，由于1956年和1958年他分别荣获团中央委员会奖状，1958年，团中央书记胡耀邦点名要与他一起参加植树，并拉住他手说：“我们最需要你这样的知识分子。”

回忆20世纪50年代的党群关系，乾源伯至今仍十分感动！

乾源伯太太李良玉，笔者称Lily Auntie，出身书香门第，从小与绿屋屋主吴同文的几个孩子一起玩大，也是世交。说到Lily姨，不得不佩服当时大学生身心发展的全面。她就读燕京大学时，与章含之前夫洪君彦先生是同学，至今对洪先生的翩翩风度记忆犹深。乾源伯与她是青梅竹马，小学就是同学，事业上是同行。Lily姨中学时代就打得一手好网球。此外，Lily姨舞也跳得好，中学时代就常去她好友家——铜仁路上绿房子开派对。同样是一位没有娇气、辗转穷山僻壤筹建矿山工艺水泥厂的女工程师。怎么也不会想到如此一位娇弱女孩子，却先后设计过中国水泥厂矿山、安徽水泥厂、江西万年水泥厂的矿山工艺和技术经济设计等，是华东建材设计院副教授、高级工程师。

Lily 姨风度优雅，却吃得起苦，为人坦直率真，与乾源伯真是天生一对。他们一子一女，长女张范，取名范，是因为出生时乾源伯刚获首届上海市劳动模范称号。儿子 1964 年出生，名张永勤，可见父母对他的期望。

说到他们的婚礼，乾源伯笑语只花了四角钱。二角钱一张结婚证工本费，二张四角钱。

这场四角钱的婚礼，乾源伯婶至今津津乐道。

他们的婚礼是 1955 年 3 月 3 日下午三点三刻在北京国家计划委员会礼堂举行的，完全是火线婚礼。这话怎么说？那日他正好去国家计划委员会办公事，次日就要赶去沈阳参加一个项目。当时 Lily 姨在北京中央国家计划委员会工作。当计委老领导了解到她为工作婚期已一拖再拖时，立时举行一场“包办”婚礼。就这样，上午谈好工作，中午即时与未婚妻一起赶往城里领了二份结婚证共四角。这时乾源伯才发现，自己一身风尘仆仆，怎么都不像个新倌人。当即再

四角钱的婚礼，一辈子的承诺，张乾源夫妇结婚照。

与新娘赶到王府井，买了一身新蓝布人民装，一件白衬衫，当场在百货公司的厕所里换好，崭刮拉新地走出来，再火速赶回位于郊区的计委部礼堂。计委领导亲自主持婚礼，在致词中要他们积极投入“全国增加生产、厉行节约”的活动中去。轮到新郎致词，可能太激动了，一时不知该讲什么，眼睛不意瞟到礼堂上挂着了“增加生产、厉行节约”之类标语，愣头愣脑冒出一句：“感谢领导和同志们关心，我和良玉一定不负众望，增加生产。”刹时全场爆笑，50年代，生孩子也叫“生产”。

这边婚礼结束，新郎单位建筑工程部也有一场庆贺活动，热心的领导特地从部队借调一辆国民党时期留下的别克车接送这对新人。说实话，光远坊出来的张乾源“不差坐小车”，但这样得到领导首长特别关照，还是第一次，这令他很感动。

当晚，建筑工程部八位专家请新人在北京当时最高级的曲园吃饭。喜宴的召集人就是现今上海统战部部长金闽珠的叔叔金瓯卜，现在乾源伯与金闽珠女士又是好朋友，真是有缘。新房就在部队招待所，新娘单位特地让几个女同事帮他们布置了新房。次日一早，新娘子就去街上买了豆酱馃子（油条），新婚夫妇吃完了简单早餐，新娘就把新郎送到火车站，送他去沈阳继续公差。眼睛一眨，夫妇俩已相濡以沫走过几十年了，不久前刚庆祝了金婚。

青年时代的张乾源夫妇

一只大钻戒和一架无机芯的玩具飞机

“文革”十年，张乾源自然没有好日子过，被抄家、戴“反动学术权威”帽子。张家大人家，稀世珍宝有得是，全部抄劫一空，其中有枚当年上海道台家流散出来的大钻戒，是父亲张继光留给他的，也给抄走了。抄家人走后，太太将凌乱不堪的家略略打扫一下——第二天还要上班呢！谁知这么一打扫，角角落落里又扫出不少零碎的金刚钻，夫妇俩连夜再赶去抄家单位上交了，免得多事！这就是可爱的中国牌知识分子。

今日回忆此事，张乾源仍感欣慰：“这样倒好！清清爽爽。我就对孩子们说，屋里厢什么都没有了。今后一切只能靠你们自己，你们只有好好读书，读到脑子里的东西是抄不走、夺不走的。”现在张家一子一女都十分有出息。

抄家后不久正逢国庆，天生乐观的乾源伯对家人说：“抄家归抄家，国庆还是要过的。”旧时每月五日发工资，经一番洗劫，家里真一分钱也难寻！不料竟在一件旧棉袄罩衫里摸到一张十元钱，国庆当日即领全家上馆子美美吃了一顿，花了八元二角，十元钱还余一元八角，一家四口再笃悠悠荡荡马路，走过一家玩具店，儿子看中一架装有小马达的飞机，一问价钱要三元多，做父亲的一心要让孩子扫除抄家后的阴霾，又爱莫能助，亏得营业员好心，将机肚里的小马达取出来，一元八角卖给他。这架没有内芯的飞机儿子一直珍藏着，儿子还经常开玩笑地对朋友说："这架飞机的马达被我们吃到肚子里去了。"

在那人妖颠倒的十年，即使顶着恶名，乾源伯仍孜孜不倦为民服务，唐山大地震、大屯煤矿，处处留下他的业绩。

出访瑞典，率先引入"商品房"

1980年时任国务院副总理的谷牧和黄华邀请两位建筑专家作访问学者考察国外住宅建设和大使馆建设情况，张乾源被委以重任至瑞典及欧洲其他各国，当时外汇紧张，谷牧副总理特批的1500美元，公差未完，钱倒花完了。此时他的谙熟英语得到充分发挥，便在欧洲各地讲学，历时一年，归来后不仅归还当时的1500美元，还多交了600美元。更重要的是，他递交了一份详尽的报告，第一次用商品化的观点来阐述住宅观。谷牧副总理的批示是："成绩很大，为国争光。"还说："我们今后要多派像张乾源一样的专家，可以不用经费，还取回四大箱资料给国家。"

虎父无犬子，新时代建筑世家的新八景

开放后，张乾源担任了华东建筑设计院副总建筑师、顾问总建筑师、政协会常务委员和香港上海实业公司、上海锦江集团等顾问。

上海现在正在评选新八景，这位建筑世家后人也在他的设计中为上海留下自己的新八景：

1. 改革开放后上海第一座智能化玻璃幕墙的联谊大厦。与张乾源父亲张继光 1910 年筹建的东方汇理银行只相距一箭之遥。

2. 上海第一幢现代化旅游酒店——龙柏饭店。

3. 设计引进彩色电视生产线及上海电机一厂厂房工艺设计，投产一年即收回成本。

4. 上海展览中心的改造。

张乾源在 23 岁时就参与北京苏联展览馆和上海中苏友好大厦的设计，岂料与其缘分未尽。1984 年汪道涵市长向他委付重任，要他解决上海展览中心的工业大厅的漏雨和声学回音问题。经过苦思冥想，他作出了一大胆方案，将原中央工业大厅改建成多功能大厅，既能办展览，又能开大会和举行大型宴会，这个工程的预算要 1 亿多元，但他以 200 万元就解决了。因篇幅所限，这里不详谈细节。

从此至今，每年上海市人代会和政协大会及国际性会议都在这里举行。作为政协常委的张乾源坐在自己设计的大厅中，更感无尚欣慰和光荣。

5. 与国际建筑大师合作设计波特曼大酒店。

在上海繁忙的南京西路上，兴建16万平方米的五星级酒店，难中之难是锅炉房的设置和中央空调机房的设置。张乾源大胆将锅炉房设在屋顶下藏起来。至于空调机房，他适时利用上海展览中心馆长级顾问的身份，将空调机房“飞过海”，放在马路对面的展览中心空调机房内。

6. 参与设计花园饭店。

在设计花园饭店时，解决二百辆汽车停车安置是设计竞赛决定能否夺标的关键。张乾源灵机一动，在网球场上建立停车库，再在车库顶上重建网球场，既不破坏原来风格，还节约了土地资源。

7. 东方明珠两个球体型的设计创意者。

在东方明珠的创意设计方案竞赛中，张乾源作为主持人，运用他的建筑综合论和项祖荃、凌本立、江欢成一起创新地提出把球形体作为电视塔的造型，并提出上半球作为旅游宾馆，下半球作为观光空间的设想。这个方案的图纸和模型当即被江泽民、朱镕基等当时市府领导评为一等奖，选中方案。今天的东方明珠塔即按此方案进行设计建造，已成上海一个新的标志。与张乾源父亲张继光承造的中山东一路 29 号的法国东方汇理银行大楼一江之隔，父子两代都在外滩留下了自己贡献上海的印记。

8. 筹款募捐建造七层大楼宁波同乡会。

乾源伯一生乡音不改，遵照父亲教诲，始终不忘宁波老家。当年宁波同乡会的陈正兴在南京西路商圈内的南汇路奉贤路处找到一个小地块意欲建上海宁波同乡会，张乾源受父亲当年募款修建宁波灵桥的启示，利用自己在沪港两地的广泛关系，连同李储文、陈正兴、金如新、庄晓天等七人，成立筹款会，他和金如新不但自己捐出较大款项，还到香港募捐了 900 万元，占建造费用的 90%，终于造成这座宁波同乡会大厦。

20 世纪 80 年代，乾源伯已在上海设计建造了众多五星级酒店，豪华商厦之时，自己一家四口仍蜗居在抄家时逼迁的一间底层墙壁都因潮湿而发霉的小房间。当年一位记者采访后深为之不平，在采访稿中为之呼吁：这样一位优秀的建筑师理应有更好的居住条件。张乾源看完样稿后当即将其撕了，言正表示：决不能借国家的媒体提出私人的要求；再者，现今百废待兴，国家要花钱的地方多着呢！

刊于某著名社交杂志的张乾源夫妇及女儿张范夫妇的金婚与银婚纪念照

前排张乾源夫妇，后排右二右三为儿子张永勤夫妇，左二左三为女儿张范夫妇。

百年建筑世家后继有人

乾源伯一子一女，女儿张范是美国邓禄普橡胶轮胎厂计算机专家，女婿为加里逊发展有限公司董事长兼总经理，从事电脑软件的开发。

儿子张永勤，是张乾源最大的安慰。儿子 1964 年出生，父亲为之取名为“永勤”，用心何苦。张永勤生适良时，同济大学德文班建筑系毕业。后在美国内布拉斯加州立大学建筑系深造，并在与张家世交、宁波小港李家后人、在美国与贝聿铭齐名的华人建筑师李名仪的建筑事务所工作，能在这样世界级大师身边工作，对张永勤日后成材是最大的保证，并参与康奈尔大学及耶鲁大学的图书馆设计，还有旧金山的法院工程、纽约曼哈顿办公楼和达拉斯博物馆等的设计。

张永勤已回归上海，并参与了金山新城区计划和上海沙滩旅游区及大学城的设计，还有家乡宁波的多个项目。而深圳招商银行总行大楼是他回国后接的第一个大工程，还完成了 20 万平方米的深圳市民中心。

关于自己儿子，张乾源再三关照：要少写些，他还年轻，路还长着，做得还不够！

（本文参考资料《名誉中外的建筑大王张继光》，作者丁言鸣，《宁波帮》2009 年第 2 期。）

城市地标
——城市生活流行色的载体

Land Mark，城市地标，单从字面上理解，为城市地理位置的标志。标志作为一种印记，理应为凝固的永恒的堪为经典的。然而话又说回来，城市是活体，她是随着经济文化的发展的势头与时俱进的，因而一个有活力的城市，她的地标一定不可能一成不变，且必是能盛载得起城市文化流行的走向。地标今天不仅只理解为地理方位的标记，更是这个城市价值观的再现。

外　　滩

全球公认的上海首屈一指的地标，当然是外滩。140 多年来，外滩的概念不断被更新，范畴不断地扩展。到 20 世纪，外滩之概念已扩充为全长约 1.5 公里，共有哥特式罗马式等各异风格的大楼 52 幢。上海开埠百多年来，其中经历了推翻皇帝和推翻旧中国的革命，再加荒谬的十年文革和令上海重生的改革开放，其中还夹着抗战和解放战争，外滩作为上海的地标仍是固若金汤。

因为外滩，上海衍生了第一批白领（当时白领仅指吃洋行饭）。上海先生觉得长衫马褂似不合适出入外滩这 52 幢令人俯伏仰望的大楼，上海先生小心翼翼地改变着老祖宗规定的服饰，在长衫里穿上笔挺的西装裤、圆口直贡呢千层布底鞋换成锃亮的漆皮皮鞋，瓜皮小帽换上英国毡呢礼帽……上海人从来擅长混搭，很快，这种长衫与西服混搭的模式从洋行职员流传到洋大学生，渐渐再辐射到华资企业的白领……可以讲当时上海男士的时尚，最早是从在外滩大楼吃洋行饭的一批上海先生中流传出来的：今年西服流行双排钮扣还是单排钮扣？领带时兴宽带还是窄带？甚至抽烟品牌是骆驼牌还是茄力克，在外滩上班的上海先生是最可信的样版。一时，“在外滩上班”成为上海成功男人的标志，老百姓对孩子的期望：“生心读书，将来长大了在外滩上班！”外滩洋行洋人的生活方式：下午茶、喝咖啡、红茶加奶、开派对种种也被上海洋行先生带到社会上。连黄包车夫都对外滩的每一幢建筑了如指掌：“黄包车！亚细亚石油公司！”根本不用说什么路什么路口多少门牌，唠唠叨叨的，黄包车夫就将你直接拉到！

1854年外滩出现第一幢带餐饮集娱乐为一体的酒店（HOTEL）——外滩19号的汇中饭店。在汇中现身之前，上海的旅社是只管住宿不包餐饮。汇中将西方的酒店式经营和管理带到上海，这是上海餐饮业一次大革命。上海的国人营造经营的国际饭店、扬子饭店、锦江饭店都是受它启迪而起。

所以讲，外滩可以讲不仅是上海城市文化之源，还可认定为上海现代城市生活时尚的源头。因为有了外滩，上海人接受了一种就业新观念：不一定要做老板做大官，只要好好读书，特别学好一口英文，能在外滩上班，这一世哪怕不会发横财，至少也一世衣食无忧了，要在上海滩混，一口 ABC 万万少不了！哪怕解放了，帝国主义夹着尾巴逃跑了，外滩仍是上海永恒的地标。英语热经久不衰。直到改革开放初期，上海英语热可谓全国之最，青年人三五成群自发组成的英语角，活跃在外滩沿江，看见有外国人就会主动上前用英语会话，以练习口语。选择外滩，是因为这里外国人最多，更因为，在世代上海人心目中，外滩始终是姓“外（洋）”的。

外滩作为上海地标是永恒的，全国乃至世界一致的。上山下乡高潮，上海知青几乎人手一只人造革制的、印有外白渡桥和近邻的上海大厦图案的旅行袋。人说故井家园，上海遍地都是柏油马路，上海人的故井家园就是外滩。

现今，外滩的概念为东起黄浦江，西至四川中路，北抵苏州河南面滇池路，占地约 16.4 万平方米，经专家多次论证，确定了其作为上海现代城市源头的特殊地位，“外滩源”之名也因此诞生。

一头自重达 6 吨、高约 2.5 米的，造型与华尔街牛相似的大铜牛在外滩金融广场落成。这只大铜牛能否与原汇丰银行门口那对大铜狮一样与黄浦江日月共存——不是指地理空间，而是指人的记忆空间——尚需时日打造和证明。

东方明珠与陆家嘴金融区

1994 年建成的东方明珠成为上海新地标，标志着上海开始现代化的转型。东方明珠带起了陆家嘴现代化建筑楼群：金茂大厦、环球金融中心……充满了环环相扣的链接，我们可以称此为集聚效应，由东方明珠带起的集聚效应，彻底改变了上海人“宁要浦西一张床，不要浦东一套房”的老顽固观念。陆家嘴成为上海梦的一个新演绎，“在陆家嘴上班”与“在外滩上班”同样为优秀人才成功人士的暗喻。相比老上海，新上海人更钟情由东方明珠领衔的陆家嘴金融区，它没任何历史包袱，令新上海人心理上很有归属感，不似浦西有太多自己不熟的符号。

对老上海来讲，更喜欢隔江遥望这座世界第四高塔，浦东浦西尽收眼底。老上海对这个地标持一份时尚性和炫耀性：如果你在东方明珠、金茂大厦和环球金融中心对外开放初期就有幸进入与之有肌肤之亲，那是很值得炫耀，很说明你的人脉、地位和影响力的。连顶级品牌或产品的新闻发布会、时装秀，都要抢在第一时间在上述建筑亮相，如爱玛仕争先在环球金融中心抢得第一时间开发布会，被邀嘉宾都为沪上时尚界文化界演艺界猛人，无一不感到荣耀，因为能作为首批步入 100 层观光层的，就是一种层次。不过，上海人的热情来得快退得也快，到此一游过了，一般不大会再去，但对外来观光客，东方明珠永具吸引力。

相反，上海外滩，上海人会不时去踱踱走走，因为这里留下太多几代家人和自己各个时期的印迹。外滩是一杯醇厚的咖啡，浦东东方明珠建筑群则是一杯令人沸腾的威士忌。

大马路和南京路步行街

上海的城市发展是以黄浦江西为界，由东向西推进的，那些没能抢到外滩风水宝地的华商和外商，便依附外滩强实的金融风水，向上海腹地西推，自然而然形成四条平行大马路，那就是著名的大马路（南京东路）、二马路（九江路）、三马路（汉口路）、四马路（福州路）和五马路（广东路）。

这五条上海主脉马路，以大马路为上海之最，甚至誉为全国之最——中华第一街。

永安、先施等四大公司在大马路先后现身不仅仅只作为地标的意义，更是大大提升了大马路的含金量，一声“他的门面开在大马路上”入耳如雷贯耳。大马路不是时尚地标，实在是实力与权势的混合。因为方圆四周银行洋行林立，大马路一度被称为“男人的马路”，西装店、扇庄、鞋帽店、字画古玩店、茶楼饭店、男子理发厅、男式皮鞋店开得成行成市，方便男士谈生意忙中偷闲置装扮靓。

可能正因为大马路资格老，调子高，南京路在全国知名度远比与之一脉相承的南京西路高。作为上海商业大街的地标，外地人的南京路概念，就是从外滩起至人民公园（跑马会）国际饭店为止；而老上海则觉得南京东路已 out 了，他们认为，南京西路才是上海时尚的真髓。尽管如此，每天从全国各地涌向大马路（南京东路）的人潮仍源源不竭，在他们心目中，中华第一街就是南京东路。

20 世纪 90 年代，大马路上建起南京路步行街，西起西藏中路，东至河南中路，在外来游客心目中，南京路步行街就是上海的地标，是上海旅游观光节目中不可缺少的一环。

新时尚地标跑马厅（马场和跑马总会大楼的总称）带起了时尚的静安寺路（南京西路）

20 世纪 30 年代，上海跑马厅（今上海美术馆）建成，这座英伦式的集赛马餐饮娱乐于一身的场所，不仅是作为区分大马路和静安寺路的地标，更是身份的标记，能在此出出进进都为非富则贵之众，骑马养马赛马这些源自英国贵族的活动成上海滩最时尚的休闲。

这个上海滩新地标，也融入上海方言之中，暗喻某人的道德水准:“伊拉(她的)老公不三不四,一天到晚泡在马场上”,“忒个(这个)后生好,长这么大马场门朝东开还是朝西开都不晓得。(指从来不涉足)”

如果说四大公司(先施、永安、大新和新新)为大马路(南京路)奠定了商业大街的基调,那么可以讲,上海跑马厅则为这条新兴的商业大街静安寺路(今南京西路)注入了时尚元素。20 世纪 30 年代,百货大楼的消费模式已显 out,西方引入的专卖店 Botique 则方兴未艾,在静安寺路上开得成行成市:著名的鸿翔时装公司、培罗蒙西服店、博步皮鞋店……咖啡厅、舞厅、花园式夜总会也应运而生,与南京东路的喧闹、五方人士聚集的大卖场式、传统老字号店铺集中的模式相比,静安寺路相对显得优雅、时尚,渐渐地,老上海都认定南京西路的品味要高过南京东路。

直至今日,南京西路仍为公认的上海时尚制高点,世界顶级品牌都将自己的旗舰店设在南京西路。恒隆广场的建成,更是这条大街的时尚地标。

新　天　地

改革开放以来,上海涌现出的新地标,层出不尽,然而最快被上海人乃至国内外人士接受的新地标，当为“新天地”。

“新天地”位于黄陂南路和马当路之间，毗邻黄陂南路地铁站和南北、东西高架路的交汇点。这里原是旧法租界内一片残旧的石库门弄堂。2007年“新天地”全部建成，为最具有上海历史文化风貌的新地标，从此“新天地”作为一种旧城改造模式被移植到上海乃至全国各地，成为国内房地产区域改造的标杆。

“新天地”较香港兰桂坊更洋气，却比兰桂坊更具城市历史符号，为上海时尚青年白领的指定朝圣地，它几乎可以讲是为21世纪现代都市人度身定做的休闲区，也是外国人到上海必去的观光区。“新天地”是新上海人、海归和上海客热捧之地，然对老上海，“新天地”的景观记忆远不如外滩、南京路。但它绝对会与时俱进，最终成为上海人永恒的记忆中的精神家园。它是上海所有的改革开放后时尚新地标的“教父”，它是新一代上海人对老上海民生最感性的认知。

与恒隆广场相比，“新天地”的时尚更年轻、更国际化、更亲民、更有辐射力、更全面且更具个性。

“新天地”的出现大大挑战了植根于20世纪初的南京路的“中华第一街”的大哥大地位，它如同当年静安寺路上跑马厅新地标的出现，将上海时尚史翻开崭新的一页，是名副其实的新天地。

真正的地标性建筑应如一颗种子，播下后会生出连片的新地标，从而催化出全新的城市人文。能达到地标级的，必已成老百姓的集体记忆，如是即使地标的躯壳不存在了，甚至完全消失了，它仍存在老百姓记忆中，如莲香阁茶室、徐园、愚园、张园……地标是不能"打造"出来的，它必定要经过常年的实体与时空的对话磨合成的，反之那就只是堆砌而不是印记。历史积淀是城市地标的灵魂，只要有了灵魂，废弃残破的躯壳也可以活化。我们要爱护我们的城市老建筑，老建筑如老梅桩，只要小心爱护，就会爆出新芽衍生出一片新的生命。那是城市的贡献。

外滩·上海名片·私人地图

每每接待初临上海的朋友观光，首选之处便是外滩，不仅因为外滩是上海的标志，被誉为上海名片。更因为，外滩是不少上海人及曾经在上海生活过的中外人士私人地图中一个永远的地标——

外滩那52幢气魄夺人、记载着开埠初期辉煌的跨世纪建筑，形成一个很优雅的弧形环抱着黄浦江延伸着，与江对岸的现代化建筑呼应。这些历劫而后生的建筑有如浴火再生的凤凰，是上海百年沧桑的见证！

都讲，越有价值的所在其地址就越短，何需用得上某某市某某区某某路某某号……啰啰唆唆一大堆？外滩，the Bund，短短七个英文字母，足以令中外人士对此地理方位，文化积淀有个清晰的认知。原来，地段高下之分，不仅存在于物理空间，也存在于化学空间——人们的思维空间，在我们的私人地图中，有些建筑有些街道永远不会拆迁，永远不会被推成废墟断垣，犹如你爱的人，在你的记忆中永远不会衰老！ the Bund外滩，日出日暮，花落花开，是罕有的在我们的物理空间和化学空间中都是永远常存常在的。外滩不仅是上海的名片，也是我们私人地图中永远不变的地标。

外滩是很怡人的散步之处，因为这一截风景有着很丰富的掌故，行走其中，会给人带来很多回忆，好多遐想！人了解生命的虚妄，有时是在生死边缘，更多却是在不意中，脑海中一个闪回。踱步在外滩，最容易激起这样的闪现，那是因为，你的心灵不由自主地与历史对话。外滩，是历史的活化石。

散步如同听音乐一样，不同的人生阶段会品味不同的境界；自从1846年英国驻沪领事馆从上海县城临时租赁的屋宇迁移到黄浦江畔苏州河南的新馆（今半岛酒店）后，上海版图中的“外滩”，已不但仅作为一个地名，而成为一种激烈挑战传统的新生活新地标；原来读书不一定只有做官才可出人头地，原来不一定做老板才可致富……只要你能在外滩摆上一张写字桌，你就是成功了！你就可以一世衣食无忧，进入社会上流。

上海开埠不久，外滩就成公认的上海金融集中地，称之为东方华尔街。那里汇集了著名中外银行、保险、信托等金融机构，这种强烈的辐射波及至外滩沿江相邻的平行排列的马路，外滩的范畴也因此扩大了。那时候，上海先生一句“在外滩写字间上班”，已足以令他太太在一众闺房好友中引领四顾，颜面增光；令他双亲有荣祖耀庭的欣慰，令四邻悄悄以他做楷模教育自己孩子：“好好生心读书，将来像叔叔那样在外滩坐写字间……”令所有待字闺中女儿的妈妈们不惜婉转打听：这位在外滩坐写字间的先生是否有太太？……

“在外滩上班”，根本无需问在什么公司什么银行，已可成为一代都市先生成功的代名词，外滩，是上海白领和优皮一族的聚集制高地！

上海外滩，是多少都市青年私人地图中的麦加。好多年之后，当年的外滩写字间先生白了少年头，仍会常常在外滩散散步晒晒太阳，清楚记得父亲牵着幼稚的他在外滩大道上蹒跚学步：“乖儿子好好用功，将来在外滩上班……”今日已届耄耋之年的他，还会在众多窗户中正确地找到当年写字间的那个窗口！

虽然置身在金钱交易的中心，这条东方华尔街却丝毫没沾上铜臭，不像美国的华尔街那样窄狭阴冷，也没有那样的物欲横流，反而多了几分矜持和含蓄，这就叫海派——荣辱不惊，海纳百川。

诚然，不是每个人都能心想事成，但能与心爱的人挽手在江畔漫步，却是每个人可望又可及的梦想。

于是，外滩有了著名的情人墙。

华灯初上，那映亮半边天际的霓虹光彩，在暮色里平添了几分都会的浪漫……年轻人在这里等待另一个人。在尚没有手机的时代，守住“不见不散”的诺言难度似要高一点，却不影响痴靠在墙边等待那场迟到的约会的耐性，晚风传来阵阵海关钟声，似在为天荒地老的痴情作证……

正如那首脍炙人口的《莫斯科郊外的晚上》所唱的，但愿从今以后，你我都不忘，外滩江畔的晚上……

品质与风范
——沉淀的美学

都市人推崇生活质量，何为生活质量？应当由生活品质与风格合成。或者我们可以说品质与风格有如一座坐标轴，风格是横轴，延伸着我们生活审美的深度，生活品质是纵轴，是生活层次的刻度。如是，清晰地反应出我们的生活质量。

因为文化背景的不同，各人的审美风格当然是各异的，一个越是文明开放的城市。激发和唤起各人的创意空间越是宽松。五光十色活色生香的都会文化，就是这样形成的。这就是都会与城市的区别。城市的面积再小，如若其生活质数足以在全国乃至相当地区起引领并升华为经典，具有如此催化功能的城市才能称为都会。否则，面积再大人口再多，充其量只能称为大城市。都会，呈现的是一门沉淀的美学。

上海的万国建筑呈现出都会华美

人说百货中百客。老上海的民居和建筑风格各异，从而形成上海万国建筑之都：从最传统的石库门到新式花园里弄住宅，还有公寓楼和洋房。洋房中又分为殖民式风格（即我们常说的英国乡村式住宅、北欧风格及德国托斯卡式风格等）、海派风格（中西结合的花园住宅，如张爱玲出生的张公馆）及现代派风格（如著名的铜仁路上的邬达克设计的绿屋）……

相比现今划一缺乏个性和风格的小区模式高层住宅，老上海建筑呈现丰富的民生画面。

别以为老式石库门就是大众住宅。一些传统的殷实人家遵循“不露富”的祖诫，就喜欢住石库门弄堂，但地段必须是租界区。话说回来，高高的厚实的防火红砖墙簇拥起一个嵌在富有意大利文艺复兴时期风格图案的石雕门框中的黑漆大门很有气派。大门进去通常是嵌着虎纹石的天井，正中一只荷花缸几尾金鱼优哉游哉，倚墙一株白玉兰，朝南一排法兰西长窗，通常就是客厅了……这样一幢普通的石库门如果一户居住，不论空间的阔落还是居住的舒适度，一定不输过今天动辄五六万一平方的高层豪宅。

今天众多所谓豪宅满眼都是设计师的主意，连电插座的位子，抑或客厅和主卧室的摆法几乎都是千篇一律。比起老上海的居家布置，真令我们自叹不如。

说到海派家具，同样多姿多彩有传统的“老虎脚爪”（全手工老红木家具），样式有明清式、摩登海派式，“尊古斋”是上海红木家具制作的头块牌子，原址在南京西路石门二路路口，现已不见踪影。经典西式家具代表是 Art & Craft，古典北美风格，一应设计都在美国，制作在上海，旗舰店就是今南京西路泰兴路转角那幢楼，因价格昂贵，唯上海的公馆大家才消费得起。其风格就是不成套，一应家具都需主人自己搭配，可见混搭艺术早在老上海上层圈子已成时尚了。因为是混搭，自然十分考验屋主的审美。Art & Craft 最经典的就是全白了，一应沙发，娇嫩的白色特别需呵护，这就叫身价。武康路宋庆龄故居的一套 Art & Craft 卧室家具是当年她的陪嫁，现在不知还保留着吗。

一般海派家具也是西式家具，是上海本土设计家引用当年最时尚的流行——装饰艺术 Art.Deco 设计的，无论卧室家具还是客厅家具都是成套的，在上海上层白领中流行，“水明昌”、“森泰”、“精艺”为海派家具知名品牌，上层白领多喜欢居住有充分隐私保证的独家独户的公寓，海派西式家具就是为迎合公寓包括新式花园里弄住宅风格因运而生的。

公馆派、学院派和传统派

老上海男士的时尚风，从剃须刀到汽车，从来吹的就是英伦风。上海滩有型男士如同酒店有三星与五星之别，分 3R 先生和 5R 先生。3R 先生为雷朋眼镜、蓝翎自行车和朗生打火机的组合，因第一字母都是“R”；5R 先生再加 2 个 R：劳力士手表和罗雷弗莱克斯相机，那是可遇而不可求的。

老上海时尚先生分为传统派、公馆派和学院派（白领派）。传统派以海上闻人虞洽卿、营造泰斗张继光等众多大家族创业一代为例，他们讲求品牌，但多为本土老字号的百年老店，对舶来品品牌仅限为耐用品，如汽车、手表、收音机之类。5R 先生都来自公馆派，推崇名牌。故而今天很为成功人士追索的英国瓷器（Wedgwood）和法国水晶（Lalique）早在老上海已有代理，拥有相当市场。学院派男士比较注重个人形象，衬衫必 Arrow、钢笔是 Park，手表起码也要欧米茄（OMEGA），袜子要积架（Jaguar），是典型的 3R 先生，而一众土财主暴发户连英文 26 个字母都识不全，他们的西洋品牌意识肯定就很单薄，因而只能用沉甸甸的金表链、蚕豆大的金刚钻戒子来标明身价，张扬始终是暴发户的软档。

女士同样分公馆派和学院派再加个明星派。鸿翔公司是上海公馆派女士审美的典型：样式雍华端庄却不时尚。学院派为一众女大学生出身的新派太太及女白领，她们多去静安寺路上（今南京西路）犹太人开的时装手袋店购物。当时，世界名品牌尚未连锁式抢滩上海，而犹太人及白俄这些带有浓郁欧陆风情的个性化设计广为学院派女性推崇。原址在今“南京理发店”隔壁的“绿屋夫人时装沙龙”为其代表，还有今和平饭店南楼的“马丹嘉纳”，就是学院派女性所向往的时尚。

美国名牌开始抢滩上海约在太平洋战争爆发以后，因战事一应舶来品断了档，唯美国货仍通过航空少量抵达大后方，多为密丝佛陀唇膏（Max Factor）及刚问世的尼龙丝袜——上海人称玻璃丝袜。当这些奢侈品通过走私到上海黑市，价格咋舌：一双玻璃丝袜要卖到一两黄金！连一般公馆人家太太小姐都不敢问津：怕被人指责国乱当头仍如此奢华，唯有红舞女或交际花“商女不知亡国恨”才有这等大手笔。一时但凡当时穿最时髦的玻璃丝袜的女子招摇过市，反如同被贴上不雅的标签。抗战胜利美国货大量涌现上海街头，玻璃丝袜和密丝佛陀唇膏才广为时尚女性所能接受。可见，同一品牌，却因时代背景不同而体现出不同品质。

不同的休闲场所

都会的消闲场所最能体现以“圈子”的形式的社交活动。哪怕打一场麻将，也因场所与对象的不同而映出各层次。上海有句老话；要看某人的层次，只需看其麻将搭子是些谁。

老上海最高的休闲圈子，如同今天香港一样，是马会俱乐部，马会会员是成功的象征。加入马会（包括乡村俱乐部）不是光付巨额经费就可，还要马会董事局审核其做过多少社会公益且无任何不良纪录还需家世清白才成。传统市民的休闲场所有浴室、茶楼……观赏京昆，包括玩票，则是老上海最具身价的休闲。

旧时最体面的聚餐是家中私宴，必有私厨，且有几手拿手菜，又称私房菜，并私宅有大餐厅的才具条件；学院派的则更热衷看好莱电影开派对。因旧时百乐门等营业性夜总会有舞女，所以学院派是不去的，女性尤忌，通常都在家有大 Ball Room 的同学家中开 party；几个音乐发烧友自行组成乐队；还有种没有舞女的俱乐部如埃爱令和曼德琳，专为学院派开放，为了保证客流层次，内里一应餐牌到服务生会话，全部用英文，甚有效果。

苏州河

——上海故事从这里开始

我们这代，少小时都沉迷过《基度山恩仇记》，我们都会清晰地记得那一幕：船抵马赛，惊涛拍打着峻峭的崖岸，这里不是正常上下的码头，但有如不按常规的出牌，往往会导成全新的牌局，任何传奇的开始都带点相悖的决绝和冒险。紧裹着斗篷的邓蒂斯就在这里离船上岸。这就是基度山伯爵传奇的开始……

而今，是一个传奇频出的时代，当今一代大抵对这则太过遥远的异国传奇不感兴趣，然不论如何，我们都应该相信，城市的河，是孕育人文的活水源。时光合着湍湍的流水，在历史朦胧的灯影里，泛闪着的泓泓水光。

那一晚，又一艘满栽着蚕茧石材什么的驳船沿苏州河泊岸了。随船一个或几个壮实的小伙子背着单薄的包袱，有的或者腋下还小心夹着一对慈母临行前密密缝的不舍得穿的新鞋。他们托乡求亲才搭上这艘便船。他可能就是你我今天统称为“阿拉上海人”的曾祖父、曾曾祖父，他果断义无反顾地往岸上奋身一跃。我们的家族之树因他这一跃，而衍生出一支全新的支脉，上海也因这一跃，渐渐演化成令人爱怨交织的上海梦！

从来，水路是最节省成本又是最便利的交通形式。在 19 世纪 80 年代，上海已有颇具规模的十六铺码头，但不少我们的曾祖父们，还是宁可选择苏州河上的橹船，沿苏州河在任何他们认为合适之处上

白发苍苍的老校友亲吻苏州河边母校的土地

岸。此举或者比在十六铺上岸要少一点“乡下人进城”的心理压力。早年的苏州河沿岸是名副其实的都市里的村庄，即使后来演变成近代工业区，还可以处处闻乡音，道道见同里的。大都会大墙后的生活是艰难的，但为了一个梦，什么都可以熬下来。

上海的城市文明是由东向西推进的，而苏州河的流向则是由西向东汇入黄浦江最后百川归一的。或许正是因为这强烈的逆向，才碰撞出层出不尽的上海传奇！

苏州河沿岸多的是成片的棚户区，最出名的是今中远两湾城原址。《霓虹灯下的哨兵》的上海兵亚男，就是住在苏州河边的棚户区，导演作此处理，令他的上海兵典型身份十分清晰。静安区可谓上海中心之中心，但直到改革开放前，静安区的地段则是越往北越差，新闸路几已成了上只角地段的极限，再往北就是拥挤仄逼的廉价弄堂集中之处，那是因为离苏州河越来越近，地皮也越来越便宜，居民的层次自然也越趋平民化。

祖父当年从乡下来寻求上海之梦，从一小小银行初级职员身份，在上海拖家带口的，只能租赁苏州河南岸大通路上的“东斯文里”，那种板壁单薄开间浅窄的弄堂房子，住客多半为小职员、小老板或小“白相人”……因为近苏州河，且又近当时上海最大的粪码头，一年四季臭气难当，特别黄梅季节。所幸不久祖父已有能力搬离“斯文

笔者的祖父19岁时刚从练习生升到柜员，他的苏州河回忆充满艰辛。

里”了。

对于130年前已建校的圣约翰大学的几代学生，苏州河是他们记忆中永远的青春之河，满载着他们欢乐无虑的时光。我的圣约翰大学毕业生外祖父，对校园最难忘的回忆就是那道蜿蜒绕过校园东西北三面的苏州河，正所谓“环境平分三面水，树人已半百年功”。当时河上尚未有桥，学生往返上下课都需摆渡。这些天之骄子，常常会支开艄夫，将长衫下摆一掖，就跳上船自己摇橹，三五成群的还会吹起口琴，一曲《梅花三弄》给弄得惨不忍睹，然后嘻嘻哈哈地跳上岸。“从船上回望格致楼，真有种‘知识彼岸’的感觉。”外公经常如是对我说。

后来，好像是荣氏家族捐造了一座桥，但学生们仍热衷摆渡过河。到了我母亲1940年入读圣约翰，因为有了女生（圣约翰1936年开始有了12名女生），行过这里突然显得特别敏感特别小心翼翼。尽管洋大学风气西化，但男女同学之间仍恪守这中国传统的礼教。一般男女同学都喜结伴过桥，对话也是采取男女声小组唱形式——男声：某某请客吃大餐（看电影、吃冰淇淋……），要不要？女声那边就会一起欣然回复：OK呀。其实两拨人心中都有数——男方有一人在追求女方中的一人，乐得大家起起蓬头，推波助浪一下。约大校友会资料所示，至今仍有约廿来对约大伉俪已庆金婚。他们都会记得

圣约翰大学——上海唯一一个拥有苏州河蜿蜒穿越其中的校园美景的大学。

笔者的外公外婆和舅舅。笔者的外祖父（中）潘德民（1920届圣约翰经济系毕业生）的苏州河记忆充满浪漫。时舅舅为圣约翰化学系学生，后因战事转学至昆明西南联大。

那条河、那座桥，还有那摆渡的小船……

所谓吃大餐，多半指圣约翰后门曹家渡一带沿街白俄开设的罗宋西餐馆。五角一客的罗宋大餐包括满满一小钢精锅子浮着一大块甩奶油和整块牛肉的罗宋汤，一块煎得金黄的炸猪排及面包尽吃。有些顽皮的男生喜欢凭河就餐，完了把手中的盆子当飞碟一只只甩向河面，比赛谁的手势准和美，少不了挨店主一番臭骂和赔钱，但在女生前轧足了台型，还是值得的。此举在当时或会称为"洋场恶少"之习，当今天白了少年头的他们重忆旧事，咧着无牙的嘴大笑时，你就会深切体会到，青春是多么可爱！这一代人中不少的父辈或祖父辈，是斗大字不识一个的、从苏州河跃上大上海的农民呢！

与我的外祖父相比，祖父记忆中的苏州河远没如此浪漫。据他自传所记，"八一三"战事爆发之际，八百壮士退入四行仓库内孤军作战，军事当局商得公共租界同意，军队缴械后可避入租界，但唯一的一条退路为由四行仓库冲过西藏路北进入中国银行仓库西门。其时中行仓库库门紧闭，枪林弹雨之下，何人敢去开门？此时作为中国银行高层的祖父与十九路军代表就坐镇位于福州路附近的印度咖喱饭店，与谢晋元保持通话（当时电话尚通），商量对策。血气方刚的祖父一时不知哪来的勇气，自告奋勇驾车至老闸桥，然后下车步行过桥，直抵中国银行仓库东南门，进到东边一个仓库内。当时共有三

圣约翰校园内渡河口的女大学生

笔者母亲为1944届圣约翰教育系的学生

名工友借着地处租界地及建筑坚固留守该仓库，倒也安全。祖父与他们谈及十九路军困境，其中一位工友基于义愤，自愿冒着枪林弹雨往返于西仓库取来钥匙，再来到西门下拔去门闩，随即飞奔而回告知祖父他们，祖父再电告十九路军部，通知四行仓库内八百壮士持械奔出，进入中国银行仓库的安全地区，再由租界当局送入胶州路集中营，此时人数只余四百不到！

兰州路桥，某角度讲，或者可以讲是我的桥。从1965年我分配到这里任中学教师，我最宝贵的青春时光都是在往返这座桥中溜走了。这里是典型的都市里的村庄，简陋的房子不少就是倚着桥身搭建，一推窗就可将洗碗水什么水往河里泼，苏州河成了天然下水道，再加两边工厂吐出的黑得发绿的污水，河水浑浊不堪。我的学生们竟然还在这里嬉水游泳从不闻生病，一方水土育一方人吧！一出罗马尼亚电影《多瑙河之波》上映后，我的学生们就送它一个美誉——多瑙河。我家访时多为黄昏家长们下班以后，他们多就近在附近厂家上班，因居室浅窄，家家的市面都做到屋外，各人手托一只盛得冒尖的蓝边大碗，上面是浓油涮酱的大排加一垛碧绿生青的蔬菜，三五成簇，坐在小矮凳上，权当饭桌的方凳上一搪瓷杯沁凉的生啤或工厂里发的冰冻盐汽水，半导体无线电热闹地唱着，尽管外面斗私批修一打三反，这里津津乐道我的“梅花党”和“一只绣花鞋”。尽管这里是领导阶级工人阶级聚居之处，反而没有社会上打打斗斗的那股火药味，反而多了几分人情。见了知识分子老师来，还用袖管抹抹本来很干净的小板凳，冲上一杯糖水，甜得我喉咙发毛！尽管祖祖辈辈没能跳过龙门离开这里，但是，他们仍安安分分地过着日子。这座名不见经传的兰州路桥两侧，嚣嚣闹闹生生猛猛，也是一幅清明上河图呢。

1998年，《上海市苏州河环境综合整治管理办法》实施，2003年《苏州河滨河景观规划》出台，苏州河景观成为高档楼宇的重要标志。当时作为下只角典型的兰州路桥两侧，今已屹立着水景观的高楼，我的学生们不少也已跳过龙门，他们中有成功的地产商、大学院长、海归精英……乘着改革之风，谱写了他们的上海传奇。

“家里望得到苏州河”成今日择居首选之一。“看得到苏州河”也是一个值得追逐的上海梦呢！苏州河宠辱不惊，仍是不紧不慢地流着，犹如一位历经辛劳终于守到子女成才的母亲，她仍一面絮絮地述着上海的故事，一面犹微笑着，宽恕了过往对她曾经的不公和忽略，张开怀抱欢迎她的子民，像还乡一样再回到她的身边。

还乡之路

从小到大，履历表的“籍贯”一栏，总是机械地填上浙江桐乡梧桐镇。然在感情上，对这个“籍贯”，却是陌生又疏离的，常听祖父唠叨着老家老宅沿着河畔，而程家祠堂，也在近头……直到后来有了点人生资历，对故乡，特别那条不知名的小河，竟思念起来。20世纪80年代特地去次老家。那时正值大办乡镇企业，腾飞的故乡已不如我想象中那样的“绿色”，令我失望之极的，是那常在我梦中出现的小河——竟然填没了，祠堂也拆了！

“为什么？”

“嘻，时间就是金钱，现在还有啥人愿意搭船？没听过，若要富，就筑路嘛……”一个当地小伙子不经意地说。

江南水乡，小村小镇总有一条无名的小河潺潺流过，满载着世代乡亲父老们壮志凌云闯天下的抱负，又以宽阔的胸怀拥抱每一个还乡的游子，所谓“永忆江湖归白发，欲回天地入扁舟”。一直以来，江南的水路，从来是最经济最方便的交通途径。但是，它被填没了！成为一条繁忙的尘土飞扬的车路！现代人生活繁忙，忘记了水程的交通，除了经济因素以外，原是最浪漫最有品味的旅程！

幸亏那条街还在。江南一带，每个镇都有一条商业街，俗称老街。两侧是层叠错落有致的民宅，尽管墙残檐旧，墙角还爬着青苔，然两边铺面鳞次栉比，生意虽不甚好，但见伙计们套着半旧袖套拢着双手，隔着柜台与街上来往的乡亲们聊着天。石板路上坑坑露露的，却人来人往十分热闹，耳闻那彼起彼落的从小在祖父母和老保姆处听熟了的桐乡家乡话，心，不禁给温柔地触碰下——总算回老家了！要不是贴邻一家传来邓丽君的歌，老家这条街，还真有点《林家铺子》的味道呢！

那次还乡有个意犹未尽的结尾——一爿敞开的民宅前，可觑见内里一个小小的院落，支起一张门板，上面是一铺已成形的丝棉胎——家乡为蚕乡，不产棉花。故我们家乡人一世都是盖丝棉被穿丝棉袄，老话讲“骨头都焐酥了”，故而家乡妇女都翻得一手好丝绵……看那架势，那翻丝绵的她刚离开，只剩那暖暖的白里泛黄的象牙般的一堆，边上是一把磨得发光的色泽沉黯的藤椅，静静地焕散着一片久违了的悠闲，我想这才是真正意义的“农家乐”吧！

前两年又回过一次乡，那棵柏树幸而还在，却几乎已被淹没在一片毫无个性的布满广告牌的水泥建筑中，四周车水马龙，犹如在上海某个城乡交接处的闹市，私家车、货车、助动车争先恐后地拼命按着喇叭，时间就是金钱嘛！记忆中那条老街，那个安静的铺着一板温柔的丝棉胎的小院落根本找不到一点踪迹！

在农业社会，资讯落后，交通不便，小镇就成为村民宗族的休闲中心和社交点；也是传统伦理道德最具权威的平台。小镇如一个戏台，盛载着小镇历史民俗和逸事掌故。这些看似鸡毛蒜皮之事或不见载于史料文中，却深深刻在小镇子民心坎上，代代相传，从而积淀为一种道德公约：诚实、节俭、孝顺、勤恳……当现代化工业化日益入侵城市之时，传统文化逐渐被讲求效率、速度、功绩和成功的现代文化所冲击取代，唯小镇上的人们，仍坚守着那时代留传的文化。于是，每一个城市人的还乡之路，都似经历了一场精神洗礼。关于这方面的文艺作品我喜欢的有意大利电影《天堂电影院》、鲁迅的《故乡》……但为什么今天我们还乡，似再也找不到那可涤洗我们心灵的“精神家园”？

定居香港时，笔者住在离岛坪州，与港岛中环需半小时水程。坪州从某意义上讲也属小镇。永安街是小岛上最主要的商业街。虽然从20世纪80年代开始，开发商已染指此地，但那浓厚的小镇民俗文化仍被保留下来：遇妈祖日、七月盂兰节、观音生日等，有棚戏、祭典……周一至周五上班族都离岛上班去，整个岛上留下的，几乎都是晒得黝黑的体格健壮的原居民。他们与街上每个铺面老板（往往又兼伙计）都认识，自己可以去钱柜内拿找零，也可以买好东西转头再来拿……在港岛已不大看得到的神功戏、盆菜大宴，在这里都有，且是原汁原味，比那些专做给游客看的旅游观光节目，多几分质朴，少几分浮华。

近几年，越来越多的港岛人为逃避都市的喧嚣，开始在节假日涌向这个小岛。坪州人可不欢迎外人扰乱他们的宁静，故在周末及节假日，岛外人士购船票就要双倍——一般岛内居民都有可打折的月票。或者游客的来到可刺激岛上街上商铺和餐馆消费，但小镇居民不是这样想……现今每每去香港，我总会去一次坪州，走在那50年不变的街上，遇到脸熟陌生的街坊乡民，他们总会惊喜地对我一笑，倒有几分还乡之意！

曾几何时，还乡之路已不怎么让我们的心悸动，是我们的脑子出了毛病，还是我们的乡恋，已沦陷在一片高楼隙缝间！

犹如远古时代的猿可以进化成人，今天的猴子永远只能是猴子；我们的城市文化日新月异，一天一个样，但再也不可能会催生出永恒的经典，恰如我们老家的小镇，景观已不复存在，但由它衍生的文化，已成经典，载入史册，让后代感受！

第一个国庆

中国传统，六十年为一个甲子。作为新中国的同代人，回顾自己从活泼天真的红领巾到今天成为一个作家，每一步都与共和国的成长之路息息相关。那是因为，儿女的基因就是源自母体的血髓。风风雨雨六十年，那是我们与祖国结成的一段血缘生命共同体！

在我的成长期，国庆假期只有两天。那时的国庆意义对我们远不仅是两天假期，而是一股向上奋发的励志动力，犹如好孩子干干净净洗好手，等着吃甜点心一样！

首先各教室要爱国卫生大扫除。用彩色绉纸布置得漂漂亮亮的，壁报黑板报还要出国庆专刊，然后参加评选，各班都要排练文艺节目参加校际汇演，并选出最好的参加区中小学生文艺汇演……那时学生有强烈的团队精神和集体荣誉感，忙得很开心很自豪，家长也会因此在左邻右舍觉得很有颜面："国庆快到了，小家伙又要排节目又要出黑板报，日日忙到天黑……"

1957 年我全家从香港迁回上海，我一口广东话，一句普通话也不会讲，虽然讲上海话与同学沟通没问题，但总觉得很难融入这个新集体。还有，人人胸前都飘着红领巾，唯我没有，每次出操晨训，众目睽睽之下，好不自在、好落寞。中队长鼓励我（当时孩子且单纯又老成）好好努力，争取在国庆节加入少先队。

"国庆节？哪天是国庆节？"我疑惑地问了句，引起哄堂大笑，就此全校出了名，这个“小香港”连国庆节都不知道！

为迎国庆，班级排了个情景朗诵剧———苏联儿童剧《铁木耳和他的伙伴》片段，普通话讲得结结巴巴的我被老师硬拉上去做集体朗诵，明摆是滥竽充数，但多次排练令我的普通话进步很快，而且加深了与同学间的融和，老师用心何其良苦！

我的认真得到大家好评，我这个“小香港”终于戴上红领巾迎来了生平第一个国庆！从此，我成为班里文艺积极分子，从初中开始就一直为班里文艺演出排节目：从诗歌、话剧到联唱的串词。这应该是我最早的文学创作吧！初二那年我编的一出《小黑煤用处大》得到校级汇报的奖状，还参加了区里的文艺汇演。顺便提一下，我的母校今上海戏剧学院附中（原名培进中学），为社会输送了不少文艺人才，如余秋雨、今上芭团长哈木提、上海电视台历任台长盛重庆等都是母校的校友。

国庆一大清早马路上喇叭已响起《歌唱祖国》，小朋友们端着小板凳在弄堂内相约去马路边“抢位子”看大游行。我家弄堂口是大游行必经之路，两侧人行道像运动场的看台样，小板凳由低至高秩序井然，从不听见有为争位而吵架的。一些平时不大有机会打照面的邻里街坊趁此互相聊天谈笑，小孩子们在暂时作为步行街的马路中央嬉笑追逐，伴着大喇叭里播放的《歌唱祖国》的歌声，真是一片国泰民安、欣欣向荣的景象。

那一天谁都有理由穿得漂漂亮亮的，妈妈和邻居妈妈们名正言顺地穿上漂亮旗袍，涂上口红，爸爸穿着彩格法兰绒衬衫而不套上蓝布人民装，堂而皇之出来看大游行。卖气球的小贩特别开心，这一天，没有人会驱赶他，而且他成为最受欢迎的人！在阵阵激昂的“五星红旗迎风飘扬”的歌声中，迎来了浩浩荡荡的游行队列。现在想起，那队列颇有西方嘉年华花车巡行的气氛，各种象征建设成就的宣传车都是真人表演，十分有感染力。大游行的高潮是文艺界的队列经过，从中经常会看到我们喜爱和熟悉的演员，不过那时的市民很有克制力，最多只是兴奋地向他们招手致意。侨界的队列也是一个亮点，他们的衣着都相对时尚，犹如一支时装秀。能参加游行的都是单位里的先进分子，是一份荣耀。看游行的人群中时时与游行队列中相识的友朋打招呼，很引以为豪。尽管马路两侧只有里弄干部大妈在维持，却秩序良好，氛围热烈。

晚上观烟火是国庆活动的压轴戏。那时没有那么多高楼，我家在三楼，客厅东窗遥对人民广场，犹如现今彩色大屏幕，国庆晚上，挤满来看烟火的亲友。我年轻的邻居姐姐却穿上如倒扣的酒盅样的大花蓬蓬裙，去人民广场大联欢跳集体舞去了……

看灯，是国庆节目的重头戏，从 9 月 30 日全市各主要街道开始亮灯。那时还没有霓虹灯也没有夜生活的上海，节日灯火很让市民兴奋，而且是情侣们难得的浪漫狂欢的一晚……十·一的灯市，给我们一年一度的国庆，画上一个饱满圆润的句号。

这是 1957 年 10 月 1 日，我的第一个国庆。

临睡前，我将红领巾整齐地叠好压在枕头下，盼着自己好好用功读书，快快长大，将来可以参加大游行，可以去人民广场狂欢……我相信，那是一个新中国少年最纯真最朴素的爱国情怀！真正的爱国心，不空谈不作秀，就如童心一样坦白实在！

老派上海人是这样约会的

查利林中文名林秉森，父亲是老上海金牌广告公司老板，可口可乐在中国的广告代理。查利林西童公学毕业，骑马玩乐队样样在行，追女孩自然也热衷。不过，即如他这样一个洋派西化的时尚青年，其追女孩的手法让今天年轻人看来，或者仍会觉得太 out 吧！

查利林说，在他年轻时（20 世纪 40 年代），所谓交女朋友，最多也只是看看电影吃吃饭，要说接吻，那一定是非得是未婚妻，已订过婚了。起码，也得已到论婚嫁的程度。否则，女孩子也绝不肯随便与你接吻，就是她肯，男士也会怀疑她的处世为人是否太轻佻，更遑论未婚先有性关系或同居，那简直是“烂污三鲜汤”，男女双方都会被视为道德败坏。

查利林坦言，从高中时代就开始约会女孩子。在西童公学，校方并不将此作为问题，反而在礼仪课上有许多教程教你如何约会女孩子。查利是严格按照章程办事。首先，要提前一周定好时间，然后一定要包接包送，并且要在接时见过女孩子家长，得到女孩子家长首肯，然后一般要在午夜十一点前将女孩送回家，最好要与女孩父母当面道晚安。这是纯西方礼节。可见，西方人并不如我们想象中随便。

那时最时兴约星期四晚上看电影，因为老上海的首轮影院通常每周四就换新影片。时间约在晚上八点半，笃悠悠吃好晚饭看电影，电影散场不过十点半钟，十一点前可将女友送回家。

当然，约请看电影的必是如大光明、美琪、南京等一流电影院。一定要先预订好票，位子总是楼上第二排（第一排前面是过道），不能临时去买票，万一还要排队，让女朋友陪你一起排队吗？如果逢挂出“今日客满，明日请早”，还让女朋友扫兴，这余下的时间如何打发？难道真叫她穿着高跟鞋跟着你压几个钟头马路？

查利坦言，交女朋友不在你钱扔多少，而在你有没有花心思制造点情趣。在那个时代，钱扔太多，女朋友反而给你吓跑了。只有捧舞女追歌星，她们巴不得你大把扔钱，扔金刚钻才开心。但查利这些小伙子追求的是闺秀小姐，她们欣赏的是你的情趣和审美。那时连送花都很少，除非在女朋友生日或毕业礼，一般是送花篮。对于女朋友的母亲即未来的丈母娘必须记住，每次上门一定要记得带一小束花，不过，她必须是洋派和新派的母亲，否则反过来会责怪你乱花钱，不如送她整只火腿或几听香烟合适。送女朋友礼物，也只在她生日，也不会送昂贵的首饰：最多送一副手套或一只手提包，当然包装要漂亮，东西要上品，千万不能送大减价货。

与女朋友晚餐，以西餐为多，因老上海一般中餐店太嘈杂，且两个人吃中餐菜又难点。邀女朋友共进晚餐纯粹是吃环境、吃情调，故而西餐馆的浪漫氛围是最合适的。当然，与女朋友孵咖啡馆也是很重要的内容，问题在你必须善于辞令，即情话绵绵，否则两人闷坐在那里喝咖啡，保管把女朋友吓跑了。查利林说到此事很得意，他常常会利用这个时间用火柴梗或随身带的纸牌变点小戏法，哄她开心，或者为她看手相占卜，借此与女孩子有点小小的肌肤之亲。平时，多阅读一点西方杂志，记住一些幽默笑话，到时候就大有用处。其实陪女朋友孵咖啡馆是最能考核男孩子的风度、智力和人品的，也是女孩子借此了解对方的重要机会，很多男孩子有很丰富的肢体语言，但言谈语言则贫乏又苍白，很多就败在咖啡馆里。

当然，能约到女朋友一起看电影吃晚餐那已是感情发展得相对成熟了。在感情还处青涩的一层纸还未捅破之时，最好是与一大批朋友一起各带女朋友一起骑自行车至郊外。20世纪40年代，骑自行车是很时尚很阳光的运动，如果一个女孩子肯答应与你一起出去骑自行车，那就说明她对你很有好感。一般约在星期天早上，这非正式约会，所以不用上门接，但一个聪明的男孩子就会在离她家不远的某个横街口静静地等她。

那时上海的大西路（今延安西路）江苏路一带还很冷清，两人缓缓骑车向西区行去，如果此时男孩子能吹出最流行的好莱坞电影插曲甚至会吟唱，那一定事半功倍，这段集体活动过后，再转入个别约会，方渐入佳境。如果与她还未确定关系，一般不宜约晚餐，以免弹一鼻子灰，通常约午餐或午茶。

写情书如今已是一道消逝了的风景。查利说他喜欢用英文写情书，表述起来心理障碍没那么大，因用中文写爱不爱的，自己看着也觉得肉麻。因此从前文具店里，光信封信笺就各有各色，写情书用什么颜色的信纸信封，也颇有讲究，去挑选时那羞怯怕被人撞到见笑的心情，现在回味起来仍觉十分享受。那时与女朋友道别后心里依依，回家后马上写上一封长长的情书，将许多当面不敢说的甜言蜜语一泻而快，次日战战兢兢地将信塞入邮筒，塞进后又后悔，怕写得太轻薄女朋友会低看了自己，如此心神不宁几天，直到信箱里看见她娟秀熟悉的字迹……那时就靠着情书，营养着对女友的思恋，直到下一次约会……

因为大家要读书或做事，一般最多一周约会一次。那个时代青年男女都很自重，也较含蓄。

上海虽为东方巴黎，但直到 20 世纪 40 年代，男女交往还较传统。上海话“女朋友”，其实潜台词已是“未婚妻”。那个时代一旦称为女朋友，你就要对她负起责。如果再与其他女孩子一起骑自行车、喝咖啡等，那就是不忠的表现，为千夫所指，可能女朋友都吹了。

老派上海人有订婚仪式。一般订了婚，男女就可以大大方方挽手同行。在我的祖父祖母谈恋爱的时间（民国初年），虽为自由恋爱，但很少相约外出，多半是祖父上门吃饭，一家人陪着他们聊天。祖母回忆，那时世界著名的“海京伯”大马戏团到上海演出，祖父请女朋友（我祖母）一起去看，同时也请了父母兄弟一家门，难得出去看场演出，还要带上祖母的哥哥，一点都没有私人空间，太难为他们了。那时，婚前性行为仍被视为道德问题，万万不可。

带未婚妻或女朋友出去，场合一定要选对，如百乐门、新仙林这种有舞女的场所，是万万不可带女朋友或未婚妻去。因为其他舞客会将你女朋友混为舞女以降低了女友身份。当时有专门不设舞女的夜总会，如今富民路东湖路上的“埃爱令”夜总会，今南京西路陕西北路口 SARA 前身的“曼德龄”夜总会，还有比如国际饭店、汇中饭店等，都有一流的菲律宾乐队，里面从侍应到菜单都是英语，以此筛掉市面上那些财大气粗的土财佬和舞女之类的风尘女子，以保证客人的层次。故那时的绅士或白领，多半喜带女朋友去那里跳舞或过圣诞节。

过去上海男子学校常有圣诞或新年舞会，舞伴都是自己解决。原来，邀请某位小姐做你 Party 的女伴也是“社交课”的一门功课，包括电话约请、正式发书面邀请，然后上门接送，再电话或书面致谢，都有一套顺序。男子学校将与异性社交作为一门功课是很必要的，但如何追求心仪的女孩子，则要靠自己揣摩了。

所谓“自由恋爱”，自由是相对的，即在同一层次的。人说“门当户对”，自有老祖宗的智慧在其中，也有一定客观因素——共同的社交圈和生活圈才能促成相识相知。当时的女朋友，大多为女同学或同学的妹妹、表妹，或者在朋友家 Party 上认识的，强调一个知根知底。那些随便在咖啡馆电影院搭识女孩子，决不是上等人身份所做得出的。即使在一个朋友的 Party 上见到一位可人的小姐，很想认识她，也决不能唐突地去搭讪，必须先打听好这位小姐是哪位的 Partner，再请她的 Partner 正式替你介绍，反正得通过一个朋友，万万不可贸贸然上去“搭讪”。当然也有人喜欢勇往直前，怕女孩子给人横刀夺爱，但也得瞅准机会请一位年长的女性朋友引见一下，接下来就看你本事了，以你的谈吐、舞步去慢慢引起她对你的注意或好感。或者在适当的时候给她递一杯酒、一份冰淇淋，最好不露声色地在女孩子面前洒一点点水，然后趁机向她道歉，但一定要做得十分自然。查利林曾因为追求一位漂亮的空中小姐，特别去当时的航空公司报考地勤人员，借此接近那位漂亮的空姐，果然黄天不负有心人，她被追到手了，但后来不知为何，查利的太太却不是那位空中小姐。

所以，尽管自由恋爱，但要追求一个女孩子，还是要下点工夫的。

平衡才能和谐

上海方言：上只角，传统上以旧租界地为范畴。租界因是外国人管理规划，一应设施布局当然要时尚现代些，入场费自然要贵很多，聚居的多为有相当财力和文化修养的市民。华界区就不同了，以沿苏州河一带为例，因方便水上运输，工厂仓库沿河而建，形成工业区，空气污染，环境杂乱。乡下农民撑着船，沿苏州河来上海讨生活，就此上岸，寻几块油毛毡、毛竹爿先搭个栖身之处，再在附近工厂谋份工。然后乡帮乡邻帮邻的，大片棚户区就这样形成了（如著名的两湾一弄）。故老上海但凡沿浜靠沟的（其实就是苏州河支流）都是棚户区。这里地皮便宜，地产商建了大批简陋的廉价石库门弄堂，租住对象多为低收入者，就统称为“下只角”。

近年上海市政发展神速，中心区地价飙升，几乎清一色为豪宅集中区，低收入者大都被集中迁往外环线以外。市区的下只角是消失了，但恐怕这不是上策，或者是不科学的。世间万物，都讲究一个平衡，平衡就是和谐：电流有正极负极，月亮有圆有缺，时日有昼夜之分……城市规划布局有上只角下只角之说，也是为求平衡。其实，生活应该像阴阳太极图，全白中有一点黑，全黑中有一点白，是对称的，对称就是平衡，平衡了才能和谐。

在旧上海，上只角下只角并非经纬分明，即使在最上层的地段，仍处处可见贴邻下只角，外国租界当局能容忍它，不是因为宽厚的心怀，而是自太平天国起至日本侵华战事，为避战乱，大批难民从华界涌入租界，他们提供的廉价劳动力满足了上只角的需要。

以笔者熟悉的原公共租界（今静安区）为例，静安区北部与华界普陀闸北接邻，南部与旧法租界徐汇卢湾接邻，是造成静安区越往北地段越差的历史原因。住在区北的多为低收入者，他们大多供职于区南部的服务行业或普陀区的工厂企业，体现了就近上班的优越性。即使在区南部的高尚地段，附近横街上也不时布满几点下只角。以东西横穿全区的上海时尚大道静安寺路（今南京西路）北端的西摩路口（今陕西北路）为例，那里坐落着上海滩闻名的西摩路小菜场。但凡菜场所在之地必会带来市井化和贫民化，菜场四周浅窄的蹩脚石库门弄堂蛛网般向四周蜿蜒，两侧沿街开满柴爿店、老虎灶、大饼油条店，还有地毯清洗店、荐头店（保姆中介所）、皮匠摊……街面成日湿漉漉、黏嗒嗒的。这些店都为前铺后住，不少是家族经营了几代，做的就是街坊生意。同时，西摩路也是有名的公馆街，著名的有荣公馆、蒋介石岳家宋公馆及何东爵士公馆等。就这样，一条马路上只角紧挨着下只角，就像鼻子贴着眼睛，客观上形成知根知底的街坊关系，低收入者就近谋生，同时也汇聚了自己固定的顾客群体；高收入者也找到了有诚信和质量保证的服务，大家相安无事，各得其所，各有所乐，从而形成上海特有的市井风情，这就是和谐。

故而老上海人只要有可能，还是愿意住老区，因为老区的设施不是单凭人工规划的，而是依藉市民习惯的生活方式，天生天养而成的。上只角下只角看似如天敌针锋相对，却是互利互补，自有一种和谐美体现其中。

今天，大上海版图当然要消除下只角，但这并不意味着把低收入者从中心区“赶”到外环线，建造廉租屋和经适房是达到这种效果、造福于民的最佳措施。或者因为地价关系，发展商多不愿意在中心城区建造廉租屋或经适房。当一个区域变成纯富人区或纯低收入区，会加深城市贫富之间的鸿沟和矛盾，不利于和谐。笔者不会算经济账，只是觉得城市文化应该是流动、相容和包含的。当我们感叹老上海原汁原味的市井文化越来越远之时，我们也呼唤着新的上海城市文化的出现。文化是有生命力的，只有不断地碰撞、冲击、互补和传承，才有可能激出全新的火花。如若将看似对抗的文化从空间上人为地隔离、截断，会不会有碍于新城市文化的形成？说到底，城市是大家的，大家都有权享受生活工作在这个城市的乐趣和便利。再者，城市的空间应该是多元的，任何人工的过滤犹如将茶壶中的茶垢擦去一样，是不可取的。

上海的法兰西元素

众所周知，海派文化融入多种元素，那是长期的潜移默化互动互融而成，绝不是硬腔腔的强化或打造出来的。西方元素为海派文化重要的组成部分，而其中法兰西文化，因其讲求内涵典雅、不张狂不随流的特性与中国传统文化十分神似，较之美国文化的高调出格和反叛，老上海人似更接受法国文化。上海旧法租界相对租金高昂，选择居住法租界不一定代表身份显赫、家财万贯，但肯定是品位的身份象征。上海旧法租界少庞大豪宅而多小巧精致的小洋房及欧式公寓，反而更受老上海中产人家欢迎。就这样，法兰西情调不觉深深渗入上海的日常生活之中：凡事不求场面，但求精致。“法式”在上海话中，潜台词就是优雅、时尚和高品位。

我们说经济基础决定上层建筑。老上海称逃亡上海的俄国旧贵族（白俄）为罗宋人，白俄大多潦倒穷困，一时，上海话中的“罗宋”为“笨重”“廉价”“粗糙”“蹩脚”的同义词，如“罗宋西装”“罗宋面包”“罗宋瘪三（外国瘪三）”“罗宋大餐”……所以说，在老上海话中，“罗宋”是“法兰西”的反义词。难怪，上海众多的时装店和西餐店，都要冠以“法式”两字。如老大昌的拿破仑蛋糕，其实连法国人都没听说过拿破仑蛋糕，这只是上海西饼师傅制造的千层饼，每层千层酥中夹以鲜奶油和核桃，十分可口。老大昌的老板是中国人，却开在法租界，打的就是法兰西元素，冠名“拿破仑蛋糕”，既有气势又满溢着法兰西元素，以示法国餐馆的正宗；同样的，红房子的金必都汤是碎翅奶油浓汤，外国人是不吃鱼翅的，却偏要取个法文“金必都”，其实道理上很不通，但一下子就显得法国腔了。

上海白俄再潦倒再没落，仍喜欢择居在法租界——今新天地附近石库门弄堂内曾聚居不少白俄，那是因为沙皇时代上层社会都讲法文，推崇法式沙龙文化，故而白俄都讲得一口漂亮法文。他们选择法租界作栖身之地，是因为觉得浓郁的法兰西文化还是他们似曾熟悉和追崇的。可惜此一时彼一时，自大的法国人并不领他们情，白俄的法文再出色，至多在法租界公董局做个小公务员！最苦的是白俄在上海的第二代第三代，他们大多不会讲法文，也没有任何法兰西文化的感性认识，恰如张爱玲的《年轻的时候》中上海男青年一度迷恋的白俄少女沁西亚和她的白俄新郎。他们与法兰西越来越疏远，最终沦为上海人不齿的“罗宋人”。少数幸运地在上海重新东山再起的白俄，如笔者不久前访问过的上海著名“科艺摄影沙龙”创办人的第二代鲍勃，在沙皇时，该沙龙专为俄国皇室摄影。来上海后，鲍勃的父亲在南京东路近中央商场的黄金商区开出这家“科艺”摄影沙龙，蒋介石宋庆龄的婚纱照也在此沙龙拍摄。鲍勃在上海出生，家里是讲法文的，外出讲英语，对外自称为法侨，他就读上海的法国教会大学震旦大学，直到 1953 年移民新西兰才正式亮出俄国籍文件！此时他根本不会讲俄文了，却讲得一口地道的上海话！

上海的石库门建筑，本身是源自法兰西的概念。上海生活处处可见法兰西元素：上海石库门民居对着天井的一列嵌着彩色玻璃的落地长窗，称为法兰西长窗。上海人称连衫裙为布拉吉，此词来自法文；称女士为“马丹”，也来自法文；法式羊角面包为可颂……在小马路上一根筷子串几根油条，踏着一地弹格路踽踽而行之举，称为小市民；在同一条弹格路踽踽而行，腋下夹着两根棍子面包（也称法国面包）就叫小资，就是有品位……

老上海社交礼节也渗入不少法兰西元素，如浪漫的法兰西 Kiss，说的粗俗点就是坊间所指的“湿吻”，上海人称为“吃小笼包”。然一冠以法兰西 Kiss，好像就小资浪漫起来。

法兰西 Goodbye 倒是在老上海中很流行的法式社交礼仪。所谓法兰西 Goodbye，就是在社交中不待到结束，只对身边的宾客打个招呼，并嘱其代为向男女主人打招呼，然后悄然离场的告别方式。中国传统礼教是十分严谨的，中途退席，通常都被视为缺乏诚意，但有了法兰西 Goodbye，一切都可理解。

不过上海人是现实的，法文的语言再动听、法国的文化再浪漫，百多年来上海人留洋深造的首选，仍为日、美、英、德，留法的少之又少，大多只有学艺术的才选择去法国。

老派上海理发店门口，都有一盏红、白、蓝三色的旋转灯。传说是为纪念法国大革命时一位理发师，他放走了一位革命党人士，结果被国家军队残酷杀害。大革命胜利了，为表彰这位平民英雄，新政府特别在该理发店前挂上红、白、蓝法国国旗，后来理发店纷纷效仿。上海老理发店门口这盏三色旋转灯一定与此有关的。至今香港的上海理发店，作为标志，门口仍竖有这样一盏三色灯，而今天的上海理发店，倒也不见了这盏灯！

法兰西与上海，天生有缘。国门开放后，上海众多外侨中，法国人很多。他们不少是调酒师、大厨、设计师……他们在上海生活如鱼得水，似过得极滋润。他们喜欢住上海的小弄堂、老洋房，他们的来到令精致的法兰西文化再次回到上海，令海派文化派生出更多的创意。

电车叮当

但凡五十开外的上海朋友们，你还记得那乘有轨电车的日子吗？那种两节的墨绿色的车厢，伴着有节奏的叮叮声和晃当晃当的车轮擦着路轨声，现在忆起，是那样上海，那样怀旧，却有隔世之感。

离我家最近的一个上海有轨电车总站，就在今常德路延安中路拐角处，张爱玲的文字中常有提到，因为它就在张爱玲故居常德公寓近处。

我家住南京西路陕西北路口的花园公寓，要去南京路，就走到北京西路陕西北路口乘有轨电车。有轨电车是很闹猛的一种公交工具。曾经，叮当电车声与外滩海关钟声一样，成为上海都会交响乐中一缕十分重要的声部。当时哈同就因为嫌有轨电车太吵，让有轨电车从电车公司出来后，要从北京西路（旧爱文义路）兜个圈，绕过他的哈同花园，再从石门路拐到南京西路上。那一截路是本来变动很少的高尚住宅区，是一段很怡人的散步地，特别在黄昏时分，电车当当驶过愚园路常德路口的盛家老宅，现为瑞士酒店，那时愚园路 48 弄门口就是一个有轨电车站，我常在那里等电车，没想到后来却嫁入这里！我和先生常在猜测是不是已经少年时就在电车上见过面。然后沿常德路驶过我母校培进中学，原为有中国哈同之称的地王程谨轩豪宅，现为静安公安分局；再走过春平坊，那里曾发生过闻名上海的主仆相恋的社会新闻；拐入北京西路，隆隆驶过铜仁路转角上的绿房子，对面是著名的犹太医院，后为第六人民医院（约 20 世纪 90 年代以后，该院才搬到现址）；还有陕西北路转角上的基督教堂怀恩堂、西班牙侨民聚会的望德堂、同为邬达克设计的联华公寓、辞书出版社（原何东爵士大宅）沿北京西路的隐在浓荫背后的大花园，仅仅从电车总站到北京西路石门路的这段路，就充满了丰富的掌故。特别是黄昏时分，沿街住宅的窗户一晕晕昏黄的灯光，透过树荫，在马路上撒下一地碎光，呈现出来一弯难得的淡恬和清静。当电车当当拐过石门路沿着德义大楼的弧线进入红尘滚滚的中华第一大街南京西路时，司机每每行至此地总似也按捺不住，隆隆然加快车速，来一段短暂的高速，似迫不及待要开始一段生猛旺炽的新路程，然后在原新华电影院靠站。

好像是 8 路、1 路，票价一律三分。记得过外白渡桥后电车路就分岔了，1 路电车往四川北路方向走，8 路电车继续当当行走拐过三角地小菜场，进入杨树浦路。

高中毕业后，我进入江湾与上海外国语学院隔邻的教育学院，门口就是 3 路有轨电车。那时每周才得以回家一次，坐在当当的电车上，真正归心似箭。3 路有轨电车走的是：虹口体育场、虹口公园、还有著名的川北公寓（鲁迅先生故居之一）、四川路邮电总局、新亚饭店……四川北路虽不及南京西路热闹，但自有其不可抗拒的魅力，那一带云集着广东风味的食品店：一定好、利男居、新亚饭店门市……周末回家前买上一包包广东“鸡仔饼”“杏仁酥”“白糖仑交糕”“酥皮包”等，回家过周末的期待，此时已升华成如百米短跑最后的冲刺一样。为了早点回家，就转 21 路无轨电车了。教育学院毕业后，似再也没有机会搭乘这段有轨电车路程。最怀念那时乘有轨电车往返陕西北路与杨树浦路的历程。

教育学院毕业后分配至杨树浦中学任教，那条路名，可是从没听说过，几经打听，一位老上海教我搭乘 8 路有轨电车到杨树浦路，再转 70 路公共汽车。其实这个老上海也是不太熟路，让我兜了个大圈子，单程就耗时要一个多小时，不过，从此，我又见识了一条全新的路程。从家门口搭 1 路，叮叮当然后再在同一站上换 8 路，再当当晃过去……这一段全新的电车路，是阅读上海的活教材，至今清晰记得，电车当当进入杨树浦路，第一次见到厂房上嵌着 191× 年、192× 年字样的上海自来水厂厂房时，我是多么兴奋，在此之前，我根本想象不出，上海水厂，原来是这样漂亮，气势这样大！后来路熟了，方知我这样是在兜圈子，遂改乘 20 路无轨电车再转 25 路，但有时下班后，也会特意走到杨树浦路搭 8 路，体会一下这段立体的阅读心程。

特别喜欢电车从南京东路悠悠晃晃地拐入中山东一路外滩，穿过外白渡桥，从桥上回望外滩建筑，再前望越来越近的上海大厦，一刹那间，有种超越时光的体验，尽管20世纪五六十年代是个标语口号无处不在的年代，但在这一瞬间，一切都似被过滤掉了，坐在很多细部都被历史触摸得溜光的清的车厢里，从心里感觉到，身在上海。或者，这就叫历史的凝重感？写到这里，觉得今天的外滩确实年轻了，时尚了，却也因此缺乏了一种苍遒美，或者说，一份沉实的历史感。外滩应该是一位庄重肃穆的女皇，而不是国际巨星。而那已消失了的叮叮电车声，曾经那样恰到好处地装饰了她，与外滩的钟声，缓缓流淌的黄浦江水，沿江堤岸郁郁葱葱的绿荫，及其那52幢雍荣的建筑，共同织造出百年外滩这顶永远的皇冠！

因为缓慢的有轨电车赶不上鼓足干劲，力争上游的新上海对速度的要求，早在文革前，有轨电车就渐渐被拆除了，但每每看到那些残留的电车轨道，孤寂地在阳光下熠熠闪光时，我总觉得若有所失！

直到几十年后重回香港，看到马路上叮叮电车依旧，感触良多。

都讲香港电车是全世界最便宜的交通工具，百多年间，现在也只涨到两元。电车叮叮，外型还是我童年时所见的或绿或黄车厢方头方脸的，东起筲箕湾，西至西营盘，贯穿整个香港岛，沿站道道都是风景，难怪香港人啧称香港的有轨电车线是香港的事业线和生命线，而且还是爱情线——与心爱的人一起登上电车，并肩靠窗而坐，情话不断，电车叮叮不止，只要不下车，就不用重复买票，如是来来回回，似就此可以一直走到天荒地老，人称为“游车河”，是不少香港情侣们所钟爱的，且也成富香港特色的旅游节目，不少人还会包一辆有轨电车一面行走一面开派对！香港的有轨电车已与上海的外白渡桥一样，被印在明信片和各种旅游纪念品上，成为有百年历史积淀的香港符号。

香港弹丸之地，空间局促，比上海更信奉“时间就是金钱”，却依然保留了这缓慢又古老的交通工具，却并未影响她迎来 20 世纪 60 年代首次经济腾飞和成为世界仅次纽约和伦敦的第三大金融中心及全球最繁忙的海港和航空港之一。前年在米兰，再次看到那咣当咣当的有轨电车，米兰的有轨电车，有与老上海一式一样的拖一节车厢的老式版本，也有如子弹火车那样的金属与有机玻璃组合的时尚版，不理如何，站在米兰闹市等电车，仿佛置身 20 世纪五六十年代的南京东路，一样的车水马龙，沿街是一样的建于 20 世纪 20 年代初的带塔楼的新古典主义风格的老建筑，在米兰的旧街窄路上，叮叮有轨电车行动自如，1 欧元一张车票，比香港要贵好多，但感觉上仍那样亲民。那慢吞吞匡悠匡悠的车厢，与这座公认为世界设计创意麦加的时尚之都，竟是这样和谐合拍，难怪，“慢活”之创意，最先在米兰萌芽！

如果……今天上海南京路上仍悠悠行走着百年有轨电车，驶过浦江两岸，穿过外白渡桥，从19世纪进入21世纪，那该是段如何令上海骄傲的行走的历史啊！可惜，世上没有“如果”！

的确，行走缓慢的叮叮电车不合适城市发展的步子，我小时候物理成绩不好，但我却记住爱因斯坦一句话：同一空间，同一时间，两种速度，同样活着。

（注：因年代悠远，有些有轨电车线路与号牌可能有误，还望读者指正。）

天国送行者
——中国及东南亚首位女殓仪师邝金枝

一部日本电影《入殓师》赢得全球观众的眼泪和感叹，在这个充满竞争、利益争夺和拜金的世界中，一位普普通通的入殓师为我们启示了生命的真谛。殊不知，早在20世纪30年代的上海，就有一位家境富裕、养尊处优的女子，已然不顾世俗偏见，入行殓仪师之职，她是中国有文字记录的历史以来，首位从事殡葬行业的女子，同时也可以说，她是首位在中国传播现代的先进西方殡葬文化的先驱，她就是邝金枝女士。

邝金枝（1901.2—1988.1），是典型的上海广东人，祖籍广东开平，1901年生于上海虹口武昌路同德里7号，1988年于香港去世。从27岁起，她就从事殓仪师一职，几十年如一日，以中国及东南亚首位女殓仪师而享誉港九及东南亚和美加的华人区，为香港最著名历史最悠久的香港殡仪馆的首席殓仪师。出丧之日，港九各大报章都连续报道，其场面之隆重，众受惠过她的市民的悲切及同行的依依痛别，为我们描述出一位现实生活中真实的殓仪师敬业服务社会的一生。得她真传的她的四位女学生，分别都成为香港、台湾和加拿大华埠的女殓仪师，是此行当的殿堂级人物了。

邝家史——上海广东人的奋斗史

上海海纳百川，五方人士汇集，以长三角州江浙人士为主流，其

年轻时代的邝金枝

中唯一能与江浙人士抗衡的外省籍人士，就是广东人。广东人刻苦耐劳，眼界开阔（因为有侨乡之称，相亲回来探亲的同时，也带来许多外部世界的见闻）和抱团合力，财势强劲在老上海的商界财界独据一方，为东方巴黎的上海作出骄人的贡献，特别在服务业、百货业和餐饮业尤甚。

邝金枝的父亲邝锦池十几岁在香港学习西餐烹饪，会英语和葡萄牙语，积了少许钱财，在光绪年间来沪谋生，在广东人集聚的虹口武昌路同德里 7 号开了家小小的一开间门面的“万福西餐馆”。说是西餐馆，其实相当现今的快餐馆，下面做铺面，阁楼住家。反正老板厨师伙计账房都是他一脚踢，老婆清洁打扫洗碗一手包，标准的夫妻老婆店，每天要忙碌到十一、二点，以养活八个子女。西餐馆经多年辛勤经营，生意节节高升，邝家开始殷实了，就搬到东宝兴路 173 弄前后共有四个小花园的房子，三代同堂。邝锦池发达后热心公益，在虹口开办“怀安堂小学”供贫穷孩子入学。怀安堂是广东籍人在上海的一个类似同乡会式的慈善机构，专事解决客居上海的广东人的财务、人事纠纷处理，更为同乡落难者资助回广东老家车资，送医施药。邝锦池历任多次怀安堂董事及主席。

此时的邝家，三代同堂，人丁兴旺，继承广东人抱团的传统，邝锦池将个家打理得红红火火。西餐店之外，子女们还分别在当时电话局、铁路局供职。捧的可都是铁饭碗，邝金枝也嫁了个日本留学的西医师。丈夫精通英、日两语，也入住邝家，为邝家带入不少西方新理念，并为邝家在生意经营上如办理执照签订合约等提供不少方便。此时应是邝家的黄金时代。抗战前几年，邝锦池夫妇还带了子女一行回广东开平老家探亲，随行带去皮蛋二百只、白糖两大包、猪油渣二大铁罐、面包粉三大铁罐，分发给众乡亲们，再大修祖屋祖坟，颇有衣锦还乡之势。回沪时，几乎全村人都将他们送到码头。

西医丈夫鼓励晋身殓仪业

邝金枝的丈夫是位西医师，医药界朋友颇多，其中有对美国人司各脱（Scott）夫妇。司各脱先生是当时上海赫赫有名的万国殡仪馆的总经理，太太司各脱夫人就是万国殡仪馆的遗体化妆师。因为业务需要，太太常会向邝金枝的先生请教一些遗体防腐的技术性问题。故而两家人家是老朋友了。一次饭局上，司各脱夫人感慨业务繁忙，根本心有余而力不足。邝金枝的先生建议她收几位徒弟做帮手。司各脱夫人则叹气说，在中国要收这方面徒弟难上难——抛开传统观念认为这个行当晦气霉气不算，这个行当需要相当多的医学、药学和解剖学常识。在西方，需经专门医科大学培训，与中国概念中的大字不识一个、邪气十足且有黑道背景的殡葬从业人员完全不同。再说，遗体整容也是西方概念，中国的殓葬文化在这方面是空白。即使到了 20 世纪二三十年代，遗体化妆只有在洋人和有钱中国人、社会上的名流大明星间，才流行，属十分奢贵的。在上海也只有两家外国人办的万国殡仪馆和中央殡仪馆，才设有这个服务，故而收入也颇可观。问题是有文化有学历的青年都不愿意入这一行，而在中国这一行又往往是家族世袭的，文化都不高，世俗认为干这行不需要文化，只需要百无禁忌，胆大不信邪，所以这行当的人文化素质都比较低，已跟不上东方巴黎上海发展的步子。

邝金枝的丈夫听罢半开玩笑半认真地对太太说："这个行当倒是前途无量，更合适女性且没有人老珠黄不值钱之忧，一直会吃香的，反而越老越值钱，不如你拜司各脱夫人为师，此技一旦修成，保证够你一世衣食无忧，此技在中国无论是和平还是战乱可以说永远是需要的。也是一门防身之技呢。等于持有一张永久性饭票。"那年邝金枝 27 岁，二子一女基本上已到上学年纪，虽然生活优越，她一直十分向往做个职业女性，不想一世囹圄在家庭中，但那个时代女性就业的空间微乎其微，邝金枝又没有大学学历，想找份有专业又有高收益的工作，谈其何易。

邝金枝有点心动了。平心而论，作为一个普通主妇、母亲和太太，她的境界尚未高到服务人民、服务大众的层面，只是“一技防身”这句古话，十分触动她。她有三个儿女，还有一个庞大的团结的三代同堂的大家庭，中国人天生有忧患意识，这或与中国长年的兵荒马乱局势有关。

邝金枝初时也心存忌避，不过，因为丈夫是西医，她也见惯了丈夫写字台边的整幅人形骨骼，丈夫手里也不时摆弄着各种头盖骨一面做笔记。医师日日与死神较量，受丈夫影响，她倒是那个时代女性中少见的无神论者。就这样，在医生丈夫的鼓动下，她毅然拜司各脱夫人为师，用当下一句时髦话“一个不留心”就成为中国乃至东南亚首位女殓仪师。那是 1930 年前后。7 年后抗战爆发，邝家家族生意受到惨重打击，特别 1941 年太平洋战事爆发，日本人进了租界，一应海关、铁路局、邮政局等英美企业全被日本人接管，除非你心甘情愿做汉奸，一般有良心的中国人纷纷辞职不入污流，铁饭碗就这样被打碎了，原先供职电话局、邮政局的邝家家人纷纷失业，再加此时邝金枝丈夫亡故，更是雪上加霜，不幸中正应了丈夫的那句话——“以技傍身”。在那个非常时期，就是亏得邝金枝那一身绝技，与家人一起同心同德，硬是将新闸路福康里 28 号那三开间的石库门邝宅支持下来。1950 年，邝金枝受香港殡葬业一哥苏明先生之邀，携家南下，仍是凭着那独一无二的女殓仪师之职，名扬台港及整个东南亚，并令自己过上舒适体面的上层生活。邝金枝从事这项特殊服务达 60 年之久，这期间她已对生死之道大彻大悟，足以令她从大爱大义服务社会的高度来认识这个“冷门”专业了。

以平常心应对冷门专业

说这是一门冷门专业，除了从事者少，专业偏门外，这也实在是一门令常人觉得阴幽冰冷的职业。作为中国第一位跻身此行业的邝金枝，真的算女中奇才和豪杰。

自从 27 岁那年，她跟着司各脱夫人和另一位外国太太，在万国殡仪馆学遗容化妆起，而这两位外国女殓仪师，也就是当时上海滩唯有的两位殓仪师，她就成为中国有史以来第一位晋身殡葬业的女性。上海开埠以来西风渐进，同时也带来西方的殡葬文化。为逝者整容化妆，并在特定场合——殡仪馆入殓，这一套都是西方传入的丧葬文化。上海即便为海纳百川、西风渐近，但直到 20 世纪二三十年代，能接受这样殡仪文化的上海人，一般讲都为相对富裕且思想开放的人士。一般老百姓仍在家里进行传统吊丧仪式。退一万步讲，即便能接受西方式的殡仪文化，有一点中国人是死守底线的——不接受男性化妆师。因为遗体化妆师与逝者是零距离接触：承担遗体清洁、沐浴、更衣等。如果逝者是女性甚至年轻女子，让一个男性如此接近她，中国人传统心理是无法接受的。相反的，女性天生是母性的象征，再加从事此项服务的多为中年女性，在世故、人情诸方面多已成熟，且善解人意，因此形成一不成文的条例，老上海包括现时香港，殓仪师仍为清一色的中年女性。而上海的华人殓仪师，至少直到1949年前，也就只有邝金枝一位。其他从事这行的，多为外国女性，这中间大部分是修女，职业的殓仪师还是占极少数。

邝金枝本人从实际工作中也认为，中年女性做殓仪师更合适。因为女性天性善良富同情心，且细心柔情，由她照顾逝者，家属会很放心安慰，这犹如护士多为女性一样道理。邝金枝认为，做遗体化妆师其实最需要的不是胆量——因胆量是可以培养的，最需要的品质是诚实。因为死者家属会把各种名贵的钻戒玉环等给死者随身带上，这就十分考验入殓师的德行。

邝金枝天资聪颖，在遗体防腐消毒和化妆上，技术优秀。其实遗体化妆需要多方面专业，包括外科手术专业，如遇上意外死亡，就需要将断骨移正，塞入棉花，使其平整再缝合。邝金枝有医生丈夫专门指点，且又是唯一的中国人，很快享誉此行。不少名流达人去世后，其家属指定要邝金枝作殓仪师，常被特别邀请去南京、北京、广州、天津等各大城市为去世的名人化妆。当年越剧名伶筱丹桂自杀，家属就指名一定要邝金枝为之殓仪。此外，银行家浙江兴业银行总经理胡治藩的母亲（胡治藩的儿子胡思华最近刚出了一本家族自传体小说《大人家》）、还有著名电影明星阮玲玉、包括鲁迅先生等名人遗容化妆，都是邝金枝女士参与完成的。

笔者夫妇好友、前香港新华社体育部职员付先生，是邝金枝女士的二公子，今年也有七十好几，现旅居加拿大，性格乐观幽默，看得出，邝女士从事的特殊行业并未为家庭乃至子女的成长带来任何阴影。虽然二子一女无一师承母业，但个个成才，学有专长。母亲的独立和敬业，对他们影响颇大。

因为父亲早逝，母亲独立挑起抚养三个子女乃至整个邝氏大家庭之职责。付先生至今仍记得，八一三战事爆发，外祖父在虹口办得火火旺旺的西餐厅只好忍痛结业。外祖父邝锦池受此刺激突然中风去世。早先有固定工作的家人也纷纷失业，全靠母亲邝金枝一人的收入苦撑这一家三代大家庭。两位舅舅不甘靠阿姐一个挣钱，纷纷想办法分担，他们东拼西凑了一笔钱买了一部 station wagon（一种汽车外壁镶嵌深浅两种咖啡色木制的美国车，相当于今天所说的面包车）准备跑运输，但战乱期间，兵荒马乱，哪儿能接得到生意？还是邝金枝出面在她熟悉的殡葬行业为两个兄弟谋得了一个机会——专门接送遗体，又应着邝金枝的丈夫所预言的，不论战时还是和平时

邝金枝和她在上海的儿女们

期，这一行当永远需要。邝家就这样齐心合力共度时艰。

笔者问过付先生少年时在同学面前，有无因为母亲所从事的这个特殊行业而觉低人一等，或在同学间有所忌避，他坦承“有”。虽然他自小已习惯在母亲的办公室做功课，所谓办公室，就是殡仪馆内的遗体化妆间，一条布帘将其一分为二，里间就是先人的遗体，一帘之隔的外间，放一张写字台还有一个洗手池，就是母亲的办公室，空气里弥散着强烈的爱慕尼亚药水味。有时布帘未拉拢还看到的里面直挺挺的盖着白布的先人遗体。付先生记得，母亲从小对他们教诲严格，或许她深知在上海求生之道的艰难，所以对子女的功课抓得很紧，排行老二的付先生自言自己从小顽皮贪玩，因此母亲一定要求他一放学就到自己的办公室来报道，在她的监督下做功课。所以，久而久之他对母亲的工作环境已很习惯，一点不觉恐惧。可以一面做功课，一边吃鸡蛋糕和花生糖，说到花生糖他记得母亲最喜欢吃一种上海老字号的以蓝白格图案的糖果包装纸包装的“花生牛轧糖”，这个牌子的“花生牛轧糖”现在还有。

邝金枝终身有个习惯，就是边工作边嚼花生牛轧糖，付先生说因为此行很消耗体力且没有时间规律忙起来连饭都顾不上吃，所以，母亲以此来维持体力，以及形成对花生牛轧糖的特别嗜好。香港传媒曾有一则对邝金枝的报道：年轻女记者战战兢兢的进入邝金枝的办

邝金枝与儿子在她的寿辰

老年时代的邝金枝

公室，邝金枝正在为遗体化妆，完了她出来除下橡皮手套，洗了洗手就剥了一粒花生牛轧糖入口，并顺势也递了一粒给记者，年轻的记者吓得怎么也不敢伸手接。付先生很体会这位年轻女记者的感受！回想自己年少时，也仍一直对外称母亲为“化妆师”，甚至在谈恋爱初时，他对女友也说：“母亲在香港做化妆师。”女友还以为他的母亲专门为大明星化妆，一直死盯着他要有大明星的签名照片，弄得他哭笑不得。不过到了他有了点人生资历，特别看到社会上乃至海内外母亲享有的信誉，他自己对这项特殊工作也有了感情。当年他移民加拿大时，一度也想申请加入殡葬行业，因为他太熟悉其中环节，结果因必须进医学院读到学位才有资格申请，但他因英语不过关无法入学而不得不放弃这个心愿。

在他记忆中，母亲邝金枝为人豪迈，富有大丈夫气派。邝金枝外貌很年轻，八十多岁时看上去如五十开外，工作之余，喜欢游泳、爬山和环游世界。

作为这样一个特殊行业华人中独一无二的专才，邝金枝在行中行外声誉颇高。1950年，香港殡葬业一哥、专办港九达官贵人的香港殡仪馆老板肖明以甘词厚币诚意邀请邝金枝加盟，并授以首席化妆师之誉。邝金枝离沪赴港，就此为之服务终生。不过，遗体化妆师职业又有别于其他殡葬专业，再加专才奇缺，邝女士除了专职服务于香

因为邝金枝所作杰出贡献，香港政府颁给她的奖牌。

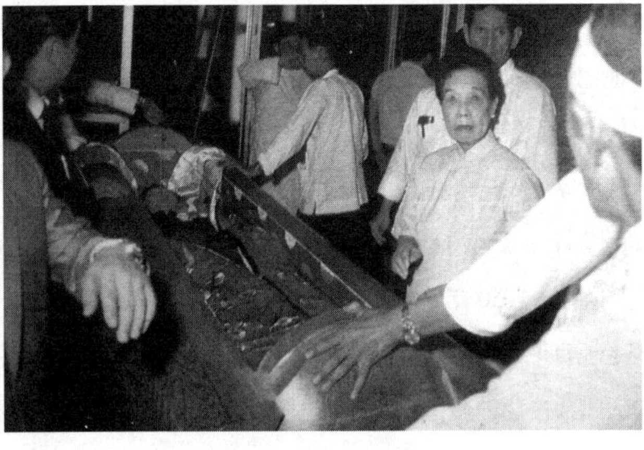

邝金枝女士为遗体化妆

港殡仪馆外，还常常手提化妆箱，串奔于各殡仪馆之间“赶场子”，收入十分可观。据港九习俗，除殡仪馆方付酬外，丧家都会送红包（在港九属合法）。尽管收入颇丰，但民众一致认为他们确实应该得到这样丰厚的回报，付先生回忆，在20世纪80年代，殓仪师学艺起码要三年时光，且是边实习边学习。实习期由殡仪馆付底薪三四千港元一个月，在80年代已属可观，丧家红利另计。如果走穴外出接活，一单三千元打底，报酬很诱人，但世俗偏见压力太大，从业者仍少之又少。年轻人仍鲜有加入此行的，邝女士也因此行一度后继无人而耿耿于怀。

她试过几次在相熟的亲友中物色学生，其中有上海人都熟悉的东方电台英语怀旧金曲主持查利林的大女儿，都因此行特殊性而不成。

直到20世纪80年代，全港九的遗体化妆师只有四位女士，她们分别为陈美龄、郑美玲、干韵芝，再有就是邝女士，另外三位都是她学生。其中陈美龄女士还是邝女士的干女儿，也是她第一个徒弟，护士出身，也是港九首位赴美深造遗体化妆防腐专业技术的专才。邝女士的学生如今都要七十多岁了。

因后继无人邝女士工作十分繁忙。赴港几十年来直至高龄退休，她每天坚持九时去殡仪馆上班，在停尸房巡视。因人手不够，她常常需独自在工作室加班……几十年来，经她手送至天堂的以平均一天近十位算，少说也有五六万人。当年诚意聘请她的香港殡仪馆董事长肖明去世，其遗体化妆责无旁贷，非邝女士莫属，邝女士也诚心诚意接受。如果说当年她入这门偏行仅是为了养家，那么到了她春华秋实的职业流金岁月，她已将此视为是上天赋予自己的天职。

因为生性豪爽乐观，她在香港各界都拥有好朋友：从粤剧名优到电影明星，贵妇名媛常常与她一起结伴喝下午茶，参加各项慈善餐舞会。谁能想到这位与先人遗体打了一辈子交道的女人还是位舞林高手呢。

精益求精全心全意告慰亡灵

邝女士认为替遗体化妆是一件相当复杂的工作，远非普通人想象的那样简单和公式化。因为遗体的死状，可以说千奇百态，如是车祸、凶杀跳楼等去世的，遗体的面部更残缺不全，形状恐怖；而上吊、溺死等，又是另一种恐怖。所以化妆师不但要凭技术还得凭爱心，耐心地根据不同的死状进行整容化妆，尽可能让死者的家属安心。另外如年高致死者，邝女士觉得不宜化妆过浓，年纪轻的可以浓一些，但也不宜太过，因人既然去世了，要力求做到遗容朴实安详，而不宜

HK's only woman beautician of the dead laments she cannot find a helper

A BEAUTICIAN with a difference is Miss Kong Kum-chi. She works in the Kowloon Funeral Parlour and specialises in making up corpses.

With grace

By SAN

Busy she is

海外媒体对邝金枝的报道

晚年邝金枝

太娇色。邝女士认为脸部化妆注重于眼、鼻、嘴三个部分，这三个部分修饰得如何，直接决定死者遗容的神态。邝女士的几十年殓仪师生涯中经她手化妆的除中国人外还有日本、英国、印度、菲律宾、美国等不同国籍的人，而他们的信仰，又有天主教、基督教、回教、佛教等不同类型。虽然她本身没有任何宗教信仰，但是她在化妆前必定要问清死者的信仰，问清有什么忌避的，以示对死者的尊敬。有人笑她何必如此认真，反正“死人不管”，这时她会很气愤的说：“你懂职业道德吗？”她常教诲她的学生，做殓仪师除了技术高超外，最主要的是要善良、诚实、耐心，在仪态上更要平易近人。死者家属的心情，总归是烦乱伤心的，不可能有好的态度，这时就更需要殓仪师不厌其烦尽量满足丧家的要求。有时更重要的是，死者家属会把各种名贵的首饰让死者带入棺材，这尤要考验殓仪师的品格。

1988 年，邝金枝在香港出殡之日，港九及全世界华人区的殓仪师几乎都赶来送行以纪念中国殡葬业的一代宗师邝金枝女士。

邝金枝女士已离开我们二十多年了，作为她的老家上海，会记住这位女儿的。

SHANGHAI SHENSHI

上海绅士

上海绅士
——追忆经典947英语怀旧金曲老编辑王奕贤

生活在上海有N个好，其中一个“好”，就是因为有“经典947”。广大听众熟悉的查理林和王奕贤（我们昵称“老王伯伯”），是其灵魂人物。遗憾的是，这档播放了已有18年的老字号节目在即将迎来其第一千期华诞之时，老王伯伯却于2011年2月9日乘着歌声的翅膀去天堂了，享年91岁。

老王伯伯，只是个邮电系统普通的退休职工，东方台的编外编辑。然他的离去，给节目留下一个永远无法弥合的缺损！曾为该档节目赞助商的“人头马”上海代理周泰梁先生的挽诗真实地道出广大听众对老王伯伯处世为人的敬佩和怀念：“记忆当年舞翩翩，绅士美声两者兼。金曲首首十几载，怀旧情谊绽开颜。老翁信得真美善，至诚恩泽留人间。天使福佑天国居，音容笑貌依浮现。”

在历史的狂潮中，普通人只是激起的一朵小浪花，但是在时空的长廊中，那偶然闯入我们生命，带给我们快乐感动并有所启迪的，往往都是普通人，譬如亲爱的老王伯伯。

都说老王伯伯是典型的上海老克拉，然而与他的老搭档查理相比，老王伯伯更有几分中国传统文人特有的内敛和宠辱不惊的淡定。他那一头厚密的银发，和着他谦和的言谈举止，别有一番意境和贵气。难怪一位在“英语怀旧金曲”客串的英国先生，猛一见到老王伯伯，情不自禁向他脱帽致意：“你是我在中国见到的第一位绅士。”的确，与

一对黄金搭档——老王伯伯与查理林（右）

其说老王伯伯是个上海老克拉，不如说他更是一位上海绅士。“绅士”作为批判对象时，曾被歪曲凌辱。时过境迁，“绅士”在今天成为众人所追求和仰慕的一种身份，却不幸仍被严重误读：是绅士就是打高尔夫球，饮拉斐，穿名牌开名车……毕业自著名男子学校格致公学的老王伯伯以他普通又充实的一生，为我们注译了“绅士”的真正含义。

早在学生时代，老王伯伯就喜欢音乐，毕业后进入有“老上海铁饭碗”之称的邮政局任职，领到第一笔年终奖，就倾其所有买了一台梦寐以求的有 120 贝斯的捷克手风琴。文革前，老王伯伯一直是著名的上海邮电乐队的台柱。在被不公正对待的年月，他在农村做邮递员，暴雨骄阳下，骑着自行车在崎岖泥泞的乡间小路穿行，但他满眼看到的，是乡里人朴实的笑脸、河堤边的垂柳、沿岸农舍的犬吠鸡鸣……他常在心里放声高歌:《鸽子》《当我们年轻的时候》……

20 世纪 80 年代，“立体声之友”的第一首旋律刚刚被电波送出，老王伯伯欣喜若狂，主动与该节目资深编辑冯秉友联系，本着“独乐乐不如众乐乐”之心，全数贡献出海外亲友给他寄来的音乐带，并义务地将歌词、背景等资料译成中文，供节目所用。当时电台音乐资料贫乏，老王伯和冯秉友一人一辆老坦克去旧货摊淘老唱片，去音乐发烧友家觅磁带，宝庆路 3 号的老洋房画家徐元章和笔者家有幸都是他们“觅宝”的对象，笔者与老王伯伯就是这样结缘的。老王伯伯与

青年时代的老王伯伯（右一）在手风琴培训班

老王伯伯与挚友冯秉友（左）

冯秉友将一穷二白起家的“立体声之友”办得风风火火。

1992 年，老王伯伯参与创办“英语怀旧金曲”，并穿针引线，将拥有大量音乐资料且对欧美老歌研究深刻的老顽童、香港老上海查理林请到节目，从此他们成为长达 18 年的黄金搭档。最近故世的著名播音员张培，是该节目的首位主持。鬼马诙谐的查理林做 DJ，老王伯伯仍做幕后的资料编辑。相比之下，幕前的查理林拥有更高的知名度，老王伯伯却毫不介意。改革开放后，社会英语人才奇缺，老王伯伯英语了得，甫退休就被英国石油公司（BP）聘请，待遇优厚，然为了全心编辑节目，老王伯伯推辞了这份美差，心安理得做不拿薪水、自贴时间精力的编外编辑。对此，老领导张瑞康深感不安，老王伯伯却付之一笑：“我开心都来不及。”

辛苦一世，没有行政级别也没任何优厚待遇，然这一切怎抵得上他那为听众永远铭记的、那一声标准的老派上海闲话的节目开场白：“我，上海东方台王奕贤”的价值？那是一部上海城市史的投影，一个特定的文化符号，一份略带沧桑的悠闲……

老王伯伯家住新天地附近的石库门房子，是当年老王伯伯父亲用几根条子“顶”下的。那底层被分隔得七零八碎的嵌满尘埃的花砖地和同样灰头灰脑的却是精工细雕的阔落的柳桉木质的楼梯扶手，一点也没有“乌衣巷口夕阳斜”的失落。二楼老王伯伯家，全层窗明

老王伯伯在录制音乐

年轻时的老王伯伯与伯母

老王伯伯与东方台英语怀旧金曲两位主持陆明（左）、方舟（右）

笔者与老王伯伯

几净，温馨明快。老王伯伯素有以午茶音乐招呼朋友的爱好，虽不是什么高档音响，音乐却是一流的，还有老王伯伯在一边娓娓介绍，岂止是享受，更是愉快的学习。老王伯伯一番话对我写作启迪至今：音乐没有通俗和高雅之分，只有好听和不好听！老王伯伯家可是标准老上海待客之道，我们一到，王伯母必会去弄口买几笼小笼包，那种已蒸得外壳油腻的内垫席草的正宗小笼架式，也可谓是老上海风情的一则绝唱呢！说到早离去几年的王伯母，70年前就是在这栋楼与老王伯伯邂逅相遇。老王伯伯清晰地记得那天窗外下着大雪，他脱口一句："Snow is white."（雪花洁白），女孩子轻轻抚着桌上一束怒放的玫瑰，即时回了一句"Rose is red"（玫瑰嫣红），从此就是一场不离不弃的钻石年华的携手。

《Always（永远）》这张唱片，是当年他送给王伯母的定情礼。18年前，创办"英语怀旧金曲"时，他又特地选此作为片头曲至今。

当两位与他情同父女的节目主持陆明和方舟最后一次去看望他时，老王伯伯已无法言语，他缓缓抬起双掌做了一个"T"字——Thanks（感谢），这是他对人生最后的感恩！

"我会永远爱你 / 此情真诚不变 /……岂止一时一日 / 而是永远……"就这样，乘着欧文柏林的《永远》，老王伯伯走了，身后留下一缕永不西沉的夕阳——老派上海绅士的风采！

生死与共浦江情

——追思一代名媛郑念女士

“1980年9月20日，我告别了上海……大雨迷茫中，隐隐望得见远远耸立的外滩1号亚细亚大楼乃至楼内我办公室的窗口……我要与生我育我的祖国永别了，这是个粉碎性的断裂，上帝知道，我是多么爱我的祖国……”

——摘自郑念《上海生死劫》

《上海生死劫》(《Life and Death in Shanghai》)作者郑念(1915.1.28—2009.11.2)不是一位职业作家，她的作品只有一部，虽然此书的问世比内地文坛伤痕文学奠基人卢新华的《伤痕》要迟，但因为作者是直接用英文写作，再加上她独特的文化背景和直白不矫情的行文，故而更具真情和世界共性，甫问世即引起轰动。要说伤痕文学的经典，笔者首推此书。

1988年9月，我与母亲潘佐君女士(圣约翰大学1943级教育系)合译的《上海生死劫》由浙江文艺出版社出版，首版发行5万册，立时销售一空，更有个体书贩必要硬搭几本过期期刊与此书一起出售。由于当时特定的历史背景，此书没有再版。当时还有另一中文版本，据说是汪道涵市长秘书翻译的。或者因为同样的原因吧，此书后来也不见再版。

1996年，在香港，徐枫女士约见我写《上海生死劫》电影剧本，

作者和母亲潘佐君女士合译的《上海生死劫》封面

她已买下此书改编权，并将亲任女主角，以告别自己水银灯下的生涯。笔者交出初稿，但总也不见电影开机。

不是“上海”的上海人

树高千丈，叶落归根。一直来，中国人的“根”的界定，是以其籍贯为依据，然近百年来随着交通资讯的开拓和个人居住选择权的开放，我们更以文化认知及人文价值的归宿来认定我们的“根”，所谓“上海人”就是一个最典型的实例。

郑念女士，原名姚念媛，原籍湖北，1915 年出生于北京，父亲为留日海归，在北洋政府任高官。郑念先后在天津中西女中和燕京大学受教育，后赴伦敦留学获硕士学位。丈夫郑康祺原籍济南，为留英博士，双双学成回国后，丈夫出任民国时期驻澳大利亚外交官。“郑念”这个笔名就是为纪念 1957 年去世的亡夫而起。

从 1949 年 4 月起直至 1980 年 9 月，郑念一家一直生活在上海，虽然她一口京片子，从不讲上海话，但她的所有亲友，喜爱她的读者包括她本人，都认定她就是一个上海人。直至去美国后，她几乎所有的衣服，都是量了尺寸寄回上海请她相熟的上海裁缝做，再托人从上海带去。1980 年她离开上海前夕，婉拒了上海博物馆要求收购她收

郑念赠给友人的照片

藏的极其珍贵的文物，而是按她文革前已立下的遗嘱，将文物无偿捐献给上海博物馆。她的青春、她的事业、她满腔的中华热血、她对未来的殷切期望都无私地献给她生活了31年的这座城市。她为书起名《Life and Death in Shanghai》（直译为《生死在上海》），是因为她早已认定自己的生命已与上海结成一段血缘共同体。1980年她的痛别上海，令她心中从此裂开一个很深的创口，永不会封口。她已预知不会再回来了，当时是因为特定的历史条件，后来是因为年事已高，经不起长途飞行的折腾。

以郑念女士的家世、经历和教育，幡然悟到，她才是真正的一代上海名媛。眼下时在各种标榜为上层女子时尚杂志中介绍的所谓新名媛，无非是美女加有钱丈夫或父亲及名牌堆身，充斥着暴发户的奢华，看在眼里很为那曾经掠过时间回廊并投下高贵倩影的名媛叫屈。

需知，名媛不是交际花，更不是某某大赛选出来的美女。组成名媛的硬件，是先天的遗传，软件则来自灵魂在时空中的不断焠火。名媛就是女中贵族，她们的崛起和出现，为中国女界开创了一种全新的文明和生活风格。贵族的“贵”，不在锦衣玉食、奴仆成群、前呼后拥，而在不用其一贯遵循的人文价值原则作交易，竭力维护自己在平民中的表率风范。犹如《桂河大桥》中那位英国军官，虽然沦为俘虏、虽然已衣衫褴褛，但面对敌战国军方的淫威所表现出的傲气和贵气，令人肃然！好像是福楼拜说过：一位真正的贵族不在他生来就是个贵族，而在他直到去世仍保持着贵族的风采和尊严。

郑念，就是这样一位名媛。

不仅在 1949 年之前，即使在红色政权下，在党的统战政策和周总理的直接关心下，直到文革前，郑念一家无论是生活方式还是社交层次，都可称为十分贵族，他们还是少数可以自由往来于香港及西方的中国公民。

上海一解放，郑康祺博士就受聘任市政府外交顾问，不久经政府有关部门批准，出任英资壳牌石油公司（即亚细亚石油公司，此为唯一与红色中国保留贸易关系的西方公司）总经理助理。那时大庆油田尚未开发，作为国家建设的血脉——石油，很大程度上靠郑康祺夫妇俩，以他们赤诚的爱国心和被西方世界认可的文化气质去化解这家老牌英资石油公司对红色中国的偏见。1957 年郑康祺博士去世，英方以甘词厚币恳请郑念接替丈夫的职务直至 1966 年壳牌结束在中国的业务。接下来是十年浩劫，爱女梅平被迫害致死，郑念身陷牢狱仍坚持原则，与恶势力抗争，然后是在 65 岁高龄在异国他乡再扬生命风帆，著书演讲！

郑念 VS 张爱玲

写到这里，忽然忆起另外一位家世显赫同样以母语以外的英文写作，同样早年离开上海在美国孤独终老的名媛——张爱玲。她们相差 5 岁。

张爱玲祖籍也不是上海，但她对上海的爱和思恋之情，我们从她后来去美国后写的或改写的几部小说中，仍强烈地感受到。与郑念一样，她的旗袍，也是托好友宋淇夫妇从香港找上海裁缝做的。两位名媛都十分西化，高傲执著，重视私人空间，但总觉得张爱玲的世界，还未走出白流苏那个连钟摆都比外面慢一个时辰的幽黯的老公馆。尽管一样喝红茶、讲流利英文、对色彩搭配都有敏锐独到的见解，但郑念比张爱玲要大气得多。张爱玲是一位末路名媛，郑念则是少数勇于走出悠闲沙龙，置身于大时代舞台聚光灯下翩然起舞的一代新名媛！

张爱玲最终与胡兰成诀别，最关键的是因为他对爱情的不忠，此外什么国土沦丧、民族气节，她都不予关心。去美国大半辈子，张爱玲似从来没融入其主流社会，即使嫁了个美国丈夫。以她的英文程度在美国任一份白领工作应该完全不成问题的。但她没有。而郑念虽然去美时已六十有五，但她很快使自己适应新的生活方式和环境：

郑念在美国家中

出狱后的郑念

诸如高速公路上的驾驶、超市购物及银行自动提存款机……当然，她不否认“……当落日渐渐西沉，一种惆怅有失及阵阵乡愁会袭上心头”（《上海生死劫》跋），但她仍“次日清晨准时起床，乐观又精力充沛地迎接上帝赐给我的新一天”（同上）。虽然身在异邦，她也从不将自己与中国隔绝，“我还是关注着中国的一切，来自中国的种种消息令我十分鼓舞，中国实行新经济政策后的空前繁荣，我感到欣慰”（《上海生死劫》跋）……

与张爱玲的避世和孤僻不同，对热爱她的读者，哪怕“张迷”，张爱玲的反应也是十分冷淡的，郑念不是。她十分热烈地回应她的读者，她四处演讲与读者沟通交流，广交中西朋友。她将著书所得的优厚稿酬设立“梅平基金会”，专资助大陆留美学生。她们都无比思念上海，却又从此再也没回过上海，哪怕已人到香港了。或者这就是“近乡情怯”吧！在张爱玲，她的上海之恋或许是一段隔世的宿缘；在郑念，她对上海的爱却是现世的、当下的，某角度甚至有点超前的。张爱玲是夹在上海史册中一瓣犹散发着沁香的花瓣，郑念是划过上海上空一丛耀眼的烟花，灿烂后陨落了，化作上海史册的一部分。张爱玲在中国文坛上的成就是毋庸置疑的，而郑念行文中别具国际视野的对上海城市精神的剖析，在今天众多写上海的作家中，是罕见的。

与张爱玲的孤凄晚景相比，郑念的晚年要优渥充实得多。她在华盛顿一高尚住宅公寓九楼购有一二房二厅180平方米公寓，布置得十分有品位，满屋是书。但她与张爱玲都逃脱不了异乡终老的无奈孤独和落寞！数月前，她在浴缸里摔倒起不来，因一人独住，无人知晓。好在次日上午，她约好的一个朋友来访，按铃无人答应，特地叫来大厦管理员将她送入医院，但已元气大伤，医生告之她的寿命最多只有一年——这大约就是美国文化吧！她听了平静地回答："我已经活够了，我要准备回家了！"

但凡名媛，对生活品质肯定有相当要求。张爱玲对生活品质的具体要求在她自己文字里倒不多见，反而是一些"张迷"津津乐道、乐此不疲：无非是住公寓、啖咖啡、吃西点、穿旗袍……如果这也可称为名媛风范，那显得我们的目光太小儿科了！

"文革"中郑念身陷囹圄，长时间双手被反铐在背后以至勒得血肉模糊，令她每一次如厕后欲拉上裤侧的拉链都痛如刀割，她宁愿忍受这钻心的疼痛也不愿敞开裤链以至有可能闪露出里面的内裤……在牢狱中受尽非人的折磨，有人好心劝她放声嚎哭来引起恶势力发善心，她坚决不从："我实在不知道该如何才可以发出那种嚎哭的声音，这实在太不文明了……"（郑念《上海生死劫》）。

痛失爱女，浦江相汇

老友A君，与郑念的独生女儿梅平青梅竹马，后终因其太高的门户，在文革前就理性地割舍了这段情愫。翩翩美少年现在也已七十来岁了。曾问过A君有否后悔当年太理智斩断此情？ A君沉吟了半天，缓缓说："如果那时我还是和她在一起，至少，我一定不会让梅平死！"

A君记得最后一次见到梅平，是在上影厂门房里，虽然母亲被关押家产被查抄，毕竟青春总会给人希望。那时梅平手里拿着一杯水灵灵的嫣红的草莓，边吃边与人聊天，神情还可以。看这样子不像数日后会从体委大楼跳楼自杀，因此A君从来不相信梅平是自杀的定案。她告诉A君，家里钱财全部抄光（当时她仍是电影学校学生，没有收入），但她知道在香港汇丰银行还有账户，问A君如何可以与银行联系，汇点钱来。这个生于海外、在暖房长大的漂亮女孩子就是这样不设防，A君立时制止她："你铜钿没有我帮你，但一定不可以擅自与香港联系……"梅平有无听他劝告不轻率妄动那就不得而知了，不过即使没有这样，也注定她是逃不脱这场厄运的！

上海电视台翻译周灵女士告诉过我，文革打砸抢高峰时，郑梅平在朋友都本珍（"文革"后参演过影片《樱》）陪同下曾擅自来敲周

郑念的女儿梅平，时为上海女子划艇队队员。

灵家门。其实她们素不相识，只是看到周灵家门口贴的大字报——周灵是在俄罗斯基辅出生，父亲是民国时代驻苏大使，母亲曾任过前国家主席刘少奇的俄语教师；文革中母亲被关押，天真的梅平因此认定，“同是天涯沦落人，相逢何必曾相识”，就找上门来：“我一个人实在太害怕了，我们两人住在一起作伴好吗？”

周灵毕竟成熟多了，虽然“同是天涯沦落人”，只好硬着心肠回绝了她。由此可见，梅平当时是多么无助！事后周灵多次自责，如果当时将郑梅平“收留”下来，大家互相有个伴，或者梅平就可以逃过一劫吧？谁知道呢？在那人妖颠倒的时段，任何推测忖度都无济于事！

澳大利亚出生的梅平自小英文流利，在少年宫时就开始接待外宾，还是市女子划艇队队长，弹得一手好钢琴，还被选拔进上海电影学校表演系，以她的才干和美貌，她很可能跃居为第一个打入好莱坞的新中国女演员，远要早过陈冲和巩俐。但生活没有给她机会，当她青春的身躯从市体委大楼坠下，孤凄无助犹如一片落叶，迎着对面人民公园绿丛中一抹残阳，拥抱的是她从小就走熟的人来人往的南京路。她在高空中下坠时，会不会痛呼一声“妈妈”？

或者因为爱屋及乌，郑念对A君，女儿生前十分依傍的男友，一直是很信赖的。郑念出国后少有的还保持联系的几位人士中，A君

“文革”前的梅平在家里

是其中一位。

1989年得A君牵线搭桥，笔者在华盛顿首次与郑念女士零距离接触。那时她应已七十好几了，开着一辆白色的日本车，穿着一身藕色胸前有飘带的真丝衬衫和灰色丝质长裤，黑平跟尖头皮鞋，一头银发，很上海，与周小燕十分神似，一样是瘦削挺拔，只是郑女士更显高挑。她是那样漂亮，特别那双眼睛，虽历经风侵霜蚀，目光仍明亮敏锐，只是眼袋很沉幽，那是负载着往事悲情的遗痕吧！

她请我在一家讲究的中餐馆吃饭。有趣的是，她带我走的是后门，从厨房穿进去，在一僻静的角落里，有张似是她专用的台子。她诙谐地说："中国人就是会走后门，但美国的后门只是通厨房。"后来我才明白，这家中餐厅是当地颇有口碑的，从前门进来怕太注目吧。当我惴惴不安向她道歉未经她同意就与母亲合作将她的书译成中文并在内地出版时，她爽朗地笑起来："这不是很好吗，让内地人也能读到我的书，我要谢谢你和你的母亲。"她在餐桌边翻看起来，马上很认真地说："这本书就是要上海人译，比台湾人好。"我得到鼓励，老实不客气地说："只有我们才翻得出'一打三反'，'深挖洞，广积粮'这些富文革时代特色的名词……"她深表同意。她还向我指出，女儿Mei Ping应译为"梅平"，不是"曼萍"。梅平生于1942年抗战凄烈之时，梅花是中国国花，取名梅平是祈求祖国早日和平。

1989 年，作者和郑念在美国

她十分健谈，讲到一些别有用心的人，常利用她在各地演讲的机会，撺弄她讲一些不利中国的言语。比如，一次，有人递纸条问她："如果你有机会见到邓小平，但只允许你与他提一个忠告，以你的亲历，你会说什么？"

说到这里，郑念如小女孩样眨眨眼睛调皮地反问我："你猜我怎么回答他？"不等我回答，她自己先哈哈大笑起来："我对他说，我会给邓小平一个忠告，那就是：No more smoking!（不要再吸烟了！）"

她告诉我，上海亲人已将梅平的骨灰带出来了，她要携她去夏威夷海葬。她微笑着说："是因为太平洋通中国，海水会将她带回上海。"说到这里，她有点哽咽，她又说，她已在遗嘱中交待，自己身后骨灰同样撒入太平洋。

现今，母女终可在黄浦江汇合了。

上海张开温暖的怀抱等着远行女儿的还乡。

（本文所有照片在郑念生前已委托律师归法定版权继承人所有，严禁翻印盗用，违者将追究法律责任。）

黄头发的上海人

当Betty Barr（白丽诗）走在上海街头，最常看到的是上海人的友好的注目：

"咦，这个外国人会讲上海话。"虽然她的上海话很搭浆！

"阿拉是上海人！"她笑呵呵地回过头。

"不，不，你根本是个老外！看你这只高鼻头！"

"我真的是上海人！我生在上海。"

"真的？"

"我生在上海华东医院，我的丈夫是的的括括的上海人！"

二代难解上海情

Betty 1933年在上海英国乡村医院（今华东医院）出生，在上海的西童女校（现市西中学隔壁原第一师范）上小学，随后就读上海的美国学校（今衡山路国际礼拜堂对面）。在二战期间，她随父母一起被日本人在龙华集中营关押了二年半。她与老上海人一起，经历过日本军国主义炮火的摧残、敌伪的淫威，又亲眼看着人民解放军进城和上海的新生……所以说，她是个真正的上海人，还是个老上海！她有个漂亮的中国名字——白丽诗。

其实，何止她自己，她的父母，都是一对将半生心血和精力无私地奉献给上海的大鼻子黄头发白皮肤的上海人。Betty 直到 1950 年才离开上海去美国入 Wellesley 女子大学（是冰心、宋美龄的母校，也是克林顿夫人希拉里的母校）。她父母直到 1952 年才离开上海。

如果说，将海外出生的华裔比作香蕉人——黄皮肤里面是西方的思想，那么，像 Betty 那样在上海出生上海长而且嫁了个土生土长上海人的外国人，不知该以哪种水果来比喻呢？白沙枇杷？

有时，连带 Betty 自身都觉得十分困惑：她的父亲 John Barr 是一位苏格兰人，如同许多其他苏格兰人一样，在 20 世纪廿年代初由伦敦教会派往中国。1924 年，他从苏格兰派到上海的麦伦公学（Medhurst College，今继光中学）任教师，直到 1951 年。可见，Betty 的上海情，在她出生之前，已深深融入父母各自的基因中，然后又遗传给她。可以讲，Betty 对上海的爱，是与生俱来的，某种程度，比今天年轻上海人还浓烈。

她不同一般外国人，他们对中国文化的爱好大多是出于一种猎奇和点缀，他们对中国的认识，只不过停留在古董字画、旗袍和鸦片枪上。就如《太阳帝国》这样一部反映发生在上海沦陷时的电影中的中国人，连 Betty 这个当时历史亲历的外国人都觉得里面的中国人是一大堆面貌模糊、个性缺乏，不是黄包车夫就是蝼蚁般争相残踏的难民。大部分外国人更是出于对中国这只金荷包的兴趣。而 Betty 及她的父母，两代外国人对上海的感情，是将上海视为自己的故土。那种乡情，决不是“他乡作故乡”的无奈，而是一种因为将青春和生命洒在这座城市而生出的情系故土一样的爱！

1952 年 Betty 的父母离开上海后，并没有回到自己的祖国英国，而是在离上海不远，文化价值观也与上海接近的香港，直到 1965 年他们退休后才回去。而 Betty，在 1950 年离开上海赴美读大学，从 1959 到 1972 年，Betty 一直在香港的英华女中任教，并且讲得一口可以乱真的标准广东话。她这一生注定要与中国人同舟共济。

一直以来，对自己的根之所属，Betty 十分迷茫！她出生在上海直到 17 岁离开，虽然其中经历了两场战争（抗战和解放战争），但那正是 Betty 的成长期，她仍十分留恋在上海度过的岁月。上海的那段生活，很影响了她日后的价值取向和专业选择！她在美国读了四年大学，她的母亲是美国人，但她坦言自己从来没有美国人的感觉，她觉得自己根本是英国人，而且还是苏格兰人。她大学毕业后再读了一年教育学，拿到了教师资格证，在苏格兰做了两年教师，她持的也是英国护照，但对苏格兰，她没有一种“故井家园”的感觉。因为，她不是生在那里，又没有在那里长大。我体会那种感觉，一如一度我在籍贯这一栏目上填着浙江桐乡梧桐镇，但我的父母亲都是出生在上海的。我曾经回过桐乡，觉得很亲切，但没有归属感。只有上海，

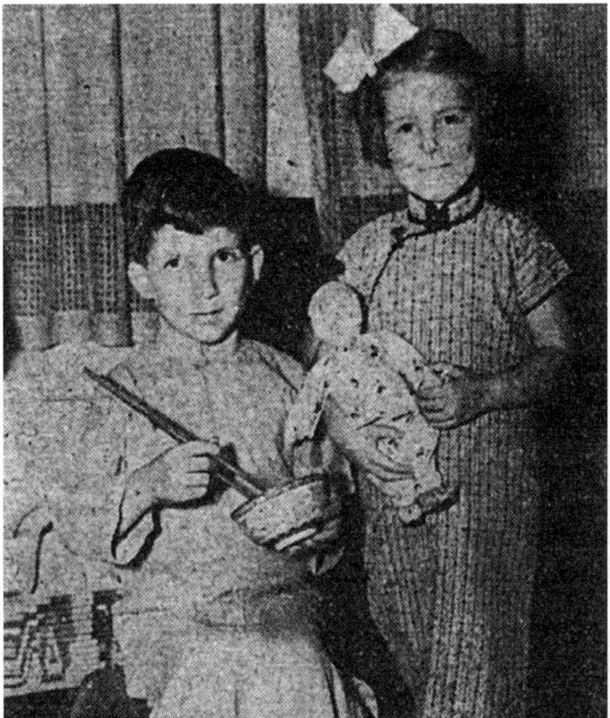

童年时代的 Betty 在上海，摄于抗战前，男孩是她的哥哥 Dick。

因为我生在那里长在那里，才有那份归属感。因此，即使Betty在香港执教生活了22年，讲得一口流利的广东话，有了众多的香港朋友，仍不觉得香港有家的感觉。直到1973年受聘上海外语学院任教而重返上海，她这才真正有一种回到老家的感觉！后来她嫁了位上海先生王正文，在上海安下家，那就更完完全全是一个上海人，而且，还是个知道许多上海典故的老上海！

父亲John Barr是上海麦伦中学教师，母亲Ruth Hill是中国基督教女青年会干事，办公地点就在近圆明园路，今上海基督教三自委员会大楼。

从20世纪80年代开始，上海的英国领事馆就与Betty一家有密切联系。在英女王访问上海时，Betty和丈夫王正文双双被引见给英女王。

Betty拿的是英国护照，她的父亲是英国人嘛！但她在上海上的是美国学校，后来又在美国上学，这一切令她思维与生活作风又很有点美国化。

Betty实在算得上是个国际人。她的母亲来自美国达拉斯，父亲是苏格兰人，丈夫是上海人，而她坚信自己的根是深深扎在上海！

其实Betty的母亲Ruth，已属一位老上海了。

Ruth在美国著名的哥伦比亚大学拿到中国文化专业的硕士学

位，在 1930 年来到上海基督教女青年会 YWCA（今南京西路 999 号上海工商银行现址）工作。在来上海之前，特地在北京学了一段时间国语（普通话）。

Betty 的父亲 John Barr 被英国的 LMS 教会派往中国（上海人俗称伦敦会，一个十分著名的教会），先到苏州专程学习吴语，后来再被派往上海麦伦公学 Madhust College（继光中学）任教师直至 1952 年离开上海。所以，他讲得一口标准的糯的苏州腔上海话。如是，两夫妇一个会讲普通话，一个会讲上海话，这种语言上的优势，令他们在上海的方方面面都如鱼得水，完全融入上海这个海纳百川的大都会之中。

Betty 在整理母亲遗物时（母亲 Ruth 在 1990 年 87 岁时在英国逝世），发现一本 1931 年出版的名为《梅兰芳的戏剧艺术》的书，内里有很多梅兰芳各种扮相的剧照，在此书的扉页上，一位署名为 Gerge Kin Leung（可能是一位姓梁的中国人）如此写着："送给亲爱的 Ruth——因为她对我们的戏曲是如此钟爱！"可见，Betty 的母亲当年还曾是一个梅兰芳迷！

Betty 父母与千万上海人一起，走过日军侵华上海沦陷的惨痛的那一页，他们与上海人一起同呼吸共患难，算得上是真正的老上海！

比如，西方人都知道珍珠港事件，但很少西方人知道"一·二八"

上海的淞沪之战。但是，Betty 的母亲 Ruth，与众多老上海人一样，深深记得亲感“一·二八”日军的大轰炸给上海人带来的灾难和惨痛。

1932 年 1 月 28 日凌晨，在一片火光冲天的硝烟中，年轻的 Ruth 和她的美国女同事从近邻日本人居留地的教会宿舍逃出生天，逃到位于公共租界的圆明园路基督教女青年会，在大堂地板上和衣睡了五天，目睹了上海人如何在日军战火中生灵涂炭、流离失所……

同年 7 月，Betty 父母 John 和 Ruth 在位于法租界的今国际礼拜堂（上海人旧称此为美国礼拜堂，因为它是由上海的美国侨民集资于 1923 年建立）举行婚礼。

婚后，夫妇俩就住在位于虹口的麦伦公学附近，由教会提供的宽敞的员工宿舍内。Ruth 当时也在麦伦兼教，同时仍忙女青年会的工作，后来一度在沪江大学教过书。

令 Betty 觉得欣慰的是，时光流逝，但父母亲当年的上海学生，至今仍记得他们。在 1999 年麦伦公学（继光中学）百年校庆之际，Betty 和丈夫王正文双双被校友会邀请参加这个纪念活动。至今，Betty 仍为麦伦校友会理事会成员。Betty 犹记得在百年校庆会上，当她步入会场时，礼堂里挤满历届的来自世界和中国各地的麦伦校友。许多白发苍苍的老校友凭借 Betty 与父亲酷似的大鼻子仍记得她的父亲 John Barr！大会休息期间，老校友们纷纷围住她和丈夫。

新婚的 Betty 父母亲在虹口家门前，此房不幸于一·二八大轰炸时被日军炸毁。

复旦大学一位老教授曾如此对他们说：

“John 白不仅教会我英文，还教会我如何做人！”

那班上海老学生仍然记得 John 的幽默的教育方法。他们仍然记得每日大清早，这位大鼻子老师就一个个将他们拽出热被窝带领他们绕着操场跑步，顾不上他自己的大鼻子上还挂着清水鼻涕往下滴……

珍珠港事件一年后，Betty 全家被日军关入集中营，然抗战胜利后，Betty 的父亲一出集中营即时回到麦伦与上海学生一起参加复校工作。

Betty 的父母在 1952 年 11 月离开上海，是 LMS（伦敦长老会）最后一批离开上海的教会人员。但他们仍然舍不下中国，随后他们来到香港，父亲在香港 Chung Chi（崇基学院）任教，两夫妇直到 1965 年才依依不舍回到英国苏格兰老家。

直到他的晚年，父亲 John 仍然十分关注中国发生的一切。他是苏格兰中国友好协会的秘书长，他常常会写信给政府官员和贤达人士，敦促他们支持中国加入联合国。苏格兰联合国协会的秘书长后来告诉 Betty，直到她父亲弥留之际，仍叮嘱这位秘书，要努力促成中华人民共和国恢复在联合国的席位。遗憾的是，这位深深爱恋上海、爱恋他的上海学生的大鼻子上海人，1970 年因癌症去世，没有等到他的心愿实现的那一天！

Betty 的母亲坚强地积极地度过没有丈夫陪伴的另外的廿年生命。她以“美国的 Barr 太太”而闻名她所在的那个苏格兰小镇。不愧为一名出色的社会工作者，她的晚年过得丰富又忙碌。甚至在八十几岁高龄，她仍会站在街角为联合国捐款售旗。为了配合筹款，她会在早晨将自己做的可口新鲜的点心义卖，支持捐款。

她每天早上五点起身练瑜伽。在晚年时还以极大兴趣，与当地的居民一起跳苏格兰舞。

Betty 就是在这样一对热爱中国文化、半辈子生命奉献给上海的父母养育下长大。

在上海的快乐童年

1937 年 10 月 11 日，“七七”事变后三个月不到，日军狂炸上海，除了租界地，整个上海陷入一片战火中。Betty 家在虹口的房子包括一部分麦伦公学的校舍都被炸毁了。幸好当时，Betty 和哥哥迪克与父母正在美国达拉斯外婆家度假。

当时，她和哥哥尚年幼，还不懂得战火带来的灾难。父亲担心着学校，听到消息后，火速赶回上海。后来父母伤心地告诉他们，他们在虹口的家已没有了，成为一片废墟，片甲不留！

随后他们搬往愚园路上一幢三层楼高三房二厅二卫的公寓内，热水汀、煤气、收音机、吊扇这些当时极少上海人能享受的设施一应俱全。在旧上海，外国人总归有种高人一等的待遇，在心理上和生活上都有种优越感。他们很快又建成一个舒适的家，有一个佣人和一个厨子。厨子天天为他们烹调可口的西餐。其实如果在英国，以一个教会职工哪怕是校长先生，也决过不了这样优越的生活。

那段时日 Betty 和哥哥迪克是快乐的。父母从小培养他们对古典音乐的爱好。家里有一架钢琴（但凡教会人员都擅长音乐，因为唱赞美诗是教会活动的一项重要部分），全家常常围绕着钢琴唱歌。

对 Betty 讲，童年生活最愉快的记忆就是去兆丰公园（今中山公园）露天音乐台欣赏意大利人 Maestro Mario Paci 主持的工部局交响乐团的演出。这样的音乐会通常是在很晚才开始。所以 Betty 和 Dick 总是被早早地送上床然后再被叫醒，和父母一起去兆丰公园坐在星空下，坐在活动折叠椅上，欣赏那如梦似幻的音乐！

西方人对孩子教育确有很多值得我们借鉴的。Betty 很小就接受了舞蹈训练，以培养优美得体的体态。Betty 印象最深的是，那年，她在《谁杀死知更鸟》的舞剧中扮演一个翠鸟先生的角色。当年在同一间舞蹈学校学过舞的另一位学生是玛可·芳婷，她后来成了世界著名的舞蹈家。

在上海的圣诞节与欧美的一样热闹开怀。家里竖起一棵高高的圣诞树，树下堆着来自苏格兰、达拉斯和上海的各方亲友送的礼物。圣诞日早晨拆开礼物后，父母就带着他们沿着忆庭盘路（今江苏路）边走边唱着圣诞歌最后来到中西女中（今市三女中）。在圣诞节凌晨，中西的中外籍教师们会举行一个迎圣诞的早餐会。在那里，Betty和Dick会得到第二轮的圣诞礼物。

Betty一家人作为一个殖民地宗主国的公民和其他上海外国人一样，都过着一种人上人的生活，他们有自己的学校、医院、会所俱乐部，享有各种特权。说来有趣，后来成为她丈夫的王正文出身自南市高昌庙贫苦的上海家庭，他在Betty这样的年龄，为了生活不得不辍学做小贩贴补家用。同在一条愚园路上，受尽洋人欺凌，王正文还曾在当时的西摩路（现陕西北路）菜场为洋人提菜篮子。

Betty犹记得一次她在搭公车上学路上多坐了一站路，以致下车后不认得路了，急得在马路上哭了起来。一位外国巡捕和蔼地过来安慰她并牵着她的手，非但送她去学校，还一直将她送到教室里。

但她多次亲眼看到外国巡捕凶神样追赶和斥责穷苦的中国小贩（他们通常都只是一些十一二岁的孩子），Betty犹记得那满街的锲而不舍地成群成群跟在黄包车后面奔着乞讨的小叫花子。他们甚至会用洋泾浜英文边哭边乞讨：

“No Mama，No Papa，No Whiskey Soda”（没爹没娘，没有威士忌梳打）。

这一定是哪些缺德损嘴的外国瘪三恶作剧教他们的。那些小乞丐不懂英文，小和尚念经那样鹦鹉学舌而已！

Betty 的西童女校紧邻西童男校（今愚园路的市西中学），同学主要为英国人，也有有钱的白俄、丹麦、挪威人。不少都是有钱的商人的孩子，住的都是比 Betty 家大得多的大洋房，天天有私人黄包车或汽车送他们上学。Betty 因为家住得近（今愚园路江苏路），再加父母有意识要培养她独立刻苦的个性，所以每天自己乘公共汽车去上学。

珍珠港事件结束了一切快乐！

1941 年 12 月 8 日，当日，Betty 照常上学，愚园路离外滩约六到七华里，一路上并未见到有日本军队。但当她抵达学校时，同学们都在议论纷纷：“打仗了，日本向英美宣战了！”

Betty 的母亲 Ruth 不愧为一名出色的社会学专业人士，她当时已意料到，珍珠港事件必会改变世界并载入史册。她有记日记的习惯，故而从 1941 年 12 月 8 日起，一直坚持到 1945 年抗战胜利她的日记没中断过。

珍珠港事件发生当日 Ruth 如此记载：

上午 7: 00，没有报纸

8: 00，电台广播日本向欧美宣战，马尼拉被轰炸

10: 00，尝试着搭公交车去市中心区，静安寺路上已满是日本军。打电话去沪江大学（当时 Ruth 为沪江大学教师——作者注），他们要我不要去上班。

10: 15，愚园路被封锁了

10: 30，厨师外出购物

11: 00，John 来电，告知日军已占领了 SMC（工部局，当时公共租界里最高的行政机构——作者注）沪江大学和美军海军陆战部队驻地也被日军占领。

11: 30，孩子们从学校回来被告之回家听收音机再决定明天是否要上学

12: 30，厨师空着篮子绕道回来

12: 45，德国电台广播，珍珠港、马尼拉、香港、新加坡遭轰炸，全上海在日军控制下，商店、银行关门，除德国电台外所有的电台都停止了广播。

接下来发生的是：

日军占领了英国会所和美国会所、Moore（沐恩堂），美领馆撤离，LMS 教会也被日军告知要撤离。

Betty 的父亲 John 被困在虹口学校内没法回家。母亲 Ruth 整个下午忙着打电话，安抚孩子们，担心上海会遭轰炸。晚上收听德国电台的新闻。

日方通告所有外侨必须在五日内带着护照向日军当局登记。

荒唐的是，美国兵舰上喝得烂醉的水手们回来找不到自己的兵舰了，他们根本不知道战舰已给炸沉了！

美国教会沐恩堂的一位工作人员被日军踢下楼梯并被杀害。

中国朋友们纷纷以食品和钞票帮助这些一下子从天堂降到地狱的外国朋友们。

Betty 的母亲 Ruth 的日记接下来写道：

1941 年 12 月 10 日，星期三

Betty 学校只保持半天上课。

搭 1 路电车去市中心，在进入公共租界时要向日军出示护照。

回沪江大学上课，全班 22 个学生中只有 10 个学生仍坚持上课。

满街是恐慌的人群，到处是日军贴出来的告示。

在福州路的哈密尔顿大楼前，英美侨民排着长长的队列等候向日军登记。

没有人知道战争将何时结束，有讲 3 个月，有讲 12 个月，但我想要 3 年！

那段时日真是艰难。食品短缺（因为海陆交通给封锁了），面包首先从店铺中消失，米店门口排起长长队列。幸好 Ruth 记起在 LMS 教会还储有一点食品原先准备运去汉口教会，现在汉口也在日军占领下，这些食品运不出去，即使运出去，也是羊落虎口。总算他们因此分得一些麦片奶酪（钱可以以后估算），但无济于事。

因为缺少燃料，有些外国人甚至把忆庭盘路（今江苏路）上的树枝树桠都拾回去供取暖做饭用。接下来马路上的出租车和公共汽车也相继消失了。马路上的交通工具只有有轨电车和无轨电车还有自行车。

在紧贴日本海军部的汉密尔顿大楼外，Betty 的母亲 Ruth 与大批英美侨民一起列着长队等候登记。Ruth 注意到那天共 9 000 个外侨办理了登记。其中 1 156 个是美国人。每登记好一个，日军要他们戴上个红袖章，美国人就戴上印有 A 标记的（American），英国人就戴上印有 B 的 (British)，并被告知必须任何时候都戴上，不准脱下。这是作为敌战国的一个标记！

在那个艰难的时刻，缺钱（银行给日军控制限额每次只准提取 500 元中国币），少食，一些学校迁往内地，一些学校关闭了。

Betty 的无忧无虑的童年，从此结束。

一场更惨重的灾难在等着他们全家——进集中营！

在龙华集中营的日子

1943 年 4 月 10 日，日本人进驻租界后的一年多时光，Betty 刚刚过了她的 10 岁生日的两天之后，那可怕的一天终于来了——进集中营。两张长长的封条交岔贴在大门口。这是日本当局的命令——所有在上海的外侨必需在指定日期内入集中营。

其实早在珍珠港事件美日宣战之后不久，Betty 已经听到双亲忧心忡忡地在谈论，英美侨民已开始被叫到提篮桥监狱问话。更有人已被送到 Haiphong Road（海防路？那里曾为公共租界美军兵营）专押外国人的集中营。

当时 Betty 父母每天都过得提心吊胆，为家庭命运前程担忧，并且日本当局已通知他们作“入营准备”。基于日本人规定，每个入营家庭只允许带四件行李，但他们并未规定行李的尺码大小限制。父母叫来几个中国打包工，做了一个足以放入全家四张床、被褥的大行李，再用布将这件大行李缝起来，而且，再塞入四把折椅、蚊帐、园艺工具……反正，连带杯盘扫把洗衣板常用药品冬衣甚至 Betty 母亲

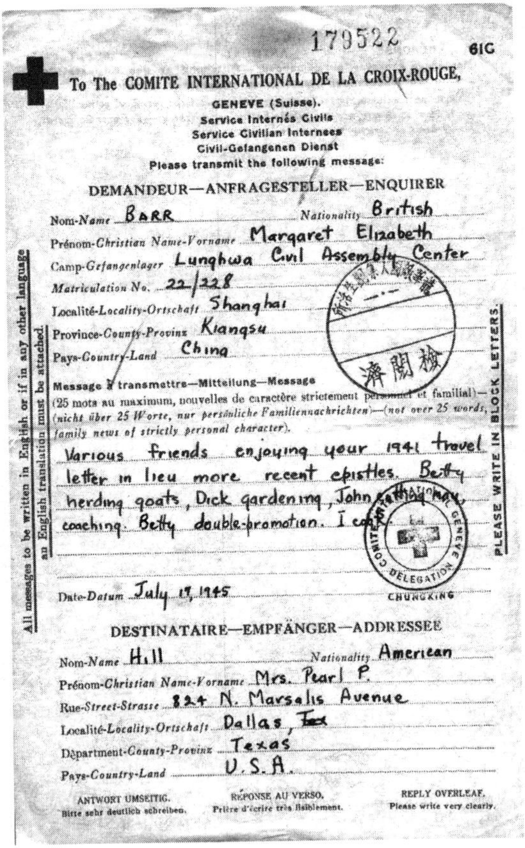

179522 61C

To The COMITE INTERNATIONAL DE LA CROIX-ROUGE,

GENEVE (Suisse).
Service Internés Civils
Service Civilian Internees
Civil-Gefangenen Dienst
Please transmit the following message:

DEMANDEUR—ANFRAGESTELLER—ENQUIRER

Nom-*Name* BARR *Nationality* British
Prénom-*Christian Name-Vorname* Margaret Elizabeth
Camp-*Gefangenlager* Lunghwa Civil Assembly Center
Matriculation No. 22/228
Localité-*Locality-Ortschaft* Shanghai
Province-*County-Provinz* Kiangsu
Pays-*Country-Land* China

Message à transmettre—Mitteilung—Message
(25 mots au maximum, nouvelles de caractère strictement personnel et familial)—(*nicht über 25 Worte, nur persönliche Familiennachrichten*)—(*not over 25 words, family news of strictly personal character*).

Various friends enjoying your 1941 travel letter in lieu more recent epistles. Betty herding goats, Dick gardening, John gathering hay, coaching. Betty double-promotion. I cook.

Date-*Datum* July 19, 1945

DESTINATAIRE—EMPFÄNGER—ADDRESSEE

Nom-*Name* Hill *Nationality* American
Prénom-*Christian Name-Vorname* Mrs. Pearl P.
Rue-*Street-Strasse* 824 N. Marsalis Avenue
Localité-*Locality-Ortschaft* Dallas, ~~Tex~~
Département-*County-Provinz* Texas
Pays-*Country-Land* U.S.A.

ANTWORT UMSEITIG. Bitte sehr deutlich schreiben.
RÉPONSE AU VERSO. Prière d'écrire très lisiblement.
REPLY OVERLEAF. Please write very clearly.

All messages to be written in English or if in any other language an English translation must be attached.

PLEASE WRITE IN BLOCK LETTERS

COMITE INTERNATIONAL GENEVE DELEGATION CHUNGKING

Betty 一家的入营登记表

的皮草大衣等都打入那巨大的四件行李中。他们预料到，将在集中营里熬过一个个长期的暗无天日的艰苦日子！

少年不知忧愁味，10岁的Betty还紧紧抱住自己的洋娃娃，开始了她的集中营生涯。

4月10日，Betty永远忘不了这一天。自那天起，她的金色童年结束了。从此，四个号码伴随了她全家八百多天：22/225、22/226、22/227、22/228，那是他们一家四口在集中营的代号。Betty的号码为22/228。

她清楚记得那一日，清晨七点半三部三轮车将Betty一家四口送往原为哥伦比亚乡村俱乐部（现西郊公园）——入营者的报到点。就这样，Betty父母在上海辛苦经营了十几年的家，三部三轮车就可以载着走了！

他们的营号为22，包括了60个入营西方侨民，所以办理登记手续需要好长的等候时间，他们已筋疲力尽，纷纷瘫倒在俱乐部宽大舒服的大沙发上。就在这里，这些曾为天之骄子的西方侨民，曾度过多少快乐悠哉的周末时光。然现今时过境迁，身在他们昔日熟悉的乡村俱乐部，往日的主人却成为阶下囚，不少侨民潸然泪下。不谙世事的孩子们，照旧在四周嬉闹，包括Betty，总算令沉闷的气氛有点生气。

"一些被日本人从北方带到这里的羁扣在俱乐部的教会女员工，给大家准备了好多英国红茶，但少有人有心思去碰它们。后来大巴士来带我们走，在这整个过程，尚看不到一个日本人。

我们被告之按照我们的号码编号上巴士，一切显得秩序良好，没有人哭喊也没有人喧哗，有的只是死一样的沉默。" Betty 如此回忆。

大约在上午 10 点 30 分光景，车起动了。这时有两辆分别载有日本人和国际红十字会的瑞士官员的车带头，然后是十辆载着西方侨民的红色巴士，后面跟着塞满行李的卡车。还有一辆修理车随行，以备路上随时可以进行车辆维修。每辆车有一半空间让随身携带的行李占了，以致一些男人们全程都只好站在那里。几乎每辆巴士都安排有个日本卫兵，不过 Betty 乘的那辆没有。

说来，犹如那出著名的电影《美丽人生》一样，慈爱的犹太爸爸在集中营里，还要尽力呵护爱儿，骗他说，只是参加一个快乐的游戏。Betty 回忆起那天的一路上，所有的孩子们也只是以为出去野营度假。一路上经过美国礼拜堂徐家汇天主教堂……自从原法租界的行政机构公董局离开法租界后，这里的街道，开始变得杂乱无章，肮脏不堪，沿路走过的郊区田野，也显得满目荒芜。最后，到达目的地——龙华集中营。

顾名思义，龙华集中营就在龙华，在铁丝网围起的营地内，可以遥望到那著名的龙华塔。龙华集中营的官名为C.A.C。说起来，这就是今天仍在的上海中学原址。

当车子在集中营大门口停下时，大约已有千来名外侨已被关押在里面。他们在建筑物屋顶向这批新来者挥手——又来了一批风雨同舟的难兄难弟！

Betty与家人努力在这批难友中搜寻了一遍，发现并没有见到一只相熟的脸孔，他们顿觉十分孤单，有一种举目无亲的感觉。

作为营内第十组的成员，Betty目睹双亲填了这样一张的类似行为守则的表格——每一个入营者都必须填：大意为入营者必要遵守营内一切规章制度，不做有害于日本国的任何支敌助敌活动，不违抗营内任何指令，服从营内当局人员管约，等等。

待大家都领到营卡入营号码时，被再次集合在一起，由集中营的日方司令HaYaShi先生给众人训话。HaYaShi说他本人也在英国学习了一段时间，所以他也十分体谅大家的难处和困难……假惺惺的好像很通情达理。

训话完毕，就各自开始安顿“新家”。Betty一家四口，被分配到一幢二楼红砖小楼朝西北的只有12×14英尺大小的小房间，比Betty在愚园路家她自己独立的房间还小。不过，他们还是值得庆幸的，他们总算拥有自己的私人空间。他们后来才知道，许多家庭得共同居

Betty 一家在集中营里用的餐具

Betty 重回当年的龙华集中营，现为上海中学。

住在一间房间里，至于那些单身的难友更惨，他们像沙丁鱼样五十来人挤在一间长房间里。

最大的困难是，那小小的十六平方的房间如何都容不下他们大大小小 16 件行李。光那四张床铺就已将房间塞满了，其他东西只好堆塞在门外过道上。因为大家都如此将东西尽可能堆垛在过道两侧，以致过道只留出窄窄一条通道。整个二楼住着 24 户人家，共用一间盥洗间。

整个龙华集中营内共有十幢房子，其中 E 楼和 F 楼最靠近大门。这应是上海中学被日军占领前的教学大楼。那里的房间都很大，想来原先应是教室，因此被用被单、纸板等分割开几户合住一大间。那样的日子简直是无法想象的。在 F 楼后面是礼堂，礼堂后面就是几排长长的低矮的平房，分别为 A、B、C、D 座。而围绕着这些建筑的一些小别墅式房子，就是日本官兵们住的。然后，是一个有 18 个床位的医院和一个小农场，养着两头奶牛几头猪和一些家禽。整个集中营有两个公共食堂和两个公共厨房。

进营后这些向来养尊处优的西方侨民首当其冲的考验是——伙食。他们从前一向是舒服地坐在铺着浆洗得笔挺的餐桌边等候着上海佣人将菜一道道送上来。现在，只好端着洋铁碗，排着长龙，然后眼光盯着伙食配给员吝啬的精确的“施舍”。也难怪，他们的勺子都被饥肠辘辘的难友们虎视眈眈地盯着，众目睽睽之下他们自然比天平还要公平正确。

早餐通常就是一碗粥、半只硬面包、一杯绿茶；午餐晚餐是米饭和麦糊。

这些外国人很快就被迫正视现实。应该说西方人非常讲究秩序和科学管理的传统，即使在集中营里，也顽强地表现出来。他们发现如今大家都是一条船上的人，是团体中一员。所以必须有高度的组织性和团体意识。

大家推选出一位集中营代表，以统筹关心难友的众多日常生活起居事宜。而每一幢楼，有一个楼长。而每一大间由几个家庭合住的房间，都选出一个室长。

集中营里的每一个成年难民都要劳动。Betty 的父亲，斯斯文文，尽心致力中国教育事业的麦伦中学老师，一个从前连一只鸡蛋都不会煮的洋老师，开始做起苦力的工作。过不多久，他被“提拔”为管理人员。他的管理工作是十分难堪的，就是要确保在厨房工作的难友没有一个人可以将食物偷出去。而对女人来讲，偷偷将蔬菜洋山芋藏在围裙里偷出去是太容易了。这些从前都是活跃在私人会所豪华酒会的洋行大班夫人、大企业老总夫人，在饥饿与绝望的重压下，往往就会做出连她们自己都不会相信的事。另外，厨房的洗切工作对这些“新入行”的洋人们来说，也是最痛恨的。特别在寒冬腊月，整个上午和下午，他们的双手都浸泡在冰冷彻骨的冷水中……没有间歇，单调沉闷，就在潮湿的厨房里，洗呀，切呀……而这些，以前通常是家中佣人做的。

在龙华集中营，Betty 全家得以维持生存的最基本卡路里是来自国际红十字会安排的、一月一次的来自他们的上海朋友送来的食物小包裹。一位丹麦朋友会送来自制的蛋糕和曲奇饼干，葡萄牙朋友送来花生酱、果酱和面粉。还有众多其他朋友都设法为他们送入食品包裹。其实当时大家食品都十分短缺，但他们还是没有忘记关在集中营的朋友们。写到这里，笔者就记得，当年圣约翰大学校长教导主任和外籍教师也全部被关押至集中营，不少上海学生和老师也会带着香烟、罐头去看望他们。

有了食物，这些向来注重生活质量的外国人纷纷动脑筋改善伙食。一些人开始动脑筋将空饼干罐改装成烙炉烘箱等小炊具代用品。

Betty 父亲从来不善手工。Betty 母亲就向其他难友求助。不久，自制小炊具成为沉闷单调的集中营生活中一个重要的内容，既解决了生活问题，也成为一种消遣和社交渠道。这令我忆起文革期间，一些不愿意投入打打吵吵革命行动的上海逍遥派。他们也纷纷动脑筋，用番茄酱罐头做成吹风筒；用饼干罐做焗炉，自制蛋糕；用水管做落

西侨在集中营里劳动

地台灯……用以打发沉闷无聊又物质贫乏的生活。

虽然这种烟呛得人眼泪直流的自制小炊具一点都没有任何烹调乐趣，然而可怜天下父母心，Betty 的母亲就用这些简陋的自制炊具，利用那少得可怜的朋友们送进来的食物，为孩子们烤了夹肉面包、橘子布丁，甚至鸡蛋糕。

食物之外，缺少干净的水，也是集中营生活的一个严峻的问题。集中营远在乡下，虽有自己的水泵间，但因为缺乏煤，所以水泵间几乎从不运作。水泵不工作，龙头里就放不出水。一度，只好用井水。所以，用水是十分受到限制的。

首先，洗澡就是个很大的问题。

洗澡分成 10 组，分批进入集体澡房。当众人各就各位准备好了，负责开水龙的就会叫道：

“准备好了吗？开水龙了。”

一分钟后，叫声又起：

“关水。擦肥皂。”

半分钟后，又叫：

“好了吗？水来了……”

众人尽快冲走肥皂擦干，在登记本上签了名，再换下一批人进来。

后来，连淋浴都取消了。洗澡都如此稀罕金贵，更遑论洗衣服洗卧具了。

至于热水供应，那更是天方夜谭之说。隆冬腊月都无热水供应。

水，在集中营中变得如金刚钻般珍贵。Betty 的母亲甚至开始将雨水都积储起来。

在 Betty 住的 G 号楼，110 个女难友只有四个厕所。特别在早上和晚上，上厕所就会排成长龙。幸好，Betty 印象中，这是一条友善的长龙，同是天涯沦落人呀！在排长龙时，大家互相交流下消息，互相抚慰。如果厕所没有水，大家就会提起水桶到外面水塘去提水来，而且还要小心不将其泼出来。

食用水是配给的。每人每天只有五品脱。所以如果他们要在自己营内楼里互相串门，必需自带饮用茶。所以通常意义上的下午茶，在龙华营内，干点还可以招待，至于“茶水”是必须自备的，因为太稀罕了！

Betty 的母亲因此而成为节约用水的高手。她可以用两茶杯水来洗净一家四口的碗碟刀叉。

不过，连 Betty 都承认，今天看来，他们在集中营受到的种种“苦难”，与上海当时的广大劳苦大众相比，实在是算不了什么。只是因为这些西侨在上海过惯了优裕舒适的生活而已。Betty 就知道，后来成为她丈夫的王正文，这位从小在南市高昌庙贫民区长大的上海先生的童年，就是一直生活在缺水缺食物，居住空间挤逼，没有私人空间的阴影下。

不过，对这些上海外国人来讲，可真正是落难了。

作为热水供应和厨房供应的唯一能源——煤，在集中营内也显得十分珍贵。于是，关押在营内的约三百来个外国孩子们，就去锅炉间拾煤渣，跟在运煤的苦力后面争捡散落下来的煤渣。要知道，不过一二年前，他们还都是有中国阿妈服侍的，在上海美国学校读书的小公主小王子们，一下子就沦为衣衫褴褛、捡煤渣拣煤块、甚至不怕手指灼痛，将未燃尽的煤块也小心捡起的上海街头常见的小瘪三！连那些运煤进来的苦力都惊呆了！

不过，他们毕竟不是小瘪三，而是来自有良好教育背景的家庭：他们的父母都是外交官、跨国企业 CEO、专业人士，他们当然是不允许自己的孩子们在这里虚度光阴。战争是暂时的，和平的一日一定会来。

在孩子们父母们的关注下，即使在集中营内，孩子们的大部分时间，仍是学习。

基于集中营内关押着太多的在上海各校教会学校名校任教的外籍教师：他们对教学有丰富的经验。在入营前，已是桃李满天下了。

所以，一所具备一流师资人才的高质量的、可以讲是当时上海最优秀的学校，在集中营内成立，取名为龙华公学。这些西侨甚至还特别为学校设计了个校徽。那是一个盾形造型，一面是龙华塔图案，另一面是交缠在一起的龙和花卉，以显示汉字“龙华”的意思。

应该承认，西方强调的创意开放哲学与东方的强调忍耐闭门修炼哲学，前者似更显主动、进取和乐观。当然，这其中或与他们西方人的基督信仰也有关系。所以，当 Betty 与我谈起《太阳帝国》一片，她对片中所描述的西侨在集中营内的生活，表示出很大的异议。这也是很自然的。因为她是亲历目睹者，她最有发言权。

战后好久，Betty 的母亲还保留着一张印有龙华公学校徽硬印的写字板。

初时，这些小难童们集中在食堂里上课。每个班级分布在一个角落。听来有点像从前中国的农村小学，从一年级到六年级都在一个教室内。不久，另一幢用铁丝网将其与集中营主楼隔开的楼也给他们作为营地。难友们幽默地称其为“新领地”。如是，学校可以宽敞点。

Betty 的父母本来就是教师。所以他们在担当了集中营内繁重的劳动之余，义不容辞地在龙华公学做义务教师。

如是，在大人们的努力争取下，在集中营的日子里，这些孩子们都没有荒废学业，而且还有一个相对正常的“校园生活”。Betty 回忆她们女孩子们当年甚至还成立了一个女童自卫队。她们甚至还争取到在集中营外支了帐篷露宿了一个晚上。对长年封关在集中营的女孩子们，这一晚，是何等珍贵难忘，起码可以享受到一个晚上集中营外的没有铁丝网的自由！

龙华公学还有运动会。Betty 因为个头矮，还是左撇子加近视眼，很遗憾不能参加运动。当哥哥 Dick 与同伴们比赛足球时，她就起劲地做拉拉队员。

集中营内的学校，并不因为是非常时期处于非常地点而显松垮和马虎。整个龙华公学执行的是英式教学体制。所以，一样也有暑假。

暑假期间，孩子们也有指定的活。Betty 的活是放鹅。每天，她将鹅群赶到铁丝网后一小片草地上。在那里，Betty 开始了她的一些人生启蒙课。包括一次，透过稀稀疏疏的草丛，她看到两个紧紧拥抱的男女人影。她和她的同伴们羞怯与好奇地远远张望着。

营内的成人们当然没有他们这样轻松，而且他们都被命令做很重的活。Betty 犹记得上海天主教的大主教 Anglican 神父和他的朋友们，他们自动要求最恶劣的工作——清洁下水道。此外，还有烧砖的苦役。那些年纪不轻的男人们半裸着身子在砖窑边干活。要知道，

曾经的洋少爷洋小姐在集中营里喂羊喂猪

这些当年的外国银行家、大律师、大老板、大主教在上海龙华集中营沦为苦力。

这些人以前可都是跨国公司的大班。

对 Betty 的双亲来讲，生活是单调沉闷和与世隔绝的。唯一一次与外界接触，是在国际红十字会的帮助下，在 1943 年 11 月 3 日，即 Betty 全家入营的半年后左右，他们被允许发一封只能有 25 个字的电报，给他们在美国达拉斯的外祖父母。

当时，Betty 根本不知道，以后还能不能再见到外祖父母。

就这样，光阴在无望中消耗着。极少数幸运的人给放出去。但包括 Betty 在内的 1750 名难友一直被关押其内。

出于信仰，出于对生活的热爱，Betty 的父母尽力在集中营内维持正常的生活。他们常邀请朋友们到他们房内打桥牌。Betty 还记得，来得最多的两个：一个是英国银行家，一个是比利时银行家。Betty 十分盼望他们来打桥牌，因为每逢此时，母亲总会在简陋的自制炊具上，烘烙一些布丁水果面包。

集中营里还有一个图书馆，总算给集中营带来一些文化气息。

集中营比较明快的回忆，是有时会举行音乐会，都是唱片音乐会。在 F 楼 E 楼屋顶上举行。音乐会的唱片都是一些难友们在关押进来时一起带进来的。他们甚至成立了一个合唱团，常常在食堂里演出。在没有乐谱没有剧本，一切只是凭记忆的情况下，这些难友们甚至演出了一场两幕歌剧《卡门》。要知道，在这些被关押的西侨中，本来就是音乐人才济济，修养极高呢！

这些西方侨民竭力所做的，就是要维护一个人的尊严。人，无论在任何逆境困境，只要还有尊严的意识，那就不会被击垮。

集中营生活后期

上面的文字看来，似乎龙华集中营的生活还不怎么恐怖可怕。其实，那只是一个还不甚谙世事的女孩的回忆！成熟了的 Betty，也越来越感受及亲眼目睹集中营内的恐怖及残酷。

她印象最深刻的是每天早晚两次的点名。当日本兵来查房时，每人都必须站在自己房间门口大声报出自己号码。如果有谁在点名时不在位子上，那其他同楼的难友都会因此受株连。有时，这种查房也会在半夜时分突击进行。有一次，住在 Betty 邻室的一位老人动作慢了一点，就被日本兵一顿拳打脚踢。日本兵还常会入室搜查一切可能剪割铁丝网的工具。每当他们入室搜查，Betty 的心总会阵阵狂跳。因为母亲将一把长长的厨房用刀藏在她的洋娃娃小床内。

1944 年 8 月 19 日，有三个难友出逃了。写到这里，笔者记得母亲对我讲过，当年圣约翰大学的教导主任“小卜”，是美国校长“老卜”与他的中国太太所生的混血儿，从小又是由上海阿妈带大的，所以讲得一口曹家渡上海本地话。当年就是凭着一张混血儿脸和一口上海本地话，从日本集中营逃出来，在上海朋友的帮助下被送到大后方昆明。不知他的这次出逃就是Betty所指的出逃事件？这下日本人狂怒了，开始收紧对羁押人的限制。首先，室与室之间禁止走动，除非上厕所或盥洗室。一天只供应两餐。图书馆关闭，所有唱片私人藏书全部没收。不许通信不许私自用小灶具做伙食。一切工具必须没收。

那天（1944年8月19日）的经过是这样的，当日下午，不知何故几个日本兵在追打一个难友，只见那位难友一路狂奔一路惨叫。最后，日本人把他抓住后五花大绑，开始用扁担狂打他。霎时，空旷的营地充满着他凄惨的叫声。这时，D楼的难友首先向着日本兵怒骂。然后，潮水样从楼里涌出去想搭救那位难友。这股愤怒的人群如火山爆发，积压地下多时的岩浆一旦喷发，势不可挡。一时，声势壮大，场面失控。这样，就造成F楼几个人趁势逃脱的机会。最后，日本当局镇住了这次事件，并且从市区调来大批执来福枪和机关枪的宪兵，日夜包围待命。

这次难友们的反抗事件给集中营内的孩子们印象太深刻了。一个星期后，人们才被允许在白天离开房间，但晚上熄灯时间仍然十分早。从A楼到F楼四周加固了电铁丝网以防再次有人逃跑。

1944年11月，集中营里终于看到了胜利的曙光。他们首先听到了，美国飞机在集中营上空低空飞行并开始轰炸龙华机场。飞机离他们是如此近。有些难友甚至已看得见机舱内的美国飞行员们在向他们挥手！这是多么令人兴奋的消息。人们纷纷从窗口探首出来倾听着隆隆的轰炸声和观望着浓烟从天边升起。孩子们争相捡弹片，互相比较着谁捡到的更大，一股按耐不住的喜悦之情在难友们心中升起。

空袭开始变得越来越频繁。人们默默向这些空中英雄欢呼祝福。

日美空战十分剧烈。有时，难友们眼看着美国飞机冒着黑烟被击落在田野里。在当时日伪办的英文报纸Shanghai Time，这是营内唯一能读到的英文报纸，曾悬赏一百万伪币活捉一个美国飞行员。营内悄悄传播着日本节节败退的消息。有些人消息就是特别灵通。战后才知，原来他们有一架收音机，秘密藏在田里一个砖窑里。而这个砖窑离日本司令部一码都不到。

不过，黎明前的黑暗是最难熬的。1945年开始，人们的健康每况愈下，并且开始染上可怕的疟疾。虽然在集中营，不仅有全上海最优秀的教师，也可以讲有全上海最优秀的医生。但他们面对疾病仍束手无策——因为药品短缺！

这期间Betty的哥哥Dick就在医院里躺了几个月。Betty犹记得，有个难友在集中营农场挤了点牛奶让 Betty 送去给她哥哥。半路上捧着这小半碗白白稠稠的骚香浓浓的液体，Betty 忍不住偷偷啜了一小口。为此，好长一段时间，她对 Dick 都持深深的犯罪感！

1944 到 1945 年的那个冬天特别冷。那是上海有历史记载以来最冷的一个冬天。Betty 家住的那朝西北的房间寒气逼人，温度计一直在冰点以下。他们只好将所以衣服全部穿在身上——为了保暖，他们将那少得可怜的热水灌在热水瓶里，再把热水瓶捂在被窝里，以便次日早上还可以喝到一杯热茶。这样的严寒在上海持续了三个月！为了这样的严寒，龙华公学延长了寒假。

随着战事的推进，到了 1945 年早春，集中营里的伙食已降到最差。根据 Betty 母亲当年的日记记录，早餐一周四天只有一杯茶，一周三天是一盎司的麦糊。午餐只有白煮卷心菜汤和一只洋山芋。晚餐根本就没有。而那每月一次的营外上海朋友的援助食物包裹早已被禁止了。

另外，衣着也成一大问题。孩子们都在长身子。于是，难友们只好把孩子们的衣服统一起来，互相轮着穿。这里也有一则黑色幽默：瑞士大使馆曾送一大包规格齐全同一款的他们的校服进来。结果这款衣服似成为制服，连带孩子们的老师，也穿上与学生一样的制服。

在整个关押集中营期间，通过美国红十字会，Betty 一家总共收到两次装满食品的包裹。这对他们全家真是大喜的日子。包裹里面有白脱、巧克力、牛肉干、速溶咖啡、果酱和奶酪。Betty 记得她母亲在日记上如此写道："这是我进集中营多日来第一次，带满足的心情上床——再也不是忧心忡忡和绝望。"

他们觉得他们并不是孤立和被遗忘的……

因为红十字会寄来的包裹里有口香糖，龙华公学为此不得不订出一条新校规：不准咀嚼口香糖，但咀嚼的感觉是多么好啊！特别对这些几年没吃饱肚子的难友，他们几乎要忘记咀嚼的动作了，虽然口香糖已经咀嚼得淡而无味，但他们仍舍不得把它扔掉，而是小心地把它放在杯子里，明天再咀嚼。

包裹内食品的包装纸被小心地揭下以作他们上课用笔记本的封面。

1945 年 2 月，国际红十字会又从伦敦往集中营内送包裹。那时英国人的生活条件仍然十分艰苦。英国人自己食物都十分短缺，但他们仍千方百计为在上海被日本人扣押的同胞送来慰问。

胜　　利

1945 年 4 月的一天，难友们突然发现，美国飞机在碧空蓝天不时排成V形队列低空掠过。Betty甚至都能以肉眼看得到飞机尾部留在蓝天的久久不散的白烟。

“看呀，大家过来看呀。那是什么？”

“那不就像个V字母吗？”

“对，是V。但那是什么意思？”

“什么意思？！Victory，胜利呀。”

确实，美国飞机在向集中营的同胞们传递联军在欧洲战场获胜的捷报！

难友们兴奋无比。不过，对何时可以重获自由，仍心中无数。不久，又辗转传来联军在菲律宾告捷的消息。但对这些被日本当局关押在集中营的西侨，生活，只是更显难熬。不仅如此，各种谣言满天飞。有的说，他们会被逼转移至内地。也有说，在盟军登陆前他们会被全部就地枪毙。

到了8月，和平的讯息已传遍全营。人人欢欣鼓舞，振奋无比。1945年8月15日，在母亲的日记本上这样写着：

中午时分，瑞士方面接管了集中营，这最终证实战争结束了。天亮了！熬出头了。下午7点，全体难友在室外露天作了感恩礼拜。在我家所在的F楼屋顶上，六面国旗迎风招展：美国、丹麦、英国、中国、比利时、苏联。难友们都涌到屋顶上欢聚，直到半夜。天是那

二战胜利后从集中营里重获自由的 Betty 在上海

样蓝！月亮是那样明亮——一切是那么好！那么好！

第二天，大家都走出平时戒备森严、不可越雷池半步的大门。走在窄窄的煤屑路上，感觉真好。为了享受好久未曾享受到的一种心情，Betty 全家甚至在一个高高的可以望得到黄浦江的小坡上野餐。

接下来的几天，成百成百的人从上海赶来这里看望劫后余生的老友们。大家相拥而泣。营内处处可见到这种催人泪下的场景。

8 月 17 日，Betty 的父亲 Mr.Barr 开始了他多年来第一次远征——进城。不久，十个麦伦公学的师生特地赶来探望他——正好错过了这次劫后第一次重逢。也是在这一天，日本军队悄悄地撤离了集中营。

二战胜利了，日本投降了。集中营开始进入结束阶段。为了令这段胜利后的收尾工作进行得顺利和有条有理有秩序，难友们被劝告暂时仍留在营内。因为此时上海市区的情况反而不及营内安全。

当时有两件事让 Betty 印象最深刻，也算二战胜利后首当其冲的、她亲身感受的喜事。一是，盟军入营进行解放仪式时，Betty 的母亲，营内为数不多的美籍女难友之一，被推选作为难友代表来欢迎入营的美军。这着实让 Betty 十分自豪。

另一件颇令人振奋，特别是令孩子们开心的事，是在 1945 年 9 月 7 日这日，美国飞机向营内投下大量的装有食品的包裹。为了给

1945年日本投降，集中营的顶楼上飘满了各国难民自制的国旗，以庆祝胜利。

长期关押的难友们一点“惊喜”，这次空投完全是突然袭击。当艳丽七彩的降落伞系着包裹突然从碧空中天女散花一样徐徐降下时，众人都振臂欢呼，这也同是上帝在给他们送礼物来。令大家兴奋的不仅是因为包裹内的花生白脱巧克力，更是那层层布满各色降落伞的天幕所呈现斑斓多彩的壮观。这些给他们带来久违的欢乐的包裹皮，Betty 一家一直珍藏了好久！

所有的难友们，都渴望着立即离开集中营，越快越好。但悲惨的是，他们中大部分都已无家可归。因为他们原先在上海的家园，仍被日本人占据着。许多难友们选择回自己的老家。但这也需要时间统筹安排的。

据 Betty 母亲后来在日记本里的回忆，那时的营内生活，反而变得管理十分困难。因为不少人自说自话就离开营址。有很多人不想再担任原先在营内分担的工作，以致一些如厨房、食堂、锅炉间、园艺、清洁等的劳动力都显周转不及。最后，营内不得不下命令，但凡任何人在营内缺席达 48 小时以上，就会失却他的“营民”资格。这一来会影响到他日后在安置方面的种种权利。那些要求回国的西侨开始分国籍填表格轮候返程。

Betty 的父母已几次进市区，去查看那些被好心的中国朋友为他们保管的剩余下的财物。Betty 的哥哥 Dick 则成天泡在营地附近的龙华机场，兴致勃勃地观看泊在那里的美国飞机。Betty 也被她一个丹麦朋友接去市区玩了几天。只是她和父亲又复发了一次早期染上的疟疾。入营以来她和父亲已发作了有好几次了。

到了 9 月尾，突然的，一切像是上足了发条似的快速地运作起来。Betty 一家在很紧迫的时间内被告知一艘美国和英国的专运伤兵的运输船将分别可以运载少量的侨民回美国和英国。

Betty 父亲虽然思乡心切，但还是决定先在上海留半年以帮助麦伦中学的复校事宜。而 Betty 的哥哥 Dick 已到了入寄宿学校的年龄，所以他登上了赴英国的船，就读他父亲曾读过的那间寄宿学校。而 Betty，则由母亲带着回到德克萨斯州的达拉斯。

9 月 26 日，Betty 和母亲登上这艘 USS Refuge 号船。那是一艘专用以接送美军伤病员的运输船，顺便也载了一些营内的美国侨民回美。经过 6 天的航程，挤得满满的船只抵达 Okinawa。然后他们转上另一艘运输轮，与几百名伤病员再一起挤得满满实实地往美利坚驶去。因为人太多，每次进餐都要排长队。但无所谓，毕竟是在归程中，众人心情都特别好，处处听到笑声。

甲板上的男孩子们开始给年仅 12 岁的 Betty 写信。不过，只是询问她有否一个十七八岁的姐姐？

战争结束了，船未及抵岸，小伙子们已迫不及待地要约会女孩子了。

这艘伤兵船沿途在关岛和珍珠港都靠岸。只见一车一车的救护车运上大批大批的呻吟不已的伤兵。战争虽然结束了，即使在欢欣的回家路上，它投下的阴影，仍然处处可见。

10月，太平洋名副其实地太平，和风细浪，蓝天白云。运输轮向旧金山加足马力行驶，顺风顺水。10月22日，船已抵达旧金山港口。人们像蚁群一样涌上甲板，万千双眼睛，盯着罩在薄雾中的金门大桥。大桥的桥缆线条，被朝霞洒上一层玫瑰色。当USS Sanctuary在金门桥下通过时，不知是谁开始鼓掌，接着是一片欢呼声：我们回家了！

船缓缓驶入金门港。右岸码头区悬挂着白布红字的大标语："欢迎回家"。在欢迎的人群中，Betty的祖父和亲友们特地从达拉斯赶来。

然后，再经过几日火车车程，Betty终于回到她Dallas的外婆家。这也是她第一次来到外婆家。

在餐厅里，Betty的母亲轻声在她耳边说："你看见酒吧台上有什么吗？"

"看见了！"Betty同样轻声回答。

她们看见什么了？原来，那里搁着一样她们已有好多好多年没见到的水果——香蕉！

上海美国学校

1945年4月，Betty已12岁，却要开始适应一种陌生的全新的生活环境。要知道，她从出生到现在，从来没有离开过上海。她开始进入达拉斯一所中学。但是，她和所有的其他女孩子是那样的不同。她们个个都化着妆，精心打理过的鬈发垂到双肩，显得成熟又老到。相比之下，羞怯、矮小，戴着深度近视眼镜的Betty，与她们显得那样不同。其他女孩子们都开始对男孩子们有兴趣，并开始有男孩子们约会她们。唯有Betty，对"约会"的理解仅仅为"吃些东西"。

Betty的父亲在1946年初回过一次英国老家。但为了要及早赶回上海忙他的复校工作，他在英国不可能呆得长久，所以频频催促她们快快越过大西洋来苏格兰与他一起探望一下他的家人。就这样，在1946年夏天，Betty母女又去了苏格兰与父亲相会。这时，父母亲开始认真考虑Betty的教育问题。其实想来，也是要为Betty的文化归属定一下位。

Betty的父亲是苏格兰人，母亲是美国人，但她却生在上海长在上海，12岁后才第一次来到美国和英国，要为她的文化归属定位，实在是十分棘手的。

最后，Betty的母亲决定还是让她回上海去接受教育。她知道上海有一家美国学校，她认为这是 Betty 最合适就读的学校。只是，那间学校学费十分昂贵。

这家美国学校就在衡山路国际礼拜堂对面马路。校舍如今还在，保留得十分完好。据说整个建筑造型是按照美国费城的独立大厦（Liberty）仿造的。整个美国学校分为男子学校和女子学校两个区域。两个区域当中是一大片运动场。那是男孩子们的足球场和女孩子们的曲棍球场。还有一个很大的室内体育馆。这确是一所非常好的学校，只是，收费也十分昂贵。为了支付这昂贵的学费，Betty 的母亲不得不再做兼职。

1946 年 9 月，Betty 正式入学上海衡山路这家美国学校。为了方便她就学，她家也就在学校附近租了个公寓住下来。

Betty 很喜欢这座上海的美国学校。或许因为学校的大环境上海，是她的出生地和成长地，而她又在美国达拉斯上过一段学，所以对小环境美国学校的教育体系已有所适应。

在上海美国学校，Betty 有如鱼得水的舒畅，很快，她就在学校内交上了几个朋友。

上海美国学校的大部分学生，都像 Betty 那样，是教会人员子弟。在那里任课的老师，大部分是美国人。她印象最深是一位教英语和戏剧的老师。他甚至可以将中国历史教得十分生动。一个美国人可以教授中国历史，并且令学生喜爱，听得津津有味，这可真是不容易。在学校里，她们还排了莎士比亚的《第十二夜》。

如果不是设有中国历史这门课，在上海美国学校就读，感觉就如同在美国读书一样。这所学校本身就是为学生去美国升大学做准备的。从 Betty 保存下的当年她在美国学校的留影中，我们看到其中有一个中国女生。想来她当然是有钱上海人家的小姐。不过从中我们可以看到，将孩子送入美国学校或国际学校，一直是上海家长的心愿。当然，必须是家境富裕的上海人才有这个能力。

上海美国学校学生也需学法文、拉丁文。中文课不作必修课，只是每周上一次，只要求学生能写几个汉字就可以了，没有其他更高要求。

在法租界住了一年后，Betty 家搬回虹口麦伦公学的外籍教师公寓。因为离学校太远，Betty 就在美国学校寄宿。这时，Betty 开始跟白俄上钢琴课，并且开始登台演出。大部分演出都是在校内。有一次，就在学校对面的国际礼拜堂，那正是 Betty 父母举行婚礼的地方。

在上海，Betty 总能找到许多与她父母与她童年相关的记忆。难怪，在美国达拉斯和苏格兰，她都没有一种根的归属感。唯有在上海，她一个黄头发外国人，却找到了根的感觉。

上海的又潮又闷又热的夏天，令这些外国人一进暑就赶着避暑了。通常，上海的外国人都会去莫干山避暑，Betty 和母亲也不例外。夏天一到，就去莫干山避暑。那里也有不少有钱的上海人在避暑。

最令 Betty 兴奋的一次避暑经历是在 1947 年。Betty 与她的朋友一家去牯岭避暑。在那里，他们听说，蒋介石夫妇也在这里避暑。而且，他们也会在星期天去山顶的教堂做礼拜。Betty 和她的朋友顿时就想，在教堂里一定会见到蒋介石夫妇的。这样，她们就可以有个机会，与他们近距离接触了。

果然不出他们意料，星期日上午，在唱诗班刚刚开始献唱时，蒋介石夫妇来做礼拜，带了一大班随从，将教堂的前三排位子都占得满满的。但蒋介石夫妇仍坐得离 Betty 很近，不过一码上下的距离。这下，Betty 可把他们看得清清楚楚。Betty 至今仍记得宋美龄是那样的雍容华贵，与她在画报和报纸上看到的一样漂亮。Betty 当时尚不知道，数年后，她将与这位漂亮的宋美龄女士成为校友。

1948 至 1949 年间，上海已临近解放。Betty 正在美国学校读高中。当时关于共产党的谣言满天飞。不少学校的寄宿生辍学离校了。美国侨民也被告知，他们随时可搭船离开上海回国。

在 1948 年度夏季开学时，美国学校尚有 500 个学生，但到 1949 年 5 月人数已剧减了。要继续正常学业和考试已显十分困难。不过，留守学校的师生们还是合力完成了正常教学，甚至还出了 1949 年的学刊。

在 1949 年 5 月 24 日晚上，学校里已听到解放军入城的枪声。第二天清早，当 Betty 推开沿街窗户，她看到了一位穿着草鞋的解放军战士。这是她生平第一次见到一位来自共产政权的战士。她即刻打电话给在虹口的双亲，告诉他们她见到了解放军。那次的电话对话十分有趣，Betty 至今仍然记得：

“爸爸妈妈，我们这里已解放了，我看见解放军了。”

Betty 的爸爸在那边回答：

“但我们这还没解放。”

至今 Betty 谈及此事仍感到十分兴奋。

1949 年 5 月 28 日，是 Betty 举行毕业典礼之日。Betty 父母特地从虹口赶来衡山路参加她的毕业典礼，这是他们这几天内第一天冒险出街。

那天正在下雨。毕业典礼在礼堂举行。毕业班人数原应为 50 人，但自 1948 年秋季以来，学生们陆续辍学随家人离开上海，到了毕业时，名单上只有 29 人，而真正赶来参加毕业典礼的就只剩下 11 人。而 Betty 是其中唯一的一个在学校里住宿到毕业的女生。

这次毕业典礼对 Betty，似不仅仅标志着一个学业阶段的结束，而且似乎也标志着，某一个人生阶段的结束。

回　　家

离开上海时，Betty 只有 17 岁（1950 年）。然后她赴美国 Wellesley 女子大学（即宋美龄与希拉里的母校）读书。尽管在美国读了四年大学，甚至参加了多次美国的夏令营，Betty 仍然觉得自己是个英国人，甚至还是个苏格兰人。听从她父亲的建议，她再去考了个教师资格证书，然后在苏格兰父亲的老家 Glasgow 教了两年书，总算在自己故乡，她找到了一些根的意识，但在她自己的苏格兰故土，却仍然没有一点家乡故井的“老家”的感觉。因为她自感，那不是她的出生地也不是她的成长地！

就这样，沿着父亲走过的路，她向伦敦会（London Missionary Society）提出申请，随后被派往香港。在那里，她在香港的一家名校英华女校，执教了 12 年，并且专程去香港大学学得一口流利的广东话。12 年的香港生活，应该不算短了吧！她的学生都是中国人，而她也交了许多中国朋友。但对香港，她仍然没有那种可以称为“老家”的感觉。有时，她与朋友们驱车去香港新界“游车河”，站在香港新界的山顶遥望，可以见到与香港接壤的深圳的灯火。在香港回归前，这片土地对居住在香港的人——无论是中国人还是外国人，显得那样近在咫尺却又遥远陌生。在那个年代，中国是一个完全与全世界隔绝的闷罐样的世界。

1971年，Betty偶然听说，一些教英语的西方教师正被聘往中国任教。Betty下意识地心里一动。原来，中国大陆对她的吸引力竟如此强烈！

1971年，她申请了去中国短期旅行的签证。她决定先回伦敦学习一年（伦敦有专教外国人英语的师资培训专科），然后，如果有可能，就到中国去教英语。既然有不少她的西方朋友已经可以做到，她为什么不能？既然自己已身处在与大陆咫尺相望的香港，那么，在去伦敦前，她为什么不可以先入这个被世界看来是如此神秘的被西方称为“竹幕”的国度去见识一下呢？

1972年6月，Betty终于获得了十日的签证：四天北京四天上海及头尾两天在广州。

就这样，在那个暑假的第一天，7个香港英华书院的同事们嘻嘻哈哈地将Betty一直送到上水站——罗湖的前一站。她怀着兴奋又多少有点不安的心情，跨过那道闻名于世的将她带往另一个不同世界的罗湖桥。

整个旅程的花费是三百美元。并有中旅社的一位职员作全程陪同。每到一个城市，她都会被问及想看看哪些地方。

在上海，Betty要求重访自己父亲在1924至1951年任教过的麦伦中学（现改名为继光中学）。校名虽然改了，但校舍大部分仍没有变。

她甚至还见到学校隔壁那曾为伦敦会会址的大楼。她就是在1950年从那里离开的。学校里一些老年职工仍然认出她，并对她回来十分开心。

她也重访了她曾就读过的位于衡山路的美国学校。那里已成为政府部门。而在学校对面就是Betty父母1932年举行婚礼的教堂，也是她少小时常去做礼拜的教堂，现改名为国际礼拜堂。

最令她的上海之游激动的是，她在她母亲当年一位美国朋友家享受了两顿温馨的晚餐。母亲这位老朋友当年也是在基督教女青年会工作，而且在Betty重访上海之时她仍在女青年会工作，并且还任宋庆龄基金会的理事。

从中国旅游回来后不久，Betty高兴地知悉，她已获得一份在中国任教两年的签约合同。她觉得自己能讲一口流利广东话，原来以为会被派往邻近香港的华南一带任教，结果出乎意外地，她竟被派往上海外语学院。“呵！我终于可以回家了！”

原来，她夜半梦回的家乡，不是苏格兰也不是美国，更不是香港，竟然是上海！

就这样，1950年离开上海后，经过廿多年的浪迹天涯，游子回来了。

那是1973年。

上海注定是Betty最大最得心应手的生活大舞台。这不仅是因为她在此生在此长，在此走过一生中最艰难困苦的时光。在上海，

Betty 还找到了她苦苦追寻了大半辈子的爱情。感情有了归宿，当然也有了家的感觉。

在上海外语学院上班第一天，在学院食堂，Betty 就见到一位身材高高的和蔼西方女士，因为在 20 世纪 70 年代，上海学校的外籍教师很少。那位西方太太马上过来向她打招呼："你是 John Barr 的女儿吗？我是 Margaret Wang。"

原来，是 Betty 的来自她父亲 John Barr 的苏格兰大鼻子"出卖"了她。

这位 Margaret Wang 有个中国姓氏"王"，说明她嫁了个中国丈夫。

原来，早在 1950 年年底左右，Margaret 曾经在上海造访过 Betty 的父母，而且听说他们的女儿已经离开上海去美国读大学了。

人说他乡遇故里，作为上海外语学院唯一的两位英籍老师，Betty 和 Margaret 很快成为朋友。Betty 常常被邀请到 Margaret 家中做客，并认识了她的上海先生王正文和他们的 21 岁儿子明浦。Betty 同时也领教了王正文的一手好厨艺。后来，她越来越惊讶地发现，上海的先生们大都烧得一手好菜，她觉得做上海太太实在太幸福了。每当家中来客人，在客厅陪客人聊天，十指不沾阳春水的是太太，在厨房咣咣锵锵烹饪的是先生……

Margaret 的上海丈夫在这期间帮了她不少忙来适应上海的生活。因为毕竟，那时的上海生活，全然不同当年 Betty 记忆中的上海。

两年后的 1975 年，Betty 的合约满了。她再回到苏格兰的 Scone，她的母亲住在那里。

她很幸运。因为香港的 12 年生活令她讲得一口流利广东话，所以她很快就找到一份工作，专为一些当地的华人新移民教英语。而当时不少移民英国的华人新移民大部分来自香港或东南亚。这些学生的家长大部分以开餐馆为业。她同样帮了他们很大忙。因为这些新移民英文都不行，却有许多需与当地政府来往的公文，如申报死亡证明、财产申诉等，都是 Betty 帮的忙。就在这期间，Betty 仍保持着与 Margaret 的通信。在 1982 年，Betty 还专程跑了次上海去探访她全家。

1983 年 12 月，她收到一封 Margaret 的上海丈夫王正文的信。她突然升起一股不祥之感，她忐忑不安地拆开信。果然，那是 Margaret 去世的噩耗：Margaret 去世了！她赶忙去信表示哀悼和慰问。

于是，有如以往和 Margaret 所做的那样，她与上海先生王正文继续保持通信。渐渐地，她觉得自己开始越来越焦虑地盼着这位上海先生的来信。那短短十天来往英伦与上海的邮程，对 Betty 都似成为一种煎熬和折磨。她清楚记得一个春意盎然之日，她独自在一家苏格兰的购物中心徘徊。一次一次地告诫自己不要犯傻了，都 51 岁的人了，他又远在上海，要知道 20 世纪 80 年代的上海远不如今天那样繁华，市场供应也相对单调，国际交流也没有今天那样丰富……

Betty 和丈夫——上海外国语学院退休教师王正文

或许真的是心灵感应，是上帝的安排，要给 Betty 一个身心的归宿地——上海。毕竟，那是她父母年轻时代就开始耕耘的芳草地。在这座远离英伦北美的远东第一都会，Barr 一家留下了青春、欢乐、眼泪和无尽的思恋。Betty 应该是回家的时候了。

就在次日，她收到来自上海的王正文的求婚信。信中，他特别列举了大卫·科波菲尔与他亡妻的朋友结婚之例。他还告诉她，Margaret 也一度对他提起过："将来我去世了，你可以与 Betty 结婚。"

她不加思索，做了一个令她自己后来也十分惊异的令其他所有人都意想不到的决定——嫁给一个上海先生，嫁到上海去。她当即写了回信。那晚直到深夜两点，Betty 都辗转不能成眠。她想到，正文也一定同样如此不能成眠——他正在等着她的答复呢！她怎忍心让他再苦等那长长十天的邮程？所以，她即刻起身往上海发出一封电报，只有短短三个词：

YES LOVE BETTY（我同意。爱你，Betty）。

就这样，Betty 终于圆了她的回家之梦。

今天 Betty 已经成为一位名正言顺的上海太太。

世博世家申博星

2010上海世博会的法国馆，展出了一幅巨型油画真本——英国维多利亚女王在首届伦敦世博会上接见各国参展人士，画面中有一位穿朝服的中国官员，这是中国在参展首届世博会留下的不灭的印迹。

2003年在静安公园区政府的国庆庆祝会上，一位身材颀长挺拔很带几分洋气的上海“老克拉”先生，迈着矫健的步子敏捷地登上台，捐献出自己珍藏的一幅油画，就是上文提到的那副在世博会法国馆展出的油画的临摹版。

这位七十好几的上海“老克拉”先生的高祖，就是如今上海人几乎家喻户晓的世博中国第一人徐荣村。150年前在英商宝顺洋行当买办经营丝茶的上海广东籍商人徐荣村，亲自将12包湖丝打包装箱送到伦敦参展世博，当时大部分中国人对外部世界既无所闻，更不知道什么世博会，徐荣村敢于做第一个吃螃蟹的人。

12包湖丝打开世博大门

徐荣村（1822—1873），广东中山人，清道光年间来上海经商转而在洋行当买办。中国丝绸举世闻名，明清以后以湖州的生丝最为出名。茅盾的小说《春蚕》写的就是湖州的蚕农。

徐希曾捐献之画的巨幅临摹版油画，原作在世博会法国馆展出

徐荣村坚持“货则上品，售之则上价”的经营理念，往返上海与南浔之间打出“荣记湖丝”的品牌。得知英国在华组织展品参加世博会的消息，徐荣村精选了 12 包自己的“荣记湖丝”贴上中英文商标，急船运往伦敦。经世博会评审委员会一致认定，“荣记湖丝”是纺织品中首屈一指的极品。评审结论是“推君丝为会中第一，中外无异词”。维多利亚女王亲自颁发金银奖牌和奖状。事后，奖状上的“翼飞美人”图案被徐荣村作为荣记的唛头。“荣记湖丝”取得伦敦世博会给予的高奖，意味着可以免检进入英国市场，从此以后“荣记湖丝”在中外市场赫赫有名，徐荣村的事业借此一路发达，令其很快成为沪上巨商。一个广东人，两手空空到上海，语言不通、环境陌生，却打出自己的天下，这是又一个上海海纳百川、胸怀博大的例证。徐氏家族跃而成为海上名门豪族，以上海高尚住宅集聚而闻名的愚园路，前身就是徐家大宅的私人园林——“愚园”。

徐氏家族发财不忘回报社会，兴学创业从徐希曾的曾祖徐润开始，徐家协助李鸿章开办轮船招商局，组织“庚子赔款”中国学生赴美留学，开办上海格致中学，还有中国最早的保险公司，开山采矿……

春去秋来，百多年来中国大地风起云涌，这段历史记载渐渐被淹没了。而把它发掘出来重告世人的，就是徐荣村的重孙，上海交大农

徐家早年的私家园林愚园就是今天的愚园路

当年徐家参与赞助的仁济医院

学院的退休教师，民盟成员徐希曾先生。

申博之星徐希曾

前一阵上海在举办“上海新好男人”的选举，我第一就想到徐希曾先生，笔者与希曾夫妇认识远在申博以前，我母亲也十分喜欢这一对夫妇。希曾伉俪真是天生地造一对：先生倜傥潇洒，太太叶彩蝶女士秀慧贤淑，任何 party 只要他们夫妇到场，就会生辉生乐。徐家到希曾儿子徐威、孙子徐润在上海共六代，希曾常幽默地说：“我是家中文化水平最低的。”因为自徐荣村以下的五代徐家人世代都是出洋留学生，唯希曾因为大家都知道的原因，失去留洋的机会。事实上他的文化水平还真不低呢，他是复旦大学生物专业毕业的。因为祖上有外国血统，希曾身上大约有八分之一的洋血统，故而他的举止言谈颇有点洋气，笔者为他取个绰号“外国人”。他确实十分洋气，太太抱怨他吃一顿早餐也要杯是杯碟是碟摆起一幅英式早餐的排场，即使在困难时期，实际上没什么好吃的，也排场大大的，他说：“过日子就得像像样样自寻乐趣。”文革中这位“老克拉”当然劫数难逃，但每次批斗后他总是把自己洗得干干净净头发梳理得整整齐齐才回家，依旧谈笑风生，若无其事，一度太太根本不知道他受过非人的凌辱和

青年时代的徐希曾

折磨。

希曾热爱生活充满情趣。他天生一副好歌喉，高兴起来在电话里也会引吭一曲，朋友们的家庭聚会上他的表演是 party 的最大亮点，他喜欢唱英文老歌，是东广 94.7《英语怀旧金曲》的铁杆粉丝，该节目 DJ 香港老上海 Charlie Lin（查理林）是他的偶像。歌喉之外他的舞技也了得，别看已过古稀之年，参加舞林大赛完全够格。在一次由英国名瓷 Wedgwood 赞助的怀旧金曲五百期庆典会上，他以翩翩的舞姿和俊朗的风度获得大奖——一套 Wedgwood 茶具。得奖后他如小孩子一样欣喜对他太太开着玩笑："我的英式早餐这下可以英国到底了。"希曾爱家人爱生活爱社会活动爱上海……笔者总认为，所谓爱国，不但是在台上高姿态发言而是将爱洒满周边。如果一个人连看得见的家人朋友邻里社区都不爱，很难想象他会爱抽象的国家。

希曾是爱国的。2001 年 6 月正当中国申博的关键时刻，其时希曾刚动过手术不久，连说话也很困难，但冒着酷暑，忍着伤口疼痛，来到上海"申博办"提交了一份珍贵的资料——由其曾祖徐润编写的家谱，里面记录着徐荣村参展首届伦敦世博会并获奖的事实，"申博办"的工作人员获悉大喜，一个月后，上图也传来了好消息，找到了 1852 年英国皇家协会出版的关于伦敦第一届世博会的文献资料中，载有"荣记湖丝"参展并获金银大奖的史实，不久国务院副总理吴仪

希曾向上海世博会捐赠徐家的收藏

在有关会上自豪地向全世界宣布："中国与世博会有着很深的渊缘，自世博会创始之初便参与其活动。"这一史料对中国申博成功添加了一块有力的砝码，媒体为徐希曾起了个"申博之星"的雅号。

不泯童心创造卡通"湖丝仔"

《湖丝仔历险记》是希曾首创的卡通片，希曾的幽默乐天开朗注定他在古稀之年仍持有一颗不泯的童心，才能创作出这样一出诙谐有趣的卡通片。当年希曾的"湖丝仔"初稿一定稿就迫不及待的给笔者秀了一把，尽管只是初稿，"湖丝仔"的活泼顽皮已描绘得栩栩如生。"湖丝仔"有些小叛逆起初对家族引以为傲的丝绸事业嗤之以鼻，而在一路探险的旅途中他慢慢长大成熟……这令我隐约看到希曾自己的影子，青年时代的希曾也颇反叛，当年与还是女朋友的太太约会时，因时间逗留的太晚了，怕女朋友父母怪罪，就从三楼阳台上爬下去，天生他一对长腿，爬阳台对他来说轻而易举，懒得走大门了，从此他爬阳台上了瘾。徐家为他取名"希曾"，原意是希望他像曾祖（徐荣村）一样成功、发达，光祖耀庭。岂知世事难料，徐希曾长大后为了表示与买办家庭划清界限，改名为"徐亚夫"，亚洲大丈夫，但家里人还是称他为"希曾"。

卡通片《湖丝仔历险记》开机启动新闻发布会上谢丽娟女士与徐夫人

徐希曾创作的迎世博动画片《湖丝仔》海报

一流的“湖丝仔”制作团队

“湖丝仔”问世后立即得到中外媒体的大力推崇，美国中文报《星岛日报》等称赞《湖丝仔历险记》为“惊心动魄又妙趣横生的故事”。世博总动员 800 天倒计时，《湖丝仔历险记》启动仪式开始，一应导演、海外配音都是大牌，有国际巨星成龙任配音主角，我们拭目以待。

希曾的英文老歌独唱从来都是晚会的压台戏，但 2006 年的元旦晚会上，希曾向大家打了个招呼“因感冒嗓子唱不出，很抱歉今天就为大家演奏口琴吧”。当晚他演奏了两首意大利名曲《重归苏莲托》、《桑塔露琪亚》，小小一把口琴在他手掌的抚弄下，飞出串串美妙的音符，令人陶醉神往……谁能料到，这是他向朋友们、向他无限依恋的人生最后的告别！但他赋予其生命的“湖丝仔”，将带着他的遗愿在世博会上向来自全球的朋友致以真诚的问候和祝福。

希曾的儿子徐威，是 20 世纪 90 年代出国的美国加州大学计算机系毕业生，现在硅谷从事软件开发。他继承了父亲的优点，十分帅气。这个徐家的第六代后人已从广东人完全蜕化为讲一口地道上海话和美式英文的、融合各方文化元素的阿拉上海人。

美国老板得知他欲回沪看世博，在业务十分繁忙时破例批他两个星期假，并“命令”他作先头部队，回美后“如实汇报”，老板本人要带队在 6 月底来沪看“世博”。

徐夫人叶彩蝶和儿子

5 月 2 日，徐威与母亲叶彩蝶捧着爸爸的遗像一起来到世博园，他心里明白，爸爸最有兴趣的一定是丹麦馆的美人鱼。徐威说："从小爸爸就给他讲安徒生童话，《拇指姑娘》、《洋铁兵的故事》、《美人鱼》……后来可以买到安徒生童话，爸爸就买齐一套。徐威还说，原来早在 20 世纪 50 年代，希曾就在《儿童时代》发表童话，为此在文革中还吃饱苦头呢！难怪，他可以刻画出这么一个栩栩如生的卡通湖丝仔。

这位世博世家的第六代人徐威，继承了父亲的风趣乐观和对生活的热爱，他将世博地图带到父亲坟上，详尽向父亲介绍世博园的细节。

"爸在天堂会看到的，他会很开心的。" 他说。

世博世家的上海媳妇

好多女人总是觉得自己的丈夫与少女时代的白马王子相差甚远，"货不对板"，而彩蝶却是少见的、经常在众人面前欣慰地反复表示：他就是我的白马王子。希曾伉俪真是天生地造一对：先生倜傥潇洒，太太秀慧贤淑，任何 party 只要他们夫妇到场，就会生辉生乐。

年轻时代的叶彩蝶女士

彩蝶出生于上海一个广东人之家，父亲是老上海海关税务官，老上海有“海关金饭碗，银行银饭碗”之说，可见收入之丰厚。虽然生活在上海，但叶家仍严格遵循着广东生活传统：煲汤、饮茶、喝凉茶、打广东麻将（输赢比较大）、讲广东话，其社交圈大多为广东人。问起彩蝶与希曾的恋爱史，却原来开始时一点都不浪漫，是希曾的母亲在麻将桌上与友人促成的。广东人家教甚严，彩蝶貌美活泼，追求者自然不少，但终生大事还得有父母把关。

徐家也属广东籍，广东人讲究同乡情，这是徐家老太太看中彩蝶的最关键之处。

那应是 20 世纪 60 年代初，彩蝶约 21 岁，一切都是照足规矩：双方家长连同两位年轻人在南京路的德大西餐馆正式相亲，忐忑不安的彩蝶一见到颀长阳光俊朗的希曾一颗心立时就踏实了——他就是我的白马王子。于是，用得上小说上常用的那句话——一切就这样开始了。当晚两人在人民公园聊到很晚，意犹未尽，希曾再把她送回家。

当晚希曾的一番话让彩蝶终生铭记：“我比你大 7 岁，既是你的兄长，也可做你的老师，我希望能做你的丈夫，记得汇丰银行那句经典广告语吗？ You are in good hands（你被小心呵护着）只要你和我生活在一起，你一辈子都会 in my good hands。”

尽管两人算得上一见钟情但也慎重谨慎地交往了快两年才结婚。彩蝶从小喜欢跳舞。小时候家中常开 party，哥哥姐姐和朋友们随着留声机翩然起舞，她还太小，就坐在沙发上羡慕地观看，一面盼着自己快快长大，长大了就可以跳舞了。可惜待她进入花样年华之时，社会上已不允许开 party 跳舞了。亏得遇上希曾，也是个跳舞发烧友，外面不能跳，他们就在家里放上一张唱片，两人依偎起舞。彩蝶回忆“他是我最好的舞伴，也是唯一的舞伴，没有他带，我就不会跳了。”

希曾自小叛逆，为他取名“希曾”原意是希望他能像曾祖父一样出息，他却认为新社会买办阶级早已淘汰，就自己改名“徐亚夫”，直到改革开放，才恢复用徐希曾。彩蝶说他最迷人的个性就是不同俗流、个性张扬。自小家里就规定他必须回家的时间，迟了大门就上锁，他从小贪玩，谁也治不了他。大门上锁了，他就沿着水管爬回自己三楼的卧室。彩蝶笑着说，他天生一双长腿三下两下就能利落地爬上爬下，他自己记忆大约 12 岁以后，已不大进出家里的大门全靠水管爬上爬下的。这一招在与彩蝶谈恋爱时大有用武之地，有时谈得晚了出去怕撞到彩蝶的父母，就干脆从窗口爬下去。

问起希曾送给她最昂贵的礼物是什么？彩蝶认真地想了想回答道：那时情侣之间不兴送太贵重的礼物，正派的女孩子从小受家庭教育不能收取男朋友的贵重礼物，如手表钻戒等。尽管文革前的徐家

徐希曾父母的结婚照

有定息（国家对资本家赎买政策的一种表现），在澳门还有多处房租可收，但希曾送给她最贵重的礼物大约属那一件剪裁拼缝十分别致的蓝白间条连衣裙，是希曾偶尔在商店橱窗里看到而买下的，彩蝶还责怪他不问清她的尺寸就草率买下，岂知一试犹如度身定做！记得当时希曾还说：你的尺寸早在我心里了，还用得着问吗？希曾的母亲是无锡大户周家出身，漂亮又能干，与这样的婆婆相处是不是很困难？岂知哪里都可见的婆媳矛盾偏偏在徐家就是没有。彩蝶坦认十分崇拜婆婆，虽然婆婆规矩很多但彩蝶觉得正因如此她学到了很多东西。

“文革”中徐家自然难逃厄运，那天红卫兵扬言要批斗他们，彩蝶惊恐万分，婆婆却淡定地烧好早饭并“逼”着彩蝶吃；吃不饱肚子等一下斗起来你会支持不住的。希曾的长兄自小患小儿麻痹症，外貌远不如弟弟那样高挑倜傥，他在外地工作，兄弟情深意切，每次回上海，希曾都要把他背上背下。彩蝶也尽心招待，尽管经济很不宽裕，但她深明兄弟相遇一次不容易，只要丈夫开心她就开心。婆婆年高体弱，她每天上班之余，尽心侍奉，当时很多副食品如鸡蛋糕点等都是配给供应，她把这些都省下来给婆婆补身体。病榻上的婆婆常常心疼得握住她的手：“我们徐家哪辈子修的福，有你这样一个美而惠的媳妇。你嫁到徐家没过上几天好日子，我心疼你啊。”

丈夫也老觉得对不起她，想当年她追求者众多，不乏高干子弟甚至本身身居高位，嫁谁都比嫁给他强。彩蝶却认为她一直处世稀里糊涂，唯独这终生大事挑对了，她就爱他的风趣乐观，他是她最大的依靠。

彩蝶自诩是个标准小女人，爱玩爱吃爱打扮，高中毕业因成绩不佳考不上大学，就在一家小厂做财务。希曾复旦大学生物系毕业，在上海农学院任教，初嫁徐家时，徐家经济实力还很强，丈夫心疼她，曾劝说她不用上班就在家里做全职太太，但彩蝶坚持要守住自己那一小份自我，亏得她没有辞掉那份工，文革中家产尽失，全靠叶彩蝶当小会计那份微薄的工资支撑着全家。每次发工资，她将那一点可怜的工资分放在数个信封里，信封上写着“糖”“油”“电费”等字样，生怕一个不小心超支。

改革开放时，彩蝶已年逾四十，依然光艳照人，反而更显年轻。恰巧此时，上海一家港资企业高薪招聘会听、说广东话的会计，粤语是彩蝶的母语，当很多人被粤语这一道关拦住时，彩蝶却轻轻松松地拿到这份工，再加上潜在的善于社交公关的能力全部发挥，令香港老板十分满意赞赏，工资翻了好几倍，一下子，昔日羞答答的小女人变成干练的“女强人”及家中的经济栋梁，不过，在丈夫面前，她还是那个小鸟依人的好太太。

都说徐希曾与太太叶彩蝶是天设地造的一对

徐希曾太太叶彩蝶女士

她笑吟吟地对我说，“改革开放如王子的亲吻，睡美人被吻醒了。”

2005年底，希曾喉癌复发，在太太的坚持下，他接受了手术治疗，手术两个礼拜后，他在医院高层纵身一跳结束了自己74岁的生命。“他是个唯美主义者，他那样一个喜欢唱歌、聊天开玩笑的人，怎能想象自己从此无言呢？”先生走掉4年了，彩蝶还是那样漂亮，人前人后总是打扮得姿姿整整。记得那年去美国探儿子，老朋友约她一起饮茶，她随口回答一句：“请等我一下，我去收拾一下。”待她化着淡妆穿着得体地出现，老友们哈哈大笑：“饮一次茶也要这样打扮吗？上海女人都是这样的吗？”已过70的彩蝶依然风姿绰约，她说：“希曾一定不愿意看到我邋邋遢遢不修边幅的模样，他会难过的。”

希曾在 party 上引吭高歌

2006 年希曾一家合影

激情探戈

作曲家陈钢多才多艺，从作曲、写作，装修居室到针灸等，跨行跨域，都有一手，人尽皆知。殊不知，陈钢还是一位探戈舞高手呢。“舞林大会”不邀他露一手，走眼了。

探戈一文源自拉丁文 Tangene，于 19 世纪后期在南美，特别是阿根廷和乌拉圭的劳工阶层中大为流行，是深具本土色彩的舞蹈与音乐的总汇。由于阿根廷与乌拉圭两地聚居着欧洲各国移民、非洲奴隶后裔和本土白人原居民，这种多元素的信仰宗教和风俗，融合转型成一种十分独特的文化——粗犷、豪迈、性感、热烈又细腻的，尽现拉丁民族特性的探戈文化。从某种角度讲，探戈文化与海派文化颇有异曲同工之神。

探戈舞难度极高，需要平衡、力度及媚态，心有领悟，舞随乐动。探戈舞不需要太大空间，方寸之间，见缝插步，就在不断的进退中，生与死，爱与恨，奔放与细腻，多情与冷漠，反叛与保守……互相碰撞，从而迸发出令人眼花纷乱的舞姿。说到探戈，总也忘不了电影《闻香识女人》中的阿尔·帕西诺演的那位双目失明的退伍军人。当充满张力多变的探戈音乐响起时，他打听好了小小舞池的长度和宽度，即向一位美貌女士邀舞，自信地在一串看似毫无规律的进退中，舞出精彩。几次见到他的脚几乎要踏空失足，却又优雅适时地缩了回来……当然，这只是电影。然而我相信，在人生这个大舞池中，有相当阅历及颖悟的舞者，确实能做到这点。因为真正的舞者根本不用看着地上的舞步，而是用心感受着音乐！比如，陈钢。

说起来，笔者还从没在舞池上见过陈钢翩然起舞，但“听”过。那应当是在 20 世纪 70 年代生活色彩极其单调的时期，连电视都只有黑白两色。

一次偶然听到一缕十分抒情的小提琴旋律从电视机中飞出，在那个年代绝对属稀罕。再一看字幕，着实一个吓煞老百姓的，与那旋律所表达的柔美境界浑身不搭界的曲目《红太阳的光辉把炉台照亮》。又是红太阳又是炼钢炉火，那种炽热烤炙让人怎么受得了，与清新沁人的旋律根本风马牛不相干。好在音乐可以闭起眼睛听的，毕竟有好久没听到这样让耳膜舒服放松的音乐。这里不得不提到著名小提琴演奏家潘寅林，我就是在红太阳照亮的炉子边上第一次认识这个名字的。他演奏时的洒脱和陶醉，令我们恍然忆起，原来这个世界上还有“音乐”。又想起那个曲名，不禁好笑。这个作曲者倒蛮会“硬装榫头’的——当时样样荣誉归功于党，因此作曲家名字不出来，我也不知道这是陈钢的大作——“硬装榫头”是一句上海话，在当时常被理解为“无限上纲上线”，即扣大帽子。但这位作曲家这记榫头硬装得十分可爱聪明，我们才得以欣赏久违的音乐！接下来不时还听到《苗岭的早晨》《阳光照耀在塔什库尔干》，好像都是潘寅林演奏的。后来才知道，这都是陈钢在那特定时代作的曲子。这些浅白如春雨的旋律，恬淡如菊，如同过滤器，焦虑、不安、怨忿和质疑……被滤去，留下的是希望！

众多创作于那个荒唐年代的文艺作品，在历史的长廊上，只是过客不是归人，唯当时硬装“榫头”得以面世的《红太阳的光辉把炉台照亮》《苗岭的早晨》和《阳光照耀在塔什库尔干》却一直走进新世纪。今天听来，这些旋律一点也没有沾上当年的硝烟味，或许它们不如《梁祝》那样轰动，但至少它们闯进过我们的生命中，令我们快乐和激动过。对一位艺术家来说，这已是很值得自豪的。

中国古语：识时务者为俊杰。这是老祖宗的智慧，人，总要与时俱进的，但做人总得有一道底线。或者说，我们自己的人生乐章，一定要有一个自己的主旋律。但如若为“俊杰”而丧失自己的主旋律，这样的俊杰只是一个躯壳，一个任人摆弄的木偶。人生是现实的，有许多拐角需我们做出选择。说起来，人生就是个大舞池：华丽、亢奋、仄逼，由于舞池的物理空间所限，很容易被飞出局。因此人生的舞场，不适合太华丽舒缓的华尔兹也不适合自恋缱绻的狐步，更不适合“碰壁头不转弯”的 March 步。唯有探戈，才适合人生舞池。陈钢是个好舞手，他如《闻香识女人》中那位双目失明的退伍军人，在拮据有限的空间里，自信地舞出独特的舞姿！

不知为什么，写到陈钢，我总会联想到潘寅林。

在探戈的世界中，钢琴是不可缺少的灵魂乐器。如果把陈钢比作探戈舞者，潘寅林就是那架魔幻般的钢琴：在浑厚铿锵的低音铺陈下，表达出轻潺抒情的旋律。它们配合默契犹如一对探戈舞者，在那假话空话满天飞的荒唐时日，给我们这些文化饥民以朴质沉实的享受。

陈钢确是个探戈好手，亲眼目睹他多次在聚光灯下舞出自己的造型：一次是在著名男低音歌唱家温可铮教授的追思会上，他慷慨直言，讲出了众多人想讲又不敢讲的话，抨击了大家有目共睹的不平现象后，为温教授的遗属争得了实实在在的生活改善；在大家都在热烈颂扬上海的高度和速度，赞美上海一年一个样三年大变样时，陈钢婉和地提醒众人，要尊重上海的宽度、厚度和精度……

陈钢的探戈舞步就是这样，在东方和西方、反叛与传统、奔放与细腻的猛烈碰撞中，最终都能融合转化成和谐的舞步，因为他深爱着置身的这个大舞池。陈钢，就是一曲上海的激情探戈。

慰藉心灵的光束

有种音乐演奏形式叫“告别式”（Good-bye Play），即乐手们依次Solo（独奏）完自己的那一段，就熄灯离座退场。演奏最后，余音袅袅，舞台一片幽黑，令听众很有种曲终人散、意犹未尽的惆怅。影片《音乐之声》中，玛利亚一家的家庭演唱队，就是利用Good-bye Play这种表演形式，赢得堪为宝贵的逃亡时间。

上海，应该是西洋乐进入中国的桥头堡。说到西乐，不得不提到Jazz，众所周知，Jazz源自美国市井，是19世纪末美国的黑人传统音乐融入流行音乐元素，并以小型管乐队的形式即兴演奏而逐渐形成的。

1923年1月，美国人奥斯邦在上海设立的中国第一座无线广播电台开始播音，全上海500多台收音机（当年统计数字）都收到来自空中的Jazz乐波，从而揭开Jazz乐在上海的第一波热潮。

人说，近水楼台先得月。上海外国教会大学的青年学生自然率先得到Jazz的熏陶。很快，Play Band（玩乐队）成为上海滩最时尚最摩登的休闲消遣。也只有非富则贵的教会大学学生，才有条件买乐器学西乐，成上海青年玩Jazz的制高点。但是，其中有一条不成文的规矩，玩乐队只限于在同学家的私人Party或学校里的Party上，这叫有Taste（品味），千万不能去仙乐斯、百乐门这种娱乐场所伴乐。因为在旧上海，这些娱乐场所的乐师被称为“洋琴鬼”，属下三流。

吉米在弹琴

有位圣约翰大学物理系的学生金怀祖（1918—1991），洋名吉米金，他的祖父是法租界的头面人物，父亲是军队高级将领，可以讲是老上海大学生 Jazz 乐队的教父级人物。他特擅长夏威夷吉他，1940年电吉他刚刚问世，吉米金在 1946 年已经会弹电吉他了。笔者没经过核实，总相信他是上海滩第一把电吉他手。他疯狂地迷上 Jazz，军人家庭认为，音乐玩玩是可以的，但有出息的男孩子应当走军政之途，金家是决不允许自家少爷沦为“洋琴鬼”的。吉米金大学一毕业就被送入警察局做警官，但他实在厌倦军政生涯，很快就辞职了，并正式拜上海滩有“Jazz 大哥大”之称的菲律宾乐师罗平为师，向他学习夏威夷吉他。罗平乐队是仙乐斯舞厅的常驻乐队，由于吉米技艺高超，马上被罗平聘为乐队的副领班兼吉他手。他的加盟令仙乐斯舞厅声名直上，深受宾客的欢迎。将门之子正式下海做职业乐师，即洋琴鬼，金家怒不可遏，金父与他断绝关系，以逼儿子就范。但吉米金狂热地投入自己喜爱的事业，于 1947 年正式组成以自己名字命名的吉米金乐队，并受百乐门老板郁格非之邀常驻百乐门，成为当年第一支进入高级夜总会的华人 Jazz 乐队，以往这些乐队都是由外国乐师一统天下的。乐队名驰整个上海滩及东南亚乃至北美华人区，吉米金也成为上海娱乐界红得发紫的人物。同时，吉米金也为日后坎坷的一生埋下了灾难的种子。当年吉米金乐队最年轻的小号手薛文俊和黑管手郑德仁如今都要快90岁了，成为著名的“和平饭店老年爵士乐队”的灵魂级人物。一如那最拨动心弦的Good-bye Play，他们一个个熄了乐谱架上的灯悄然离开，唯有吉他手座上那盏灯还亮着——那是吉米金的位置。

1953年，吉米金的乐队解散了，他那委婉的令人心碎的吉他声沉寂了，他根本来不及熄灭乐谱架上那盏灯，向爱他的吉米迷呈上他的Good-bye Play，就被发配到安徽华阳河农场，那年他才36岁！

吉米金生性俊朗，活泼浪漫，他的原配太太是虞洽卿的外孙女，因不堪忍受吉米金众多红颜知己之扰，特别吉米金疯狂迷上当年红歌星之后，太太就带着儿子远去香港，从此再没见面。据说他的儿子很有出息，在美国民航局任飞行员，父子一世不曾再相见。解放后，女歌星也因莫须有的罪名被判劳改，从此两人也没有再见面。

1985年，香港总商会会长、上海人张女士在南京投资五星级酒店金陵饭店——改革开放后华东地区第一个有旋转餐厅的五星级酒店，她青年时代就是吉米金的粉丝，饭店建成后她指定乐队领班非要吉米金不可。犹如家人永远会为未归者留下一盏柔灯，这位知名香港女强人的内心，也一直为自己的偶像留着一盏灯！几经交涉，吉米金终于苦尽甘来，从安徽农场重新回到乐队领班的位置。吉米在金陵饭店过了快乐的3年，吃住都在里面，每月有3 000元工资，在20

吉米为之抛妻离子的当红女歌星

金陵饭店时代的吉米（中）

吉米晚年的忠实朋友海伦的青年时代

世纪 80 年代这是高薪，能日夜与心爱的音乐作伴，固然幸福，但曲终人散，没有家的他，面对一地彩带和空空然的舞池，心中总会升起一股凄切之情，他怕熄去乐谱架上那盏灯，他怕孤零零一人待在黑暗中。

或许他毕竟给那么多人带来过欢乐，在他寂寞的晚年，上帝给他送来了一份礼物——姜海伦。她的前夫曾是吉米的学生，因为历史原因，死在劳改营里。她也从上海迁居张家港，当年她是一位漂亮的混血女孩，凭着坚强和乐观，盼到今天好时光，并重新组成家庭。她与先生成为吉米仅有的可以托付的朋友，吉米将他们的名字作为直系亲人填入自己档案内。

吉米老了，患上了老年痴呆症。金陵饭店不是慈善机构，不能收留他，但是吉米的户口还在安徽农场，如果海伦夫妇不收留他，他只好回到举目无亲的安徽，连落脚的地方都没有。海伦夫妇毅然将吉米接到张家港自己家中，并请专人伺候吉米，直至他去世。临终前，吉米对这对老朋友讲："谢谢你们为我收尸！请将我埋在你们家竹院里，我害怕孤零零一人躺在冰冷的墓地里。"这位不止一次抚着吉他引吭高歌 Home Sweet Home（《甜蜜的家》）的音乐人才终也盼不到一个温馨的家。

一代 Jazz 之王就这样走完他 72 年传奇的一生，留下的是一缕不灭的慰藉歌迷心灵的光束。

母爱和母仪

英国的蒙哥马利将军在某个母亲节上说过：主宰国家命运的，不是桌面上争个喋喋不休的政治人物，而是摇篮边的那双手！

确实，世界上大约再也没有第二个人，比母亲对孩子的影响更大。

提及母亲，我们首先联想到的，就是母爱！母爱是与生俱来的，是生物的本能和天性。曾在电视纪录片看到一组令人动容的镜头，至今难忘：一头母狮发现一对外来狮子正在逼近自己的在不远处沼泽对岸嬉戏的幼狮，她立时奋不顾身一面哀嚎着提醒自己的孩子快逃，一面孤身迎战和引开两个外侵者，以自己的生命为幼狮赢得些许逃跑的时间！在生死之间，幼狮突然长大了，一边奔跑着，一边不时悲鸣着回望……大自然就是这样残酷，我们不可能终生躲避在母亲的卵翼下，总有一天，我们必需独自面对险恶的人生，然母爱，是我们心中一盏永不熄灭的明灯，令我们有所依傍，有所慰藉。即使妈妈已经不在了，但那盏明灯仍温暖着我们，叮嘱着我们抵挡任何诱惑，坚持走正道。

20 世纪 80 年代，与母亲一起去拜访她的校长——薛正女士。这位留美的社会学女博士终生没有离开过市三女中（中西女中）。其实作为中国早年的女博士，她应该有很多选择，为何终生执著于女子教育？她的回答是：因为女孩子将来都要做母亲的，母亲的质素高低直接影响我们社会质素的高低。我们先要培养出优秀的母亲，才可能培养出优秀的公民。确实，能怀孕产子不等于会做母亲，仅为含辛茹苦和无条件奉献牺牲自我的母爱，已远不符合真正的母爱的含义。唯有母仪，才是母爱的升华：孟母三迁、岳母刺字，百岁挂帅的杨门女将佘太君……对儿子充满信心和鼓励的爱因斯坦母亲、重视儿童阅读的林肯母亲、不满意僵化的学校教育自己亲任女儿教师的居里夫人母亲……七宝的张充仁故居陈列的几封张充仁母亲给留法儿子的亲笔信，娟秀的字体写得密密麻麻，满纸的叮嘱和思念；茅盾的母亲陈爱珠，是那个时代堪为罕见的知识女性。早年她不满意茅盾就读的那个私塾老师不负责，就把儿子接回来亲自任教。茅盾 10 岁那年父亲早逝，有族人好心劝她送茅盾读师范，如是生活费可节约点还容易找到工作，她却坚持紧衣缩食将儿子送入北京大学。据茅盾回忆，他后来一有文章和译文发表，即如儿时给母亲看作文一样寄给母亲看……这些伟大的母亲为我们树立起了母亲的榜样！

谁言寸草心，报得三春晖！最近某地组织大规模的学生为母亲洗脚活动以示报谢母恩。此举笔者不以为然。铭记母恩是十分个人的情感，是融化在血液中的情意因子，如此高调张扬地表现，与广博深沉永恒的母爱，极不和谐。其实母亲最欣慰的回馈，就是我们的成长。

母亲是天职，如何做个优秀的母亲，光有与生俱来的母爱，似是不够的。还需要后天的“懿德”和“淑德”，“懿”是聪慧学识丰富，“淑”是为人处世的修养，唯建立在“懿淑”基础上的母爱，才升华至母仪而不会太过偏激而沦为溺爱。写到这里，陡然忆起旧时的女子中学，国学之外，她们学英文学数理化，也必需修学家政音乐形体训练和优生学儿童心理学……这其中道理是否还值得今天的教育体制借鉴？

（写于2011年母亲节）

NALA DE CHUZOU YU HUIGUI

娜拉的出走与回归

娜拉的出走与回归

女校的兴起是中国女性的
第二次解放

娜拉的出走，一直是女性专题讨论的热点。在中国近代新女性运动中引起强大反响。众所周知，张爱玲的母亲，缠过小脚又放开的富家少奶奶，都甘于离开康定路上那幢舒适气派的佣仆成群的张公馆，与张爱玲的姑母一起出走游学。这对豪门娜拉义无反顾的出走，为自己争来全新的人生——独立。姑姑蝶化为典型的一代上海女白领：电台英文播音、大光明电影院的总经理助理，乃至可以独立负担起体面优渥的公寓生活；母亲可谓女企业家的先驱，在东南亚设手袋厂并亲自设计手袋，且觅到自己的真爱——一个白人男友。她所做的一切：放弃少奶奶生涯出走离婚，浪迹异国与洋人恋爱……在今天都可以讲是有很大挑战性的。假如张爱玲没有这样一位姑姑和母亲，我们很难想象张爱玲是否能成为今天的张爱玲！

上海是一个很合适女人居住的城市，不是因为她的时尚摩登，而是她可能是百多年来全国最早出现职业女性的城市，也是全国女校数量最多的一个城市，知名的就有中西女中、圣玛丽亚女中、务本女中、爱国女中等，还有为数不少的女子职业学校。女校的兴起对推进女性的解放起根本作用。正如老教育家市三女中（中西）历任校长薛正所说：女学生将来都要做母亲的，母亲质素直接影响国民的质素。可见女子教育之重要。

女校的出现源自忌避男女授受不清的封建礼教。要与同龄异性一日几个钟头同室学习根本不可想象。即便如此，也必须开明西化的家庭，才肯将女儿送去女子洋学堂。功课之外，女校还要学体操、球类、乐器和舞蹈。培养一代新女性的团队合作精神和艺术修养，完全改革了中国千百年来女子养在深闺的传统，是女子从三寸金莲中解放出来的再一次解放。

早在 1913 年，中国政府已通过清华招考第一届女子公费留学生，共十名。这在五千年中华历史中是破天荒的。其中周淑安女士获哈佛大学文学学士学位后，回到母校中西（市三）女中主持合唱团。1928 年中西女校合唱团在上海纪念舒伯特逝世一百周年的音乐会上，压倒自恃颇高的在沪英美侨民各团体的合唱队，拔得头筹，这成功令当时有“远东第一乐团”之称的上海工部局乐队（上海交响乐团前身）的意大利籍指挥十分惊讶，力邀中西女中合唱队与之同台演出，从而创下工部局乐队与华人同台演出的首场。或者也可以讲是华人打入“远东第一团”的第一次亮相！

从放开小脚到在外国人独占的舞台闪亮登场，中国女人只用了短短三十年不到，这不能不说是中国女界的一个飞跃！在这不长的过程中，可以讲，中国的女校功不可没。她是新女性的摇篮，娜拉出走的强大后盾。

如果说女校在初时的宗旨仅为避男女同室之嫌，到后来，却是针对女子在文明社会的特定角色、生理特点诸方面进行强化教育。反观上海旧时女校毕业生，音乐、钢琴、英文都是拿得起的，现在这批女中学生最年轻的也要七十五朝外，但其仪态谈吐仍优雅脱俗，风度翩然。这就是女子教育的成果。总觉得，教育的种子是撒在校园里，开花结果却是在历经风雨坎坷之后的人生晚年！

毕业于上海中西女中的笔者母亲，犹清晰记得学校在初中就开设计划生育、小儿常见疾病预防等科目。这在今天仍属十分前卫，那是针对从前女子早婚，故将这些课程提前排在初中。

女中开设家政课，包括烹饪、女红、家居布置甚至缝纫机、冰箱等基本保养维修的科目。可见，当时对女性解放的概念，已接触到“娜拉是出走还是回归家庭”这个十分敏感的题目。至少，早在七八十年以前，社会已不认为女子留在家中就是落后的或失败的表现，而是鼓励女子要用积极、时尚的心态和形象留在家里，以现代型主妇一改传统的“三餐围着锅台转”的黄脸婆家庭主妇现象。这其实是相当前卫的观点，可惜未及深入讨论就夭折了。

事实上，当时上海沪江大学和北京燕京大学的家政系在亚太区已十分著名。家政完全不是今天的“保姆”概念，而是集育儿、家庭理财、健康营养及社交公关和心理学为一体的综合人文教育。燕京大学家政专业毕业的上海市市二女中退休英语教师、著名血吸虫病专家毛守白夫人陈美兰女士对笔者讲过，当年考入燕京大学家政系的共有 11 位，最后坚持四年读到毕业拿到文凭的，只有 3 位。其他几位不是转系就是中途辍学。可见学业一点也不轻松，生物、化学、英国文学和古文研究一门都不能缺……如此寒窗数年再回到家中相夫教子，不是一种资源的浪费吗？陈老师却认为，教育只为自身的灵修，属英语中的不可数名词，不能用一般的投资回报理念来解释。当然，如若家中有一位博学贤淑的主妇坐镇，这个家的男人、孩子一定坏不到哪里。中国习俗讲究庭训、门风，一位贤淑的主妇就是家庭的守护神。陈美兰老师做得一手美味中西餐，文革中上海根本没有好的西餐厅，丈夫接待外宾只好放在家里。陈老师自己焗蛋糕，烧正宗的海派西餐招待他们。作为毛教授的续弦，陈老师自己没有生育，但毛教授两位儿子一直视她为亲生母亲。现今九十多岁的她，仍经常被两位儿子接去小住，曾任中国国际广播电台驻比利时的首席记者的长子毛先生深深被这位继母的人格魅力所感动和折服：“她是一位现代的好妻子和好妈妈。”

“妇女半边天”不应只理解为劳动力的解放

上海最早的女白领，大约应是上海电话局的首批女接线生，从历史图片上看，她们的衣着装饰还是大清帝国时期的。要说上海最早的职业女性，住家保姆算一例。保姆不同丫环，保姆是有人身自由每月有固定收入的，虽然身为下人，但耳濡目染，不经意间被城市文明潜移默化着，懂得教育的重要。女子只有经济独立，才能获得人格上的独立。因为有固定收入，保姆面对自己的丈夫多了一份自尊和话语权。同样地，工厂的女工也多来自农村及城市贫民家庭，她们或多或少有一份固定收入，养活家庭之外，不少能为自己挣得一份不薄的嫁妆。因此旧上海有一种说法，但凡娶得湖丝阿姐（缫丝女工）做媳妇的，有如捡到一只元宝。

随着社会职业女性队伍的不断增长，众多为女性量身定做的服务项目层出不穷，大大刺激了城市的经济。特别典型的是1921年中国第一家女子银行“中国女子商业储蓄银行”在北京成立。1924年上海女子商业储蓄银行成立，徐志摩前妻张幼仪为该行经理。不漂亮而且失婚带着一个孩子的张幼仪，是娜拉出走的成功典范之一。

从娜拉出走至今，妇女运动已走过百多年历程。妇女解放运动发展到今天，套用现在十分时髦的一个说法，已到后现代时期。后现代时期的“妇女半边天”，不应只理解为劳动力的解放，而是女子的自身的智慧和擅长对社会文明的辐射影响。娜拉出走百多年了，是否应该回归家庭（包括而今在西方正兴起的太太外出工作先生在家育儿主持家务），应该成后现代女子运动的新课题。

1958年上海曾掀起解放妇女劳动力高潮，家庭妇女走出家门参加里弄生产组或街道工厂，走上社会，表面上看家庭多了一份收入，但背后众多后遗症如孩子的教育、居家安全和家务安排都成问题。有的家庭只好老大照顾老二，老二照顾老三，小小年纪要去老虎灶泡水、生煤炉煮饭；有些家长为防孩子出意外又无人照顾，上班时将孩子反锁在房内。现在看来，这些对孩子是十分危险的。也有些人欣慰——幸亏当时参加工作，老了还有劳保养老金，其实这是公民基本权利，与社会福利及家庭纳税有关，与个人是否参加工作还是做家务无关。为鼓励母亲在家照看孩子以免意外，有些国家对全职妈妈的家庭在纳税上有特别优惠。

笔者个人认为，全职妈妈对孩子的成长和家庭关系的稳定犹为重要。当然，正如当年社会为娜拉出走创办相当的条件一样，今天社会为娜拉的回归也要有相当保障。比如，当孩子念中学时，妈妈多已三四十岁，此时可否再回职场，不受年龄歧视？其次，社会包括女性本身，要为现代家庭主妇明确定位；家庭主妇不等于昔日少奶奶，天天睡到日高三丈麻将搓搓搬弄家长里短……经营家庭有如经营企业，也是一门学问。

女人要经历怀孕生产哺乳三大人生重要生理期，显而易见，现代紧张充满竞争的职场生活十分不利于女性这段生理期的健康。为了下一代小公民的身心健康，也为了可以舒缓求职难的状况，笔者大胆提出，娜拉回家去。当然此时的娜拉已不同当年出走的那位没有尊严的娜拉。

娜拉出走后怎么办？这原是人们十分担忧的。百年来经全社会的抗争和女性同胞自己的争取，娜拉出走后路是越走越宽。那么，当娜拉回来后，社会又应该为她提供哪些保障？

当然娜拉是否回归，不能一刀切。一般讲，只有丈夫的收入足够令全家过上有尊严的宽裕的生活时，只有夫妻双方感情稳定、互相尊重，女人在家庭中是名副其实的“半边天”，娜拉才有可能选择回归家庭。当然，正如当年出走的娜拉大都来自社会上层，女人只有衣食无忧，才会进一步追求个性上的解放；回归家庭的娜拉或许也应该从社会上层开始，一个家庭唯有经济牢靠，才能考虑到更上层的需求，如同历史上任何社会变革一样，都是从社会宝塔尖开始，然后再由上至下辐射到各阶层。

所以讲，在妇女运动的后现代时期，妇女无论选择回归家庭还是走进职场，社会都应以平常心看待。社会的文明程度越高，妇女选择的自由度就越宽。

成功男人背后的女人

不少成功男人都是与太太一起奋斗的。男人的奋斗过程不是一帆风顺，多半是在太太鞭策激励下才不放弃。传说当年上海滩上颜料大王奚润如被损友作弄，讹他散尽钱财吃进大批颜料滞积，一桶也卖不出，资金全部套住，债主纷纷上门讨债。那晚，他恍恍惚惚来到黄浦江边想一死了之，有心一直留意他的太太及时赶到对着他啪啪两记耳光："你倒好，一了百了，扔下我们孤儿寡母死人不管了？你这还算男人吗？"两记耳光打醒他，岂知不久第一次世界大战爆发，西方各国忙于交战，无暇对中国进口染料，奚润如囤积的大量染料一下成抢手货，他就这样实实在在地发了起来，最后他成沪上颜料一哥，今南京西路上的梅龙镇酒家现建筑就是当年赫赫有名的奚公馆。一个贤淑的太太可能不一定懂男人的业务专业，但因为是他的女人，就豁出去了，替他死皮乞赖避债或借债，一只铜板掰成两瓣用，一点一滴积累财富，在男人事业大跌时，她甚至会舍出私房钱或将嫁妆变卖回娘家借钱帮丈夫渡过难关。

因为与男人一起咬牙创业，成功男人的原配太太在别人眼中总是形象不佳，很难讨人欢喜：因她节约忙碌无暇顾及自己形象，更遑论什么做皮肤护理做瑜伽养身，她一心一意只为男人着想，有时还免不了要跳出来为男人挡驾来自方方面面的明枪暗剑，自然而然养成一副悍妇的腔调，故而她怎么也做不了小鸟依人状。

男人成功了，她仍然做他身后的女人支持着他，风头光环由他独占，她心甘情愿，只要男人面对媒体屏幕说一声“多亏太太多年的理解和支持”，她就觉得一切都值得。

遗憾的是，当女人牺牲了青春和美貌修得男人事业成功之时，男人往往开始不喜欢她了。

一个成功男人背后有太多女人会情情愿愿跟随他，只是她们中间花他钱的女人多，与他“作天作地”的女人多，替他省钱赚钱的女人，仍然只有一个——那就是男人的原配太太（如果他没有换太太的话）。一般而言，她哪里会是这些千娇百媚的女人的对手？她只好选择装佯（装浑然不知），烈性的就毅然决断。不过女人大多会选择前者，除非男人实在如陈世美样逼住要离婚。女人是不舍得离开这个由她一手打造出的男人的，更不甘心拱手让出这块她与男人含辛茹苦开出的地盘。当男人因为这个或那个原因犯事了，他身后的女人又只剩下原配太太（幸亏他没有休了她）一个，于是，如《蜗居》中那个宋思明的太太，找律师为男人辩护的是她，卖屋退赔的还是她！想当初她想为家里买张新餐桌都没舍得，结果却在丈夫的小蜜那里看到丈夫替情人买下这套餐桌！尽管《蜗居》编导将这位原配夫人处理得很不讨人喜欢，其实她就是千万个成功男人背后的那个唯一的女人的真实写照！最终，丈夫置自己亲生女儿和原配太太未来不管，却替情人安排好出路和钱财才自杀！这真是成功男人背后太太的不幸！这里又记起一位台湾女作家（可惜记不起她名字）所说的，当年她与丈夫还在奋斗闯业时，她外出打工再在工余揽翻译养家供丈夫继续读法学博士，一次两人逛街走过一家首饰店，她看中一只雍容璀璨的方钻戒，丈夫握住她手说：“将来我有钱了就买这样的戒指给你。”她开玩笑地答：“只怕那时这只戒指买去送给别人了。”不幸这玩笑话竟成真。丈夫成为名律师后，就有外遇了。她亲眼目睹丈夫情人手上就套着这样一只戒指，以这位小情人的个人实力，无论如何是买不起这只戒指的。

不是讲男人一成功就会花心，而是因为成功男士独特的魅力，自然而然会吸引较多异性好感追随甚至爱慕。能刀枪不入独善其身的男人，毕竟不多！

做成功男人背后的女人还真不容易，哪怕只是个小情人，你拥有一支庞大的千姿百媚的脂粉敌人，你最多只是个合同工，要做成功男人背后自始至终的唯一女人，那就更难！不过，通常成功男人对她只有恩情没有爱情。然恩情往往重如泰山，所以，她也是唯一的令到成功男人签署的终生制。

成功男人身后唯一的那个女人，你说是幸运还是不幸呢？

所以不如不要对丈夫要求太高，正所谓，池中虽无百舸放，感恩身边无风浪，力争上游君自便，我爱静静小莲塘。

不要太挺刮哦

"挺刮"在上海方言中，除了形容某物外貌平整靓丽外，更多意为高品质和一流水平："这只生活做得挺刮的"，"他一口英文挺刮的"……

古语先敬罗衫后敬人，上海人十分理解这条游戏规则。上海人特别讲求衣着挺刮，这与上海百年白领历史的深沉积淀有关——老上海不要讲洋行职员，就是一个普通商号店员，一身灰布长衫必也是扯掖得平平整整，决不会皱结疙瘩一身来迎客。旧时上海人家，哪怕没有独立厨房只在房门口外摆一只煤球炉的，也常见上面搁着一把熨斗（当时电熨斗尚不普及）。一个能干的上海太太是决不肯让自己先生人前人后皱结疙瘩、灰头灰脑的。

大约在20世纪60年代初，的确良问世。免烫防皱，当时价格是全棉的几倍，人人趋之若鹜，这样的新面料不但可省略熨烫麻烦，且随你如何折腾，衣服始终挺刮依旧，不起一点皱褶。但不久就会发现，这免烫的确良挺刮得有点硬撬撬的。再讲，衣服故然讲究挺刮才有派头，但如若一件衣服平整如镜，一丝皱褶都没有，就显得好不自然，就像一张经过拉皮整容的脸庞，平滑是平滑了，但一颦一笑之际整张脸木呼呼的，就像一张假面具。

现今天然织品重新回归，且已成时尚和纡贵的代名词。纡贵的不是其价格，而是打理。有些天然织品，就是烫过仍十分易起皱，如亚麻。但妙就妙在那恰如其分的起皱，不仅是测试亚麻纯度的标记，还成为一种品位的标记。尽管"挺刮"在上海话中是优质和完美的意思，但万事过了头反而显做作，这就是化纤黯然消失的原因。

同样的原因，我们宁可听人们的即兴发言也好过听大报告，因为后者已经熨斗烫得笔挺而乏味；我们听演唱要听原声不要假唱，是因为要追求原汁原味的现场感……

皱褶相对挺刮来讲或许是一种缺憾，却有其独特的美感，有种面料如绉纱、麦浪绸、泡泡纱……可以讲是皱结疙瘩得一塌糊涂但皱得很飘逸，很自然，很自我，皱得有纹有路，我们或可称为“皱的美学”。皱的美学既有种抽象美、超前美，但其本质却是原始和不甘平庸。

不过上海人，还是喜欢“挺”多于“皱”。所以，熨烫成为上海人独特的家务。熨烫是一门艺术，温度过高要烫焦，且有些地方如腋下肩头，这些转弯抹角地方是最难烫的，要软硬功。尽管麻烦我们仍不能放弃熨烫，所谓“三省吾身”，就是自我熨烫。不论何时，我们的人格决不能皱结疙瘩，但有几条皱褶也是难免。世上本无“完美”，如若某君里里外外挺刮得没有一丝皱褶可挑剔，那就是木呼呼的确良——既不环保也不利个人健康。

上海太太是全国最佳的“烫手”，上海太太心目中的老公就像优质亚麻，允许带点皱褶，但一定不能皱得如泡泡纱！上海先生也“蜡烛”，久不久不让太太烫一烫就浑身发痒。难怪都讲上海先生都是模范丈夫——给老婆烫服帖了！

小男人和大女人

不知何时立下的不成文规则：小男人和大女人，始终成恋爱场上最缺乏战斗力的。

或许在原始洞穴狩猎时代，大男人和大女人，因强壮威猛都是十分受欢迎的。渐渐地，我们的祖先走出洞穴，开始追求更为精致文明的生活：人类对“大”和“小”的概念认定，开始从单一的仅着重外表的物理角度转向细微敏感又神秘的化学角度。尽管如此，“男”字还是以“田里的力量”组成，所以，大男人的概念中，威势坚实仍是其主旋律。

其实越是大男人，越不会处处强硬表现出来。真正有大男人风骨的，犹如真正的女人味，是隐在骨子里的，有需要时才表现出来；那些动辄向女人吆三喝四、粗声粗气的男人，自以为是大男人，其实是自卑到要从女人身上找自尊的小男人。正如现今不少自称怕老婆的男人，其实才不怕老婆呢，只是以“怕老婆”之名来宠老婆而已。从来被宠的相对都是弱者，所以，口口声声“怕老婆”者其实是老婆最坚实的依靠和庇护所，他用爱征服了她。相反，故作声势摆出一副“家中我说了算”的大男人，或许老婆是怕他的，但他是在武力或经济手段高压下，达到这种地位，那是低下的不光彩的，是制服不是征服。

大男人对女性分外照顾特别尊重，被人嘲“怕老婆怕老娘”一点也不觉得是问题；处处怕被人看低，处处要逞强的男人，才是小男人。

“女”字的写法，似足一个婀婀娜娜、慵懒地斜靠在窗棂边的女人。其实这个世界确有大男人，永远不会有大女人（个头高大的例外）。

今天普通的大女人概念是年龄大、收入高、学历高、能力强的“大”，其实女人再大，在她所爱的男人前，始终还是一个小女人。

大女人在她男人前做小女人，不是矮化自己，完全是一种享受。她不需要在他面前逞强，她可以完全脱下那身强硬的盔甲，让自己的头，在他胸前靠一靠。

爱情，可以让大女人成为他的小女人，也可以让小男人变成大男人。

只有傻女人才会看不起自己的男人，那等于看不起她自己。只有缺乏自信的男人，才不敢征服一个在事业、成就上比自己大的女人。读者一定已听到过这则有关现任的英国女王与他的丈夫菲利普亲王的逸事。相比查尔斯王子的婚姻，他的父母的婚姻似要牢固得多。不理如何，他们相濡以沫走过 64 个春秋。在所有的童话中，女王都是孤独的，或者因为高处不胜寒吧。而英国女王至少在外表看，与菲利普亲王处处有影皆双。相信这其中一定也有不少坑坑洼洼。皇室中的婚姻红灯，或者比民间的更复杂更敏感。话说一次女王轻叩丈夫菲利普亲王的书房，亲王问是谁，女王习惯性地回答：“大不列颠女王伊丽莎白。”亲王装作没听见就是不开门。女王悟到自己讲错话了，改口道：“你的老婆！”门就打开了。

真正的大男人自然有办法让女人成为小女人。

不必名媛，但求贤淑

名媛一个“媛”字，就那么几笔，已把女人的秀娴典雅、风华仪彩都汇集在方寸之间。汉字是十分丰富细腻的文字，集声、形、体、画于一身，难怪只有中国书法才可以作为艺术品鉴赏。汉语中光形容女人的美，就有嫱、娉、婕、姝、嫣、婷、媚……唯独一个“媛”，真有点“行时春风细细，静时掩然百媚”的生动画面。这样一个“媛”前再加上个“名”，那就更显纡贵经典，这样的一个女人，单单一个“名门闺秀”都不足以表现她的高贵；“名门闺秀”只是先天好运出生在一个显赫的家庭；“名媛”则要先天的好运再加上后天的调养。称为“名媛”绝对讲究家庭出身，否则何来“名”的依据？她们必持有血统纯正的高贵族谱，更有扎实的后天中西相融的文化滋养；名媛不一定是十分漂亮，但一定气质高贵、神韵夺目，有一种摄人的气势，上海俗话为“风头十足”。

名媛一定是名门闺秀，但名门闺秀不可能个个都成名媛。称为名媛，必成长在富裕的家庭，但名媛绝对不同富家女。没有几代世家之风的熏陶，是出不了名媛的。然而一朝成为名媛，即使家道败落，流落凡世尘俗，名媛风范仍会顽强地从生活细节中不经意地流露出来，一如张爱玲的一世孤傲。总在想，以张爱玲的一流英语和聪颖天资，随随便便在美国的银行或其他企业做个普通白领，一定不成问题。至少衣食住行会有一定保障。但张爱玲就是改不掉那身孤傲清高的名媛脾气，想来她是不甘与一大簇凡夫俗子的美国人挤在一起屈居老板下打工度日，她是铁了心要做自由人作家的，尽管一个中国作家在美国的生涯十分没有保障而且又是异常的寂寞！

笔者曾经写及过不止一次的中国有史以来第一批女飞行员之一，今年该有 97 岁的陈素任女士，当属一代名媛。试想一下，当时（1935 年）的上海，考上汽车驾照的上海女人都可谓凤毛麟角，她却敢于自费报考中国航空学校从而成为第一批最早的中国三位女飞行员之一（另一位为李霞卿，还有一位可惜没能记住她名字）。私人习飞机，本身是十分奢贵的游戏，飞行服和每次上天飞行的陪驾和自驾的费用，还有常规学费……这是非一般富有家庭所能负担的，何况还得家庭开明西化，才会允许女孩子学开飞机直冲云霄！

所以讲，称为名媛，不一定天生丽质，却自有这等天上人间的气派来烘托。

正宗名媛，必自小在著名女校就读，静可舞文弄墨琴棋书画都上得手，动可飞车骑舞打网球社交舞样样通晓……名媛的表现舞台不仅在社交沙龙，那是将她们降格为交际花了；真正的名媛，其行为思想，必在当时女界中起推动和前卫的作用，如宋氏三姐妹，如林徽因、陆小曼、张爱玲、陈方安生、何健雄、何香凝……细细数数，中国近百年的历史舞台上，闪烁过几代名媛飘逸华丽的倩影，为沉重的历史平添了几分鲜亮的色彩。

近日常有听闻呼唤名媛回归之声，可谓情意切切，真诚热忱，但是，总觉得历史是无法唤回的。或者名媛一词，犹如繁写体的汉字。我们或许还读得懂它们，但再也不会生产或制造它们，更遑论使用它们。再者，称为名媛，必有一本高贵清白的宗谱。中国自 1949 年以后，这本宗谱已断层，改革开放三十年，中华大地风云人物重新谱写自己和城市地方的历史，但时日太短，或者可以撰写发家史、创业史，但要成世家宗谱，没有二三代人的坚持努力和时光的求证，是不行的。

名媛是后天之果，培育名媛的土壤，除了其特定的家庭背景，起决定因素的是那有渊源历史的女子学校，如北京的贝满女中、上海的中西女中和圣玛丽亚女中、广州的培正女中、天津的中西女中、现今香港的圣士提凡女中……

名媛是那样美好的女中极品，然当中国最后一个名媛章含之的逝去，名媛在中国可谓已经绝迹。当今中国，缺乏渊源深远的大家族，没有几代世家之风的熏陶，名媛的“名”字，就出不来了；再加我们尚欠缺历史悠久的百年女校，尽管可以恢复百年女校的校名，但师资的断层，不足以担当起教育名媛的重任。此外，世上万物，都是相辅相成的，当生活中缺乏那么一簇与名媛相应的同样出身世家，在专门男子学校（如旧的格致中学、华童公学等）受过严格训练的名公子的烘托和催化，名媛名花无主，也会凋谢黯然……还是这句话，只有大观园内才出得了金陵十二钗，有了贾宝玉的痴才会有林黛玉的幽和薛宝钗的乖，有贾琏的风流才会有凤姐平儿的泼辣和娇俏……世界万物，都是这样互映互辉、斗艳斗丽而生生不息的。

名媛不同造美，她不是打造出来的，更不是包装出来的，她是经时光和文化的淬火细细磨合而出的。网络化和全球化的今天，连正宗如假包换的英国王室内，都是太子不像太子，公主不像公主，更遑论在世家望族已断层半个多世纪的中国，那滋养萌芽名媛的土壤上，基因早已转化了，社会在进步，人们的审美也在与时俱进，名媛的倩影已渐渐消失在时间长廊的那端！笔者认为，过去的已过去，不必徒劳去唤回，更不必刻意去克隆，不如以一颗平常心来要求女人，生活毕竟还是一宿三餐、舟车劳顿、相夫教子、平安是福。男人如果真娶得一位名媛在家中，犹如供入一尊观音，即如徐志摩娶了陆小曼。陆小曼是不可多见的才貌双全的正牌名媛，但她也“作”得徐志摩够可以了！林徽因也是一代名媛，却也不是一盏省油的灯……所以，“名媛”固然光彩夺目，却也不是一般人所能消受得起，更不是轻易能达到的境界。不如，女人还是以一颗平常之心来完善自己。

如果我们家里都有一位气质优雅、知书识礼，受过良好文化熏陶和教育的女人，这个家一定是幸福的；如果我们的社会处处都能见到不甘平庸又谦谦有礼，奇妙地糅合了古典中华的雍容和现代西方的干练和豁达的女子的倩影，这就是一个和谐悦心的社会。相对名媛，今天我们更需要好妈妈好女儿好太太，这个“好”不在名门世家纡贵多才，而在其平和温柔懂得珍惜的心态。如果我们都是这样的好女人，我们的男人，一定不会坏到哪里。

所以，不必名媛，但求贤淑。

上海女人“作”，香港女人“姣”

上海女人香港女人，似一直是一对欢喜冤家。作为中国最具都市化及西风最浓郁的两个城市，上海女人香港女人如早年老牌化妆品上那对双妹唛头，关系密切，自然也免不了不时会比一下高低。

双城开埠早年，从普遍层面讲，上海女人是走在香港女人前面：无论是职业女性的数量还是女性受教育程度。上海大学及女中林立：圣约翰、沪江、交大、复旦到中西、圣玛丽亚……十个手指都数不完。而香港直到20世纪60年代就只一家香港大学顶多再加个崇基学院。男青年受高等教育的机会都不多，更遑论女孩子！再者，老香港主要居民结构为华南广东人。华南一带大男子主义远较上海严重，女性在社会上地位自然不及大上海。但话又说回来，正因为华南夫权思想严重，再加旧时华南一带男人不少离乡背井去海外谋生，故而，华南女子的刻苦勤劳是有口皆碑的。她们背着孩子在田间劳动甚至做小商小贩独揽全家生计。香港沙田至今还有不少“望夫石”，传说就是那些苦撑家园望夫归来的女人而化成的。从这个角度讲，香港女人秉承着华南女性独立坚韧不怕吃苦的传统。她们的母亲和妻子的角色，比上海女性要传统到位多了。笔者在香港生活过一段时间，发现不少女同事，哪怕一身世界顶级品牌套装，一口流利英语，她们聚在一起的话题多为“煲什么汤”，不少会不厌其烦剪下报上“每日一汤”留待研用。相比之下，上海的白领化历史比香港悠久，在香港不少原居民还一身香云纱，脚踢木拖板满街溜时，上海白领先生已很成气候，所以“礼让女性”已成衡量一众上海市民文明的码表。上海女人自然早早就被宠惯得善于“作”天“作”地。上海先生宠娇太太也是全国有口皆碑的，再加现今又都是独生子女，上海女人都是独养女儿，娇宠惯了，因此独立刻苦耐劳不及香港女人。香港女人传统美德再加上高等教育普及，令香港女高官可成世界之最：从陈方安生到现今频频在世界卫生组织亮相的陈冯富珍，还有范徐丽泰，包括阳刚十足的保安局长叶刘淑仪，都是清一色的娘子军。她们充分体现了香港女人的精干独立、时尚优雅及柔中克刚的风采，广东话称为“姣”。

上海女人虽然没那么多进入领导层，但作为女人，上海女人比香港女人可爱和善解人意。上海女人一般也不太稀罕高位，却更愿意做一只幸福自由的小鸟，小鸟依人是上海女人的特点。上海女人欲达到某种目的，通常不会用强硬步步逼就的手法，而是用一种毫无逻辑甚至蛮横的手段以东方式的委婉包装，就是上海话的“作”。上海女人“作”得“我怜犹爱”，效率奇高，是其他任何地区女人永远学不像的。

上海女人比香港女人更抗拒回归家庭。香港的全职妈妈比例很高，一方面可能因为香港聘请外籍保姆较贵，另一方面也由于香港女人在这方面观点更传统。故而香港屋邨多的是快乐的师奶（家庭主妇）。上海女人非到不得已，是不大愿回归家庭的，除非老公十分有钱，她可以不用上班。但不上班，并非意味着就是全职妈妈，就是回归家庭。上海女人是绝不肯整天围着孩子锅台转的。上海女人必需有自己的职业以保证自身在心理上的自立和自信。同时，上班对上海女人不仅只是为了一份薪水，更意味着社交活动圈，也是时装秀台，是自身的一种价值体现。上海女人的自我性别意识很强，即使在职场上也很在意自己的女性身份，且很会不失时机利用“男女搭配，干活不累”的心理支使男同事。香港女人在岗上却是完全中性的，也极少有男同事自愿为女同事服务。香港作为商业社会，已有百多年历史，竞争剧烈，办公室丛林战更是充满刀光剑影，僧多粥少，没有人因为你穿裙子而会“礼让女性”。相反，女性要表现得格外沉稳强硬才能保住自己的“领地”不受威胁。

说到时尚，不是笔者帮阿拉上海人，上海女人天生白净高挑，海派裁缝手艺又是全国有口皆碑的。上海作为东方巴黎走在中华时尚之首时，香港女人还是一身碎花洋布唐装脚蹬红漆木屐，后拖一条大辫子，风情虽姣，毕竟带点乡土气。但双城间这双妹时尚赛是马拉松式不是百米短跑。在1949至1979年期间，上海女人不得不被一片蓝海洋淹没时，香港女人是越来越俏。不过现今上海女人香港女人已难比高低。从某种角度讲，香港女人比上海女人洋气，但上海女人却比香港女人海派。上海女人凭借一只缝纫机和弄堂口一个小裁缝，照样可将一套山寨版的香奈尔穿得几可乱真。上海女人因着家中时髦外婆甚至太婆的指点，不一定披挂世界名牌，一样可穿得山清水秀。上海女人的时尚中可探到稠厚的城市文化积淀；香港女人的时尚中闪烁的是单一的洋气。从女人气质内涵看，香港因常年广泛分布的女子学校及教会的影响，香港女人精干中比上海女人多几分贤淑之气。上海有几十年没有女子学校，上海女人又都是家中独养女儿，因此上海女人在这方面是输给香港女人的。上海女人的举手投足幅度太大缺乏顾忌，上海女人讲话的嗓门太响不够和风细雨，上海年轻一代在女红家务烹饪上也不及香港女孩能干……

不理如何，沪港双妹，不必强求一致，各人保留各人个性，各放光彩才是最要紧的。祝愿这对姐妹花越绽越艳丽。

上海女人的“戆”

说女人有三绝：一哭二饿三上吊，都是哪个朝代的事了！只有不自信无胆魄的女人，才会以这样作践自己的方式从男人那里“乞求”一点怜香惜玉之情。能养得雪白粉嫩，打扮得标标致致，笃悠悠的就让他人不敢小看和怠慢自己，并由不得不从心里敬你几分，有这样本事的，就为戆“（jiá）”。

“戆”与“作”一样，不知为什么，只有女人、小孩和老人才享有用这个字的“专利”。

老人八九十岁，仍能料理自己一应日常生活，就称：“这位老先生戆来，买菜烧饭都自己来。”五六岁小孩子幼儿园回来唱刚学的英文课，长辈们就会开心地对他竖起大拇指：“囡囡戆来，英文歌也会唱。”……夸人“戆”与“聪明”有点不同，“戆”之言下还渗溢着几分赞赏、欣赏，甚至疼惜之情在其中，有较浓郁的感情色彩。这就是方言的魅力，只需要区区一个字，就意蕴着众多的可圈可点……

“戆”用在女人身上最多。

“某某真正是个戆人头，看她同媳妇关系处理得多好……”

“某某戆来西的，一个部门十来个人被她摆得煞煞平，同事还个个服她赞她……”

“戆人头”与“女强人”，在气质上是截然不同的。虽然都是高智商有能力之意，但“戆”不张扬、不霸气、不咄咄逼人，同是智慧的表现，“戆”的智慧展现出的层次很丰富，且很有观赏性，令人有深究一层的欲望。希拉里是典型的女强人，陈方安生是典型的戆人头，知道什么时候该收篷，亲自去街市买菜煲汤，安心做回“陈太”；“红楼梦”的凤姐又称凤辣子，公认的女强人。平儿虽然是个“妾”，在贾琏的“淫”、凤姐的“威”之下，一应事务处理得妥妥帖帖，腋下照样吊得起那串沉甸甸的象征权力的钥匙，赢得府内上下一致的好口碑，这就叫“戆”；至于薛宝钗，只得个“乖”，还不够“戆”，院内还有一个“戆人头”，就是晴雯，心灵手巧，寒夜抱病补孔雀裘的情景，就极有观赏性，貌似病西施的妩媚中，有种咬牙不放弃的韧性，这就叫人格魅力吧。张爱玲《十八春》里的曼祯也是“戆”的，以一单薄弱女子之身挑起一家生活大梁，连换灯泡这种传统男人分内的事，她都包揽了。

“戆”与“强”之根本不同，在于“戆”能干得可爱。

都说上海女人“嗲”和“作”，其实还要加上一个“戆”，只是“嗲”和“作”而没有“戆”，就像一只无馅的糯米汤团，的糯粉嫩却内里空空然，“戆”犹如宁波汤团里那甜洋洋的黑洋酥馅心，有了它，一切才显得那样甜蜜完满。不过，“戆”如若缺少“嗲”和“作”的融合，就如光有糖心没有芝麻的馅，再甜也会让人反胃。

“嗲”、“作”、“戆”，如鸡尾酒的配方，各自成分多少因人而异，这是一门女人很深奥的学问。当今女人，“作”和“嗲”都修炼得差不多了，唯独一个“戆”，似还及不上她们的奶奶辈。

上海女人的好男人标准

但凡女人，对“好男人”的标准大多八九不离十，但上海女人有一点，如同上海男人一样，都有“宁做牛尾，不做鸡头”的观念。上海女人宁可选一个在大机构大企业做个普通职员的丈夫，平稳安定细水长流有保障，也好过做牛头或鸡头。牛头有势有腔调，成日在外面牛气冲天。都讲上海先生怕老婆，但作为牛头，花花世界的引诱太大了，保不定外面有好几个“海藻”；鸡头又太小家气，成只鸡才有多大的能量？还不如牛屁股后那根尾巴，扎实有靠。

女人都有爱虚荣的毛病，“牛尾巴”某种程度满足了女人的虚荣，“牛尾巴”不用经常应酬客户而冷落了家人，可以晚上准时回家吃饭。一直以来，从20世纪50年代初至“文革”到今天的改革开放，“知识分子”始终是上海女人选丈夫的关键词。上海女人是聪明的，相信官位是人家给的，知识是自己苦学来的。

上海女人对丈夫事业上的期望远不如在生活中的期望高。上海女人不强烈指望丈夫升官发财，但能炒点股票，抓住时机买楼卖楼赚点差价，或有那么一二套房子可以定时收租，或可在外面兼职赚点外快，不必有豪宅名车，做太太的已十分庆慰自己嫁得个能干会赚钱的丈夫了。

上海女人可以不在乎先生是否大款高官，但她一定容不得先生邋邋遢遢，顶着一头油腻腻的布满头屑的头发，脚登鞋跟都踩歪了的灰蒙蒙的皮鞋在面前晃，这令她人前人后都没面子。上海太太有打扮先生的传统，所以先生外表不光鲜就是她做太太的过错！

上海从来生活指数高，空间珍贵，这令“精致”成为上海人审美的很重要尺度。上海人一般不太喜欢奢华而更欣赏精致，对男人也一样。一位精致的男人往往不会是大款，但一定是举止斯文有礼，善解人意，知诗达理且有相当幽默感。上海女人心目中男人的性感不是魁梧健美，而是懂得体恤家人，并经常出其不意做一些会令家人感怀的小动作。西谚“骆驼闯进瓷器店”其后果当然不堪设想。上海地少人多，空间拮据，就像一家瓷器店，男人要在上海闯天下，不能像闯关东走西口那样，光凭着一股勇猛刚毅之气，这就是骆驼闯进瓷器店了。在上海生存要像小白鼠进瓷器店一样，灵活得还能在其间跳华尔兹，因而上海先生天生比较细心谨慎，面面俱到顾及周全，有人因此称上海男人“娘娘腔”，其实是误解了。

英文似是作为上海男人一个很重要的附加要求，如果一个上海男人能讲一口流利标准的英文，如果他本身就是从事与外文有关的专业，再加上如若在朋友的私人聚会上，他还能绘声绘色唱上几曲英文歌，这样的男人，肯定一下子就能成为女孩子的目光焦点！上海本身是个中西文化汇集有百多年历史的大都会，英语在上海民众间有着很浓厚的传统积淀和情结，上海人推崇世界视野，能讲一口正宗流利英语，通常都是有相当西方人文修养的，思想比较开放易接受新事物的。再讲老上海谚语“学会数理化，走遍天下都不怕；学会ABC，走遍天下不受骗”所说，至少是说明有相当教育程度的，同时，也具备在上海竞争的最基本条件的。归根结蒂，大部分上海女人都不做嫁入豪门的美梦，只求嫁个体贴斯文，有稳定收入顾家的老公，过上小康温馨的日子，乐乐惠惠一辈子，就知恩感恩了。

琼瑶说过，女人是一架钢琴，男人就是一位钢琴演奏者。一位演技高超的钢琴手，再次再旧的钢琴，都可以在他手下成曲成调，更成天籁之音。相反，一位技劣的钢琴手，只会玩钢琴不会弹钢琴的，再好再名牌的钢琴在他手下，都被作贱得不成调。

又说，有什么样的男人，就会有什么样的女人，有什么样的女人就会有什么样的城市文化。

上海开埠百五十多年，是中国最早接受西方文明的城市之一，也是全国女校最多最集中的城市，全国最早诞生职业女性的城市。这形成上海女人的相对经济独立、自信和自强。

中国第一批公费留美的女生之一、声学家周淑安女士，1913年赴哈佛攻读文学学士，她就是上海中西女中毕业的。1913年，中国男人刚刚剪掉辫子不久，她就负笈海外了。她远离家园，先后在哈佛和康奈尔大学专修音乐。回上海后，她与享有“远东第一团”盛誉的上海工部局乐队（今上海交响乐团）同台演出，开独唱音乐会。当时她的追求者无数，其中不乏达官贵人，财主大款也不知有多少，但她嫁给同是美国留学的两袖清风却是才学高超的中国第一位公共卫生创办人胡宣明博士。回国后，她陪伴丈夫出入穷乡僻壤，造福穷苦大众……看来现今上海女人择偶以才及人品为第一，是早有传统及历史根源的。

上海丈夫也是十分称职的父亲和一家的顶梁之柱。记得一个小插曲，20 世纪 70 年代末，大学开始恢复高考，不少上海人都想抓住这个机会进高校深造，不少人此时已是有家室的。友人 A 君就是一例。太太揽下一切家务，全心全意支持他准备高考。他心疼太太太过辛苦，总是见缝插针帮太太做些家务。实在插不上手，就将儿子的尿布缠在腰间，以免冷尿布冻坏了儿子娇嫩的小屁股，大约也只有上海爸爸才会这么细心周到。当时上海住房条件差，没有暖气。一次赶时间去夜大上课，他忘记将裤腰上的尿布解下来。到校后惹得同学哈哈大笑，但无不为这位爸爸感动。后来，他终于如愿考上大学，有了一份安稳的工作，但没有发财做官，现在已经退休，快要做祖父了。当然如今他已不用为第三代焐尿布了。A 君的太太每每提及自己丈夫，总是幸福地说："我这是中了六合彩了，挑到了他！"

做头发

从前上海没有发廊，只有美发厅。沪上知名美发厅有南京（今仍健在，在南京西路德义大楼底层）、白玫瑰（原址在今恒隆广场沿街）、百乐（与百乐门舞厅贴邻）、沪江（在武康大楼底层）和华安（华侨饭店底层）等几家，应算老上海头挑的理发店。

尽管店招牌霓虹灯打出的是美发厅或理发店，上海话仍习惯叫剃头店，哪怕是“南京”、“白玫瑰”这种高档的理发店，现今都称理发师为发型师，上海人还是习惯叫剃头师傅。这里没有任何歧视之意，倒有点像上海人家惯称熟络的邻里小名：什么阿五头阿六头，大妹大弟……你讲有什么歧视？只是叫起来顺口。

称为剃头店，是因为传统中国女人是从来不外出理发的，顶多叫个梳头娘姨上门来打理那三千烦恼丝，唯男人才在外面剃头，所以统一称为剃头店。

上海女子开始到外面去理发，也就是讲，开始上理发店，应该是在上海女子开始烫头发之后。从前女人都是头上盘只发髻，如前文所说，有专门从事此行的梳头娘姨，定时上门帮你打理。这些梳头娘姨是标准的三姑六婆，一张嘴巴如涂上蜜糖，可以哄得女人一日不见如隔三秋，恨不得天天招她来梳头，这才叫财源不断；反过来，梳头娘姨嘴巴又是极其谨慎，尽管穿堂入室龙门阵摆得有山有水，但从不搬弄家长里短，她们手里的几个固定客户都是得罪不起，否则就失去一份赚头。不理如何，旧式女子消遣少，那时又没电视机、收音机，整天蜗在家里，久不久有个见多识广能说会道的外头人送点讯息来还可以因此令形象焕然一新。由此可看出，早在百多年前，女人打理头发，其休闲消遣更甚于呵护头发本身。

上海开埠后，西风渐进，带来了西洋生活方式，比如女人烫头发——上海话叫“做头发”。早期的上海理发室就已分男宾和女宾，师傅也专有做男式头和女式头之分。上海的理发店向来有一条不成文的规矩：绝对是重女轻男的；通常女宾部空间要更宽畅，座位也更多。许是受“同性相斥异性相吸”的启迪，一般做男式头的都是年轻的女理发师，一样白袍一穿像煞护士小姐；女式头就是男理发师主理。但早期女客都是外国人，后来渐渐被部分时尚思想开放的女性所接受。上海上好的理发店，都集中在公共租界和法租界，华界和老城厢就一直少有层次的理发店。

上海女人称去理发店为做头发。那是因为，三千烦恼丝当真是用手工一丝不苟“做”出来的，否则，烫好的头发就像只鸡窝，毫无美感！头发烫好后只是第一步，像毛坯房，接下来就是做细活——做头发。上海女人又习惯叫“汰头”。所以当你听到老派上海女人讲我要去理发店汰头（洗头），你一定不要奇怪，这洗头在家里花洒下就可解决，为何还要跑到理发店去解决？这洗头发就是做头发，硬碰硬是手工活。所以国外的理发店是老虎肉——贵得会咬人！人家这是手工做不是大批量流水生产嘛，还得按你面型气质特别设计。现今上海与世界接轨，烫个头发，上千数百的不稀罕了，这才让老上海人看不懂呢！

汏头（洗头）对上海女人，决不仅仅是清洁头发这样简单。如果说男人有固定的聚合减压场所，老派点的是茶馆店或混堂（浴室），时尚点的是酒吧，那么，女人呢？除了看电影下午茶，女人的孵点就是剃头店。所以讲，女人跑一次剃头店，没头两个钟头是出不来的。

有如男人有种朋友，彼此从不串门，宁可在茶馆或酒吧聊天；女人也如此，这样的朋友反而做得长，所谓距离产生美感吧。而剃头师傅，永远是女人不串门却是最知心忠诚的朋友。

上海理发师是全国出名的，特别是专做女式的，直到20世纪七八十年代，香港的上海理发师还是一个挺刮的品牌，多开在港岛北角跑马地上海人集居之处。这批香港上海理发师多少在上海有一本流金史。不是出身“南京”也起码是“白玫瑰”。上海师傅大多细皮白肉，眉清目秀，除了理发师本身是室内操作外，或者这个行当入门，就是有一定外貌要求的。同样穿一件笔挺的白大褂，猛一看与医生似很难区分，其实是很容易的，理发师因近水楼台先得月，自己一只头一定格外姿整，且讲话举止也不自主带几分阴柔。老上海理发师似都十分中性，以至女客都将他们当“姐妹”，可以掏出很多知心话。女人在上班地方或家里公婆小姑处受了委屈，与邻居不睦或犯了更年期忧郁症，经热水和香喷喷的洗头水温柔的冲洗，再在理发师一双手体贴细微的呵护下，那最后一道心理防线顿时就崩溃了，如决堤的黄河，一泻而快，再加上理发师“姐妹”耐心的聆听和与你彻底一边倒站在同一阵线的明朗态度，明知这是理发师拉拢顾客的最基本常规，但女人还是十分受乐的。于是往往，顶着一头疲惫的无精打采的头发和一肚皮“挖塞”（不畅快）踏进门，出门容光焕发心情舒畅，这就是女人为啥爱去理发店汰头。

笔者的头发从十来岁至不久前都交给“南京理发店”的3号理发师张学明夫妇，张学明别号“老虎”，因他肖虎。遗憾的是，张学明夫妇双双都八十好几了，笔者只能另外找理发师。历经世事变迁、市政动迁，要想再找一位几十年不换的理发师比登天还难。现今理发店都要你现买卡，就是先收钱，但理发师（时尚称为发型师）流动性大，还常常货不对版，再也找不到从前那份不离不舍的交情。

你会吃醋吗？

人生百味，“醋”也是很重要的一个味觉——如果你的另一半从来不让你吃醋，也不吃你的醋，当然这很有安全感，但这样的情感生活你不觉得太平乏一点了吗？恋人间夫妻间小小有点吃醋，证明你或对方还那么有吸引力，证明你们很在乎珍惜对方。当然吃醋也要会吃，蘸点调调口味很好，但醋缸打翻就坏事了。吃醋最好是镇江香醋，醇厚还略带点甜味，山西老陈醋万万不可动不动就搬出来，太呛人了。不过话说回来，醋本身就是天然防腐剂，因此不需任何添加剂，都可长期存放，是十分健康的天然食材。此外，醋的酸性可助身体排出乳酸，消除疲劳。故而，两人世界中吃吃小醋，可令感情保鲜保质，饶有韵味。

所以讲，醋本无辜，酸也不是罪过，一切看你会不会吃醋。你对醋了解有几多？

相传早在四千年前中国人已会酿醋了。镇江香醋应该是中国醋的祖宗。据说杜康发明酒后举家迁移至镇江以酿酒为业。杜康的儿子黑塔见酿酒时总是剩下大量酒糟，且仍有几分香醇，是否还可循环另作他用？那天他在糟中倒入清水，廿一天后，发现酒糟中的水已自行发酵成又香又醇厚、酸中略带微甜的液体，以其佐蘸面点，别有一番滋味。因其时在注水廿一日后的酉时发现，便命名为“醋”。

与其他醋类相比，镇江醋“醋”得更委婉温和，因为是靠糯米中高含量的淀粉质糖化而成，因此酸香中多了一种天然的甜味。

2006年镇江香醋被纳入首批国家非物质文化遗产。

然早在1915年，产自四川的“保宁醋”就荣获巴拿马太平洋万国博览会金奖，被誉为“东方魔醋”。相传保宁醋诞生于明末清初，发明人为湖南籍的宫廷御用酿醋师，避难至四川保宁镇后制成。他以当归五味薄荷等32味中药加以蟠龙山古松花井泉水制成。一扭瓶盖，有股浓郁的药味，活血健胃，故获“东方魔醋”之誉，并与镇江香醋、永春老醋、山西老醋并列为中国四大名醋。

保宁醋的口感层次比其他各醋都复杂，且因药味较浓郁，不能独当一面任调料。但川菜之所以走俏天下别具一格，因为很多川菜的酱汁中，都有保宁醋。现今颇流行的川式酸辣粉，内里也加了保宁醋。

至于另外两大名醋山西老醋和福建的永春老醋，也因制作各异而风味独特。

山西老陈醋以高粱、大麦等五谷为料，经蒸、酵、熏、淋、陈等过程，酿造而成，过程约需一年，再将酿好的醋存入缸中在室外陈放一年，所谓“冬捞冰夏伏晒”，经过夏日的伏晒和冬天的冰冻然后捞去冰块，以剔除醋中的水分，令其更浓郁强烈。

福建的永春老醋是以红麯、糯米、芝麻等为原料而制成，也有千年历史。由王室传开，就此驰名天下。

笔者不大懂吃醋，也不大爱吃醋，特别糖醋之菜肴，不如清蒸可保持原味，但吃春卷小笼生煎之类，则非蘸点镇江米醋，否则就如一盏内里不闪光的灯笼，味觉生动不起来；又如文句结尾中少一个句号，意犹未尽。喜欢镇江香醋的醇厚委婉，香醇而不霸气。

醋是很中国的味觉，讲究层次和内涵。西方也有醋，是葡萄酒变酸经过提炼而成，为无色透明，强烈呛鼻。因为源自葡萄酒，故英文“醋”为 Vinegar，是从“葡萄温室” Vinery 一词缀变而来。英文中的 Vinegar Face 意为愁眉苦脸，却不是“醋性十足的脸”，或许西方词汇中只有“嫉妒”没有“吃醋”之说。同为“酸溜溜”的，吃醋比嫉妒要温和多了，哪怕醋性十足也只得个“酸”字，嫉妒到尽头，就变成“毒”了，那真是十分可怕的。

不过，吃醋也很有讲究，不可瞎吃醋。比如，吃广东云吞、广东春卷就要用大红浙醋；江浙沪菜点多用镇江醋；四川红油抄手、川椒皮蛋就必用保宁醋；而老上海的家制色拉，调色拉酱时必要滴几滴白醋，如是就会有一股洋气——所谓搭配得宜才会带出美味。所以讲，吃醋也得有个谱，不能不分对象乱吃瞎吃。

归根结底，吃醋有益身心，更有杀菌防腐作用。有说“若要甜，加点盐”，或者还可加一句“加点醋”，如是甜甜酸酸，小日子才有滋有味。

非诚勿扰话相亲

中国老话，男大当婚，女大当嫁，此乃再自然不过，却又是人生最重要的大事情。千百年至今，哪怕世界已进入资讯爆炸的网络时代，促成男女婚嫁的主要途径，似仍是相亲做媒，哪怕在上海这样一个大都会，仍不例外。

即使在西风渐入的时光，男女开始同学共事社交机会越来越多，但是在婚姻大事上，媒人说亲仍是主要环节。这话怎么讲？

所谓“媒妁之言”，其实“媒妁”相当于今天的婚介，早已不是戏文中那种虔婆式的媒婆了，且是非职业性的，是出于友情亲情的一份热心，而“非诚勿扰”，是托媒和说媒间一份默契。

都说，不少中国人是先结婚再恋爱，甚至也可以说，是先恋爱再托媒，有个比喻，东方式的婚姻是一壶冷水慢慢笃滚，时月越久，越是沸腾火烫；西方人的婚姻是一吊滚水慢慢冷却（当然也有悉心加热的，那就是成功的婚姻）……故而西方有纸婚、珠婚、银婚、金婚乃至钻石婚之说，中国没有。中国人认为一旦成婚就是百年好合，执子之手，与子偕老；西方人认为，结婚只是两个人的事，中国人则认为，婚姻是两个家族乃至牵涉子孙后代的大事……

因此婚姻在中国，总作为一个家族经营项目来对待，这样大的事必需要找一位绝对有诚信和权威的第三方来监理，那就是媒人了。

一般媒人有几等。那种三姑六婆式的职业媒人，在一般少社交的小市民中还是受欢迎的，她们凭做媒收取酬金包括吃喝茶烟等，不过在上海这样的大城市，专职媒人毕竟少，她们通常是兼职的，她们的专职多为穿街走巷的梳头娘姨，住家女裁缝或是弄堂烟纸店老虎灶的老板娘等。她们人头熟，肚子里一本档案——某家有几口人从事什么职业，祖上是做什么官，当家人现今吃什么饭（从事何职业）——条条例例煞煞清。她们做媒，至少是知根知底，虽然她们无文化一身小市民气，但还是恪守做媒底线——非诚勿扰，当然也有“鬼话媒人”之辈，但对她们这些有固定客户及店铺，并以此为生的，是万万不敢贪小失大，坏了自己的名声。最后所求，无非是老客户间一份感情，因为有着这些热心人，那时倒其实不大听到有“剩女”“剩男”的。一定说这是盲婚哑嫁也似太偏激，媒人心中自有一杆秤：旧时女孩子到廿七八、卅开外，已属过了青春期，媒人自会有相应的对象如续弦或离婚再娶的供女方挑选；那时女方开条件倒也不大有开门见山要房要车要家产，这会吓退媒人且落个势利娘家的话柄，只怕日后无媒人敢登门。一般只要求男方有个稳定的收入，无不良嗜好（抽鸦片赌钱），家底不求富有，但要清白，上海话称之为“规规矩矩”人家，婆婆小姑都不苛刻，就很可以了。

说来有趣，常听我祖母说，从前媒人说一门亲，男方一定会去女方家探个虚实，估摸一下女方家境、人品，家境尚可一目了然，但从前女孩子是不能随便出来给人家看的，更何况是来说亲的。从前又没有照片，要想看看女孩子人品容貌怎么办？一般就由女孩子的兄弟出来接待，如果出来的郎舅眉清目秀，言谈举止有礼有仪，说明此家小姐一定也差不离多少，当然或也有超常规的，如宝钗摊上这么个兄弟薛蟠，那就少不得会受点委屈了……一笑！

当然一世姻缘全靠一个媒人来牵线自然有点冒险，难怪老话“女人结婚是第二次投胎”。

到了 20 世纪二三十年代，自由恋爱已在青年中风行，但到了临门一关，男方还得家长出面，托人去女家提一下亲，这位媒人必是德高望重且两家都是相熟的，或转弯抹角攀得上点关系的，以示诚意；也有不少是倒过来做，某位德高望重之辈，如老上司老世交或老同学，手头正好有位相宜的女孩或男青年，觉得两个青年及两家人家十分相宜相配，就热心提个亲，然后约个时间双方连同家人见过面，如觉得可以，男女双方就开始交往约会，这种相亲法直至今天仍十分流行，上海人称之“介绍朋友”。皆因旧时女子虽然走出家门，但多就读于女中社交仍不多，这种先介绍相识再交往逐步加深了解的做法，中西结合，传统与现代相融，其实是很相宜的相亲之道。与上海人的“相约星期六”神似，唯不同的是首次见面，双方父母或主要长辈亲人都会出席，浩浩荡荡两大阵营，见面后回去慎重分析讨论后，分别为男女两位主角出主意提建议，当然最主要男女双方感觉。看似好像十分劳师动众十分陈腐，然想深一层，正体现一个“诚”，对婚姻的慎重之态。一直以来“门当户对”被斥为落后老土的婚姻观念，其实其中体现了老祖宗的智慧——共同的文化背景对和谐的婚姻关系至关重要。

中华社会坚实的儒家传统基础，足以令任何外来文化元素，得到充分消化与吸收，合化成适合中国传统的营养，滋生和催生出代代文明，古老的相亲说媒渐渐蜕化成今天大众都乐意接受的相亲形式，就是一例。

中国传统，强调从一而终，特别是婚姻，虽然男人可以三妻四妾，但正房太太只能一位。三妻四妾可以随便招来买来，但正房太太必须明媒正娶，从另一角度说明传统对婚姻的重视及保护。

直到 20 世纪二三十年代，一般传统的家庭，特别在社会上有门有面的中上层家庭，男女单独相约逛公园或看电影，仍属十分忌避，除非两人已经确定恋爱关系——通常要办订婚酒，即要有未婚夫妻名义，否则，容易遭非议。

曾听我祖母（1904—1991）笑忆她与祖父相识，也是由一位老世交做媒，先送上祖母肖照一张（自然是瞒着女方的），男方觉得女方容貌合标准，再正式派人来说媒。两方家人见面后觉得可以交往了，男方方可约会女方。首次约会在大光明看电影，祖母由其哥“陪同”一起赴约——这种三人同行的男女约会方式好奇特，但因为恋爱关系未确定，这样做是出于对女子名声的保护，直到订婚后，方可男女单独外出，但大部分时间是祖父上门做客吃饭，上海人俗称“毛脚女婿”，家人都陪坐在侧，当然也会有意识留机会让两位年轻人聊天，但都是门房洞开，切不可进女孩子的闺房，更不可以将门关上……或许现在看来觉得十分迂腐，却也是隐喻着婚姻神圣不可玷污的传统价值观，与西方新婚一身表示纯洁的白婚纱异曲同工——将宝贵的童贞留给圣洁的婚姻！

到了20世纪三四十年代，上海更显开放西化，但在男女交往这一环节，仍有许多无形的条例和规则需恪守。东方电台94.7的“英文怀旧金曲”的香港老上海主持查理林回忆，在当时的男子中学已有教男孩子如何约会女孩子；如果你想单独约会一位女孩子，当然这是一位你心动的女孩子，而不是随便想约她一起玩玩解解闷，首先要提前一个礼拜写信或电话与她约定，然后必须亲自上门见过女孩的父母家人后，将她接出去，并向她父母客气表明去处（会带她去参加朋友Party，或看电影吃饭……）并承诺会在晚上十点前送她回家。然后要准时将她送回家交到她父母手中，并向她父母道了晚安才离开。这就是叫落落大方、正大光明。千万不要鬼头鬼脑人也不叫一声悄悄将女孩子约出去，临了玩到半夜三更将女孩送到家门口连门铃也不敢按就溜之大吉，这不是绅士行为。如果你喜欢一个女孩子，就应该坦然面对她家人，让她的亲人对自己有多点了解，成不成事谁都打不了包票，但自己首先要有份诚意。

今天我们对“追求”的理解似就是情人节送玫瑰，制造各种浪漫……殊不知，“追求”的灵魂就是那份诚意。

以前很少听到有离婚，当然与现今的社会有关，但应该说，我们的长辈们对婚姻的态度比今天青年人要慎重得多，故而虽然他们历经的时代远比我们坎坷——战争逃难，反反复复的政治运动……但他们的婚姻基础似要牢固得多。

那个时代剩男剩女似都不大听到，最主要因素是现代人对婚姻质量要求越来越高，特别女孩子们都独立自主。相对来讲，老上海职业女性独身较多，当时称为“老密斯”——老小姐。老一代职业女性的择偶条件主要着重人品教育，很少会直白地提出非要有房有车，年收入不能低于多少……如果这样，会令男方看轻的。当然，那时女白领较少，物以稀为贵，那些受过高等教育的女孩子在社会上十分抢手，不会形成今天教育程度越高，越难找到对象的现象。

不理世事有多大变迁，诚信和慎重始终是婚姻的守护神。

发嗲和作嗲

吴语语系中表示好的词汇其实很多：赞、灵、噱、趣、嗲……但个中有很多微妙的区别，如“赞”，就是精巧考究的意思，比如这套房子装修得蛮赞的（蛮灵、蛮嗲），如用“蛮噱的”或“噱头蛮好”，就好像不太妥当，不够诚意。但反过来，赞美某个创意，如“这套餐具设计得蛮噱头的”，“这室内的灯光设计蛮噱的”就很恰当，这里除了赞美事物本身的美好外，更有赞美制作者的智慧在其中。老上海话正宗的赞美，就是用一个“赞”字，如“他一口英文老赞的”。倘若用“他一口英文老噱的”，那就有点好像他的英文基本程度不过一般，但他可以扬长避短，将人蒙得很巧妙，觉得他一口英文还是很好的。如果说：“他一口英文蛮灵的”，比“赞”程度略差一筹，同样属很好的表示；如若“他一口英文蛮嗲的”，在旧时就有点给人觉得态度不沉稳，绝不能对长辈师长作此措辞，只好年轻人同辈之间如此说，如若用“老嗲”甚至“嗐嗲”这样形容词是极其不恭的。记得 20 世纪 70 年代时，有人替我表妹介绍朋友，谈到男家经济状态时，媒人讲得兴起，一个不留神说漏了嘴：“他屋里条件嗐嗲——三个人住一大一小五十平方呢！”女方家长当即脸一沉，“这个媒人讲话哪能介触气，条件好就好了，啥嗐嗲嗐嗲的。媒人这种腔调，像小弄堂里出来的。这样的介绍人也介绍不出什么好对象。”老上海保守人家，讲话确十分注意措辞，同英文一样，上海话也有街坊俚语与上层社交之分。

以“嗲”形容某物某人之好，好之外，还有一层精致、情调、氛围等软件附加在里面。比如“某某长相倒一般，但嗲悠悠的，男孩子都很吃（欣赏）她呢！”比如，“他家住的是二室户老工房，但布置得老嗲的……”“嗲”形容事物有别于华丽奢侈，很有现今“小资”这种味道，代表情趣审美的不俗。

如果说，英语中的“好”有三级表示：好、较好、最好，即 good、better、best 的话，上海话中的“嗲”，肯定属于“好”的最高级；“好”、“灵（赞）”、“嗐嗲”。街坊俚语虽然入耳粗俗点，却是生动形象，历经时月却依然生机勃勃，如“嗲”。

“嗲”多数为女性专用，意为娇俏、娇柔、柔弱。“嗲”比撒娇更可爱，撒娇还有点使小性子感觉，嗲，是一种欲迎还拒的风情，娇怯得令人我爱犹怜。

发嗲的火候需掌握得很好：发嗲首先要找对对象，要拿得稳此招定能生效的。否则，就不是发嗲而成作嗲。发嗲与作嗲，可是差很远了。

原汁原味能令人接受并怦然心动的发嗲，一定是发嗲者在对的时间、场合和对象时的一种娇憨之态的流露，就像花儿迎着朝阳徐徐绽开一样自然舒缓。作嗲就不同了，往往是场合、时间、对象哪个环节有点不大对头，令人不禁冷冷一句：“作啥额嗲！”所谓强扭的瓜不甜，难得一次倒也挺让人受用，经常如此就容易令人生厌。当然，如同表演艺术需要心领神会角色代入一样，“作嗲”之术一旦如火纯青完全可以乱真，这几乎是一门专业了，很少女人有这份用心和“恒心”修读此科，这往往可能要修读一辈子呢！一样花这份心思，不如正正规规学一门专业防身，但女人适可而止，偶然一展的娇嗲或许是沉闷办公室生态的一抹和风，商战中的一贴润滑剂，许多职场上锱铢必究的死结，经女人甜甜的一句俏皮话就得到化解。

嗲，只要不做作，不过分，确是女人很美好的一道风景。难怪协调、公关、客户服务等都是女性的强项。但女人的嗲，要有相当修养仪态文化作内涵，否则，就令人肉麻起鸡皮疙瘩，变成“发俄罗斯嗲”。

上海有句新谚语为：发啥俄罗斯嗲！它不讲“发啥意大利嗲”、“美利坚嗲”真的可圈可点，说明，发嗲，也要有点实力的。

一个女人到老，都可以有对象发嗲，有人欣赏她发嗲，这就叫幸福的女人。

腔调

上海人特别讲究腔调，所谓腔调，就是人的言行举止的总体。“侬啥腔调！”在沪语中是很重的贬义，潜台词就是你的修养太差。“腔调”一词看似着重外相，其实还是取决内涵。

腔调其实是一种品相，我们常常讲的坐相立相包括吃相，甚至面相，此外还有声相，都是构成腔调的重要部分。

我们往往偏重人的面相却忽略了声相。所谓声相就是人的声音。声音，其实是人的第二外表，对人一辈子得失关系重大，我们不是常说，未见其人，先闻其声，先声夺人，声情并茂……上海话“腔调”，腔和调，都与声音有关系，可见人的声音对人的整体形象有多重要。

声音，或者说嗓音，是天生的，有人生来一副毛喉咙，有人天生声线细柔婉约……但想深一层，还是与一个人的修养品位有莫大关系。

日常生活中，常常会见到衣着时尚高雅，一开口就贵气尽失，音色再动听，但用词和腔调，犹如泼妇骂街；也有的男士音色洪厚如男中音，却是腔调傲慢冷漠、一副官腔，更不说那些粗口如标点符号不断之辈，这样的声音出卖了主人的形象。一把动听的声音固然与音色有关，但更重要的是自然不做作，谦和大方，还要吐字清晰，这是表示你的一份诚意，也表现你的自信。青年人面试见工，你的声音即你的谈吐，尤为重要，这与你普通话发音准否没有关系，但绝对与你的一份诚恳有关，也表现你的自信。笔者尤听不得现今青年讲上海话，“我（wu）”称“哦（wo）”，像还有半个音懒得吐出来。何止一个“我”，如今青年人一讲上海话，不知是因为发不准音缺乏自信还是真的懒，字与字之间黏糊糊的分也分不开，就像一锅煮糊了的面疙瘩，这样的声音与上司长辈对话，是十分失礼的。还有种令人受不了的声音就是“装嫩”。明明已是三十好几甚至可能是已届不惑，还要含着舌头撮着牙齿扮小女孩！

英国达人苏珊大妈之所以一炮走红，就由于她那把真纯甜润的歌声令人们不再在意她臃肿的身材和平平的长相，被她的声音所陶醉！无独有偶，中国达人秀那位如假包换的农民兄弟，一曲美声“今夜无人入眠”，顿时令人刮目相待。

诚然，声音的音质是先天的，我们没法改变，但声音的腔调，是后天的。香港女强人陈方安生，因她的笑容十分灿烂，再配一对梨涡，犹如麻将牌“四万”的“四”，故港人都昵称她为“四万口”，其实她的音质又嘎又粗，广东话称为“鹅公嗓”，但这一点也不影响她的个人魅力。我们常说声情并茂，与音质是否动听无太大关系，要紧的是那份情是否真诚。

人的音色各有不同，但很难以“好”或“坏”来裁定，比如上海话中的“豆沙喉咙”指天生喑哑的声线，想来总不如圆润醇厚的有吸引力。20 世纪 40 年代红歌星白光就是以“豆沙喉咙”唱出自己风格！

声音是如此重要，令我们不得不注重电话礼仪。不管私人还是企业，光凭电话里的声音，对该家庭或企业的文明教养便略知一二了。现今家用电话普及，但电话礼仪仍不普及。电话拎起劈头劈脑一声“侬啥人？”为啥不婉约地：“请问哪位？”打错电话一声对不起也没有就咔嚓一声收了线。电话只闻其声，不见其人，更是企业或家庭的窗口，电话那把声音，就是文明教养的测试表。

令声音漂亮一点的最有效做法就是降低你的音调。多年来的大批判大辩论，国人的嗓门都给扯大了，好像你嗓门一大，理就足了，也不容易被人欺负。

忽然突发奇想，当张爱玲感叹“生活如同一袭华袍，上面爬满了虱子”时，不知道是怎样的一种腔调？

热水瓶和咖啡壶

人各有性，有的如热水瓶——外冷内热，内心再沸腾澎湃，外表仍显冷淡，不过有时满腔热情一个不小心，就会“噗”一声将热水瓶塞顶出来；有人个性如咖啡壶——那种壶盖上有只玻璃球的老式咖啡壶，一旦沸腾，玻璃球里一览无余地显出其滚烫的内在，即时香溢满室，老远就能闻到。

笔者的一位姑父是老法国留学生，又侨居美国多年，个性就如只老式咖啡壶，人未到，一股浓浓的咖啡香已迎面扑来——还是法国式的！

姑父姑妈并不富有，且无儿女，如咖啡香般的处世哲学，令他们的晚年生活充满尊严又滋润潇洒；为一睹上海世博，不顾八十好几的高龄飞回老家。我曾为他们写了首打油诗：花见花开，狗见狗欢，车见车载，人见人爱……

作为侄女，自然义不容辞担当观博义工。其中一个节目，是带老人回老宅一游。老宅为西区一幢法式花园小洋房，老人从出生起至离开上海，在内生活了几十年，现今为一对外开放的企业所用。门房一位十分儒雅的先生问明理由后，笑容可掬地请我们入内，原来的客厅现是一间大办公室，几个青春可人的女孩子一听是老屋主回来看看，顿时雀跃欢快起来：“哎唷，我们就老在猜测这房子原来是谁的，发生过什么故事……”老人的咖啡壶内笃笃作滚了，但还是识趣地及时打住，不影响她们工作。重返老宅，老人情绪一高，把身份忘了，以为回家了，逐个带我和先生观看昔日的饭厅书房，刚想上楼，冷不丁一个阴傲的声音响起：“你们是哪里？啥人准许你们进来？”

“我们以前住在这里，想回来看看……”老人嗫嚅地回答着。

“……现在非常时期，希望谅解，我送你们出去……”那位傲气的先生说着，遂背过身作打手机状。

我依稀觉得回到文革期被工宣队受训的情景，也算一种怀旧体验！目睹白发苍苍的老人像灰孙子样听训，我为这位傲慢无礼的上海先生脸红！

凭心而论，这位先生的话句句在理，偏偏就是一只热水瓶，而且是铁壳的，内心满溢着对世博上海的热爱与尽责，但却对世博客冷硬得像金属一样！

离开后我们就去“威尼斯意式餐厅”下午茶，岂知当日出门大约没查皇历，处处不顺，那里的下午茶已取消了！但那位俊朗的上海小伙子热情地开门开灯：“既来了就请进吧，两位老人跑来跑去也累了！”

端上热腾腾的咖啡，我开始得陇望蜀，要求上提拉米苏，小伙子幽默地说：“师傅下班了，如果我自己会做，就好了！”大家哈哈大笑起来。同样遭拒绝，这位阳光先生如一只香气四溢的咖啡壶，让人心里热腾腾的。

事后有关企业很快诚意道歉，热情再邀重访老宅，两老婉拒了——上海话“已味道缺缺”！遭到此遇，老人此时还不忘提点一下：不要为难那位“愣头青”先生了，人都有不足之处嘛！如果是投诉无门的小百姓，或人生地不熟的外国人，他们该如何郁闷！退一万步，如我是企业管理层，撞到这样一个可发掘企业文化的送上门的活教材，一定高兴得热水瓶塞头都会冲出来了！

我们常说和谐世博，其实上海世博不仅在世博园内，整个上海就是一个永远不会闭幕的世博会，一定会有很多定居他乡的老上海包括在上海生活过的外国老上海，回上海寻访祖屋老宅，而这些建筑一定多为优秀历史保护建筑，且多为政府机构或大企业所用，如确实不能接待，我们能否学学那位咖啡小伙子，阳光点幽默点，不要像只冷冰冰的铁壳热水瓶？

FANGYAN HE PUTONGHUA

方言和普通话

方言和普通话

《圣经》上载，上帝在创造世界时，原先天下都讲同一种语言，上帝怕如是会影响自己的能量："看呐，他们都是一样的语言……以后他们所要做的事，就没有不成就的了。我们下去，在那里变乱他们的口音，使他们的语言彼此不通。"就这样，人类有了不同的语言，我们称之为方言。

中国地大物博，方言自然大相径庭。辛亥革命首届国会大会通过以北京口音为基础的语言为国语。从此南腔北调有了规范统一的语言，这是辛亥革命最大的成就之一。据史载，大会有过剧烈争论，辛亥革命以孙中山为首的先驱多为广东人，革命成功后通常都为政体中的实力派，是次会上几乎一面倒要以粤语为国语，多亏孙中山深明大义——有九音发声的粤语要向全国推广难度有多高！他力排众议，说服众人跳出狭隘的地方观念，最后以一票之差，确立了以北京话为基础的国语。

与今日普通话相比，国语带更浓郁的北京口音，故老上海也称国语为"京片子"。老上海人很少讲得一口标准的京片子。上海著名播音前辈张芝女士早在20世纪40年代已在上海走红，就因为她那一口甜美清新的"京片子"。她生长在北京在上海求学，那口京片子隐约溢出丝丝吴侬软语，比字正腔圆的国语更令上海人觉得亲切又时尚，特别迷倒一众青年学生！

1949年之后，大批讲北方话的南下干部来到上海。幸亏有了国语（当时尚不称普通话），“我们都是来自五湖四海，为了一个共同目标走在一起”的民众可以方便交流了。想当年欢迎解放军进城、新旧政权的交接接管、配合解放军维持治安……哪一样不需要国语？

语言的功用远不只是作为沟通工具那样简单，语言一身承载着时代人文的折射和价值走向：新中国诞生之际，上海青年学生包括厂企积极跟上时代步伐的积极分子都拗着舌头认真讲国语，特别有些新名词如“基本上”、“客观上”、“务虚”、“自我批评”等在上海方言中还真找不到！当时一身蓝布装一口国语，是积极上进的进步青年的象征，新中国青年最时尚的表现。一如《霓虹灯下的哨兵》中的女特务曲曼丽，为冒充爱国学生，一身白衬衫蓝布工装裤白帆布鞋，她当然肯定讲国语，否则如何与好八连战士对话？此银幕形象是有历史依据的。

20世纪50年代以后，上海人已习惯了一讲到新名词就要用普通话，在单位里也要讲普通话以示正规，以致上海人间一旦讲普通话，就显得十分严肃，坊间戏称为“开国语”、“打官腔”。

那时上海人上班上学讲普通话，在家邻里亲友间讲上海话。所谓上海话其实也是宁波腔、苏州腔五花八门。与之同时，上海人的业余生活也十分丰富多彩：相声、评弹、沪剧、锡剧、越剧独脚戏加苏昆京戏等。年轻人中则十分时兴诗歌朗诵快板三句半对口词等。回忆 20 世纪五六十年代入夜时分的上海，一拐进弄堂，家家收音机就飞出各种地方戏曲，其中还有沪语“阿富根谈生产”及我们至今挥之不忘的播音王子陈醇那一口沉稳的普通话，那才叫“今夜星光灿烂”！

我们讲普通话是为了沟通交流，我们讲方言，因为那是本土文化的集体回忆，是文化身份认同的源泉，是我们的文化之根。人们为了生存发展，少小离家却乡音不改。所谓乡音，是我们对家乡的依恋！“老乡见老乡，两眼泪汪汪”，就是因为异地听到的那一口乡音，立时缩短了两个陌生人心灵空间的距离！或者今天年轻人看来这是十分可笑狭隘的农业时代的地方意识，然只消想想两年前周立波的海派清口受欢迎的盛况，足以看到老百姓在听到自己青少年时代的乡音时的那种兴奋与激动。遗憾的是，今天的上海人，让孩子 6 岁学英文，小学最好能上外语学院附属的学校，中学送孩子上强化英语口语班，一心怕孩子输在起跑线上，唯独不担心，今天我们的孩子已不大会讲上海话了！固然，这不会影响孩子升学考分，也不妨碍将来进大公司大企业，但是，如同大桥桥基的沙土在悄悄流失，我们的文化传承的神髓日显单薄了。君不见，今日上海人的地方戏曲不仅演员青黄不接，连观众也后继无人，这与当今年轻一代不会讲沪语密切有关。随着上海户籍的开放，全国各地人才都涌入上海，充实着海派文化。然如若我们的乡土文化基础不够扎实，包括我们开始淡忘了世世代代都在讲用的上海方言，海派中缺乏了那个“海”字，海派文化还剩下了什么？

无可否认，语言歧视肯定有：一是出于本能的排他性，源自远古时期人类的自我保护。而方言，是识别异己的最清晰标记。另外，当一个区域的经济文化呈强势时，该地区的方言就更易为人接受甚至仿效：如同旧时上海话，都会带几丝苏州口音；而来自相对贫困地区的方言在他乡更易遭口音歧视，如老上海对苏北口音的歧视。包括改革开放前的香港，对操普通话的内地人也十分歧视，唯独对讲上海话的仍不敢怠慢，那是因为20世纪40年代末南下的上海人多非富则贵，一度在港式粤语中，“上海人”就是有见识有铜钿的潜台词。即便如是，向来自恃甚高的上海人移居香港后，在人屋檐下不得不低头，为了生存，为了融入新环境，不得不拗着舌头学广东话。

改革开放后，内地人财大气粗，操普通话的成为香港旅游业最大的客源。不少香港白领工余苦学“刨冬瓜”（普通话），为应付越来越多与内地的交往和沟通……不过，内地新移民若要融入香港社会，还得努力学习粤语。

同样的道理，在上海，以普通话沟通不成问题，但若你选择入籍这个城市，却不会讲这个城市的方言，犹如你爱上一个人，却读不懂他（她）的内心世界，要融入其中，谈其何易！

我们的五千年文化犹如绵延的万里长城，长城上的每一块砖石有如我们各地的方言。普通话，是黏合各砖石的混凝土，共同构成中华永恒的文明！

母语乡音

何为母语？即母亲讲的语言，在妈妈怀里听到的妈妈的催眠曲，牙牙学语时跟着母亲呢喃哼唱的，伴着母乳一起注入我们血液的语言，是我们血液里流淌着的生命基因，所谓“乡音未改鬓毛衰”。都说人生是旅途，俗话说“讨生活”，特别中国人，近几百年来闯关东、下南洋，山重水远背井离乡，那永不忘怀的就是一口母语乡音。我们带不走家乡的故井家园，但至少，可以轻松带上我们的乡音，乡音如母亲的叮咛，时时伴在我们身边。所谓老乡见老乡，两眼泪汪汪，那是因为，有什么比漂泊在外听到母亲的口音更令人唏嘘？

语言的功能不仅是沟通，更深含着宗族群体的价值、习俗、认可和接纳，是庞大的家族之树上郁郁葱葱的绿叶，意蕴着宗族的生气和昌茂。

笔者生于上海，3 岁不到又举家南迁香港，母语当为上海话。但是有一度，我的广东话讲得比上海话流利。那时在学校内外，都是一口广东话，唯独在家里才讲上海话。那时住在香港北角，楼上楼下左邻右舍几乎清一色都是阿拉上海人。五六十年代香港北角，人称小上海，都是上海南迁的新移民，父母择居北角，想来就是因为这里乡音此起彼伏。近处有一家“三六九”上海饭店，猪油菜饭黄豆脚爪汤正宗上海口味，老板听讲从前上海做银行的。还有家上海理发店“白玫瑰”，老板是正宗上海“紫罗兰”出身的，他做出来一头泛着大波浪的发型一看就是上海摩登的派头，师傅一面做头发，一面嘴巴不停以一口扬州上海话与客人聊“哎唷 × 太，这腔上海有啥消息？囡姆（女儿）小姐批下来了哦？”“王先生，上海回来啦？沧浪亭去吃过过桥面啦？这断命的香港就一样不好，面下得太生，碱水太重……”在异地生活，乡音盛载着众人对故土的集体回忆。但在北角成长的下一代上海人如笔者，某程度讲，广东话也属我们的乡音。

后来回上海读五年级，与同是讲上海话的同龄人反而有了语言障碍；许多上海话与北角上海人讲的不一样，什么“肯定”“思考”“基本上”等，就是不懂啥意思。他们也听不懂我的上海话：将“计划供应”称“配给”，“快点”为“毫烧”，“有趣”为“发噱”，“肯定”为“定规”，“你讲的上海话怎么像是你阿爷阿娘讲的？”

回上海后再没机会讲广东话，本来，我以为广东话早给忘了。20世纪80年代去广州笔会，甫出白云机场，满耳都是叽里呱啦广东话，我忽然觉得十分亲切，看见街边有卖荔枝，我上去尝试着用广东话讨价还价，刚吐出第一个口音，一串标准地道的街坊广东话竟流利吐出来，连我自己也吃了一惊。我这才发现，原来那口广东话还完好地保存在我记忆中！

后来一度在香港居住工作，竟有还乡的感觉——当初选择去，也是隐约觉得那也是我的老家！香港的朋友们都说我的广东话一点没有内地口音，我想那是因为粤语也应算我的母语吧！

我的父亲是浙江桐乡人，母亲是绍兴上虞人。我们全家在祖父母那里讲桐乡话，在外公家里讲绍兴话，平时社交及上班，就讲标准上海白话。记得那时包括我父母这样的上班族，总觉得在单位讲一口带乡音的上海话似很“老土”。现今父母已双双作古，我自己也已是祖母级人了，随着老一代的离去，再要听到乡音已很难。曾经先后去了桐乡梧桐镇老家和上虞小越外公的出生地，听到声声从小就听熟了的乡音，早年四代同堂，在慈爱的长辈们庇护下无忧无虑过往的细节，立时都生动鲜活起来。

人说江山易改，本性难移，乡音就是其中比江山更难改的人的本性，或者应该说本能？我唯一的舅舅，20 世纪 40 年代 22 岁去美国深造，从此落地生根，连中文都写不通畅，唯在电话中，还是一口绍兴口音极浓的上海话。在他 86 岁弥留之际，表弟讲他断断续续讲一些他们听不懂的话。我想那应该就是舅舅的母语，绍兴口音的上海话。

乡音如同母亲，是不容他人嘲笑看轻的。当年我在穷街做老师，学生几乎都一口苏北话，大大咧咧的，大有“听不懂就不要在我跟前现世”的意思。为了与学生建立感情，不少老师都学得一口几乎乱真的苏北话。真正的入乡随俗。

著名银行家兼美食家沈京似老先生九十多岁仙逝，一世一口扬州话。旧时上海人将扬州话也并入苏北话之列。有人劝他堂堂银行经理一口苏北话（扬州）口音太不雅了，可否改一改。他勃然大怒："讲得容易，侬爷娘可以改一改哦？"

旧时交通资讯落后，回乡一次万分艰辛，因而故乡的记忆显得弥为珍贵。

现今全球一体化的冲击下，物理时空一下拉近了，再加上青年一代宗族故里的观念也十分淡薄，待他们有了一定社会积淀和阅历，或许会如笔者一样开始认真思考有关"宗谱"的文化意义。而今青年人都没有了乡音，有的是因为缺乏这方面的孕育环境，也有的为自己的乡音自卑（特别来自贫困地区）怕失身份。我们今天有普通话，乡音的渐渐消逝不影响我们的发展前途，但是，中国地大物博，不同的地域有不同的乡音，如同七个音符各个不同，互相穿行跳跃，不时组合，变换又分开，合成曲曲悦耳的旋律；如果我们只有一个单调的音符，那生活将会因此有多大的一个缺损？

寻生活、做生活和吃生活

沪语中的“生活”，切不能以日常起居的生活“Life”之意来理解。如要表示那琐琐碎碎一宿三餐舟车劳顿的生活起居，上海话为“过日脚”，很有种深思熟虑扳着手指计数的脚踏实地的谨慎和认真。大都会下的生活压力从上海闲话中就已可感受到了。“过日脚”中一个“脚”，还很有点光阴如梭的味道——这时光如长着脚，你怎么也追不回呀！这就是方言的生动之处。

“生活”在沪语中远比Life所表示的要实际得多，一可解释为手艺，如“她一手绒线生活（针线生活）赞得不得了”、“他的车工生活一级了”；也可解释为工作态度，如“生活做得漂亮利落”、“做生活交关巴结”；还可作为任务，如“今朝老板娘给我的生活多得两只脚钳（举）起也来不及做”……

“生活”在沪语中最沉重最无奈的表示是谋生之途，是职业。现在的“下岗”之说远不及“唔没生活做”彻底和凄惶。唔没生活做，这日脚可是没有办法过了，不设法“寻生活”会饿死。“下岗”之说是还可以有个营房可息，还有三餐定时供应，等上岗哨子一吹，就再上去，没有那种逼迫感、催命感，到底是新社会。难怪冷观四周一些下岗人员，小麻将搓搓，小老酒咪咪，日脚过得也挺笃定的。所以讲，方言是带有很强烈的时代感的。

“生活”可解释为职业、工种，但不能代表所有的职业。其中，有微妙的区分，差一点就要走味。“生活”所指的职业多为蓝领一族，如工人、各式工匠、裁缝、保姆等，通常是指简单重复事务化的劳动。正因为如此，沪语“生活”一词发展到近代，成白领一族自我揶揄的一种特定名词。当他们抱怨自己做的事乏味单调无创意仅是事务性，就常揶揄为“做生活”意即仅为混饭吃，甚至创意人员也可因此项工作已属熟手熟脚而有种“做生活”的心态，这是十分危险的信号。记得一次观电视“舞林大会”，一位曾为舞场高手的长辈评述其中一位参赛者的搭档：“这位舞是跳得一级，只是怎么看都像在做生活不像在跳舞。”言下之意，这位一切技巧节奏都是无懈可击，只是谙熟得太程序化、太精确化，没有活力和创意的火花。在英语中，Life既可解释为“生活”也可解释为“生命”，而沪语中的“生活”，缺乏的恰恰就是生命之意。

“吃生活”轻为“挨骂”，重则“挨打”，不知为何会有这个讲法，出点何在？是否因为从前的小学徒“做生活”做得不合师傅之意，比如一只鞋子没有上好，师傅看不过去拎起这只“生活”（鞋底）兜头就打而得“吃生活”之说？反正是因为没有做好某事而招来的麻烦，就称为“吃生活”吧！所以上海话中，“当心吃生活”是一句很严重的警告呢！

有生活做就是福气，金融海啸之下，各位自求多福，要认真做好这份生活，否则，可真要在这非常时期“吃生活”了。

野鸡

随着近日假学历事件的不断曝光，一度被人淡忘的老上海俚语“野鸡”开始频频出现在各种文字中。

“野鸡”应为江浙一带方言，原意专为影射当街拉客的下等妓女，故而属上海方言中最重、最刻薄的辱骂语，后引申为不正宗、不正规、杂牌甚至下三流，如野鸡学堂、野鸡车、跳野鸡舞……犹如今天所说的山寨版、李鬼。

“野鸡”在上海话中不属粗口。

比如在各阶层广为流传的“野鸡车”，但凡上海旧时大户人家，都有私家座驾，从前是轿子，后为黄包车，渐改良为三轮车乃至汽车，20世纪廿年代前后最普遍的是私家黄包车。与统一漆成赭红色车身和车夫背上都有号码的大路黄包车不同，私人包车的车座较一般的要宽敞，颜色多为深藏青或全黑，因有专人打理，一应干干净净，车座一侧插着把彩色的鸡毛掸，另一侧是擦得锃亮的马灯，随着车夫“让开让开”的吆喝，车主可猛踩脚踏板上的车铃，倒也威风凛凛，车夫一身打扮也清清爽爽。总而言之，相当有腔调。自有那等脑子活络的私家车夫，在主人看戏、饭局或上班的空当，见缝插针赚点外快：这种就叫野鸡包车。因为干净舒适又有腔调，颇受欢迎，搭乘者也情愿会付给野鸡车高一点的车费。拉野鸡车的，有的是瞒着车主，有的车主也眼开眼闭，放他出去赚外快，乐得工钿上少开销点。也有人蜻蜓吃尾巴——自吃自，自己备了包车自己拉客。有点类似今天的黑车。旧时黄包车行老板都是帮派人物，台主是有“江北大亨”之称的顾竹轩，黄包车行是垄断性的，按理是容不得他人抢地盘的，不过，野鸡车私家车也很难分辨，私家车主又都是非富则贵，万一弄错了岂不是得罪人了？只能狠狠唾一声：野鸡车！

私家车从黄包车改良至三轮车小汽车，野鸡车仍顽强地生存着。也有人特别凑钱买了辆汽车开野鸡车。当时的祥生车行和云飞车行也同样放野鸡车一码——出来讨口饭吃都不容易，不过升斗小民叫乘野鸡汽车的毕竟不多，这些野鸡车多为 Station Wagon 今称面包车，跑运输的。它们不注册，四处接活，恨得规规矩矩做生意的同行一声：野鸡车！

至于“野鸡学堂”，似打击面太广。老上海的上流社会，视但凡外国教会及租界工部局、公董局属办的乃至国立以外的所有其他学校，都冠之“野鸡学堂”，很有点今天力捧名校私立贵族学校的味道。当年中西女塾的校长锡正（非薛正）因与另一位校长不和，愤而辞职带着一批亲信另外在愚园路庙弄开办了“锡正女校”，就被讥为“野鸡学堂”。同样的，当年圣约翰大学一批师生为抗议教会当局垄断独霸校务，另外一群师生离校成立光华大学，也被蔑称为“野鸡大学”，这是十分不公的。时至今日，市面上仍有野鸡学堂，如唐骏花几千美元就能买到文凭学位的洋野鸡大学，还有，可由秘书等代上课也能拿到文凭学位的学校，也是真正的野鸡学校。

跳野鸡舞，是指在未注册的夜总会跳舞。一般是白俄开，舞女也是白俄，设在独立花园样房内，对外只称是私家party，品流复杂，赌娼齐全，一般人是不大敢涉足的，但因为挂牌的营业性舞厅限制多——如“百乐门”“仙乐斯”等因不供应烈性酒，也不可赌，更不可嫖，所以有人还是宁愿去那种没注册的舞厅，称为跳野鸡舞。

说到真的野鸡，倒是健康的，只是不利环保。

今武定路胶州路拐角，旧时就是一间小门面的野味店，专售野鸡。野鸡肉上口比老母鸡鲜美，肉质精瘦，只是骚味较重，需下大量八角茴香。野鸡不适合煲汤，最适切成丝与绿豆芽、火腿丝炒在一起做面浇头。

我的“蜗居”生活

我的“蜗居”体验也有好几年了。“文革”中先生家被扫地出门，本来想等运动后期或有可能政府给一个说法的时候才办婚事，但是好像这种盼望遥遥无期，便只好在那14平方还是假三层楼（朝南的一角的屋顶斜切下来，人站不直）的房间“蜗居”。幸好整条愚园路都是好房子，我们被逼迁入的房子倒还属钢窗蜡地、煤卫双全——这是当时住宅条件好的标准。房管所还每季度来免费打蜡呢，只是卫生间是公用的，特别在每天早上，必须“高度警惕”，一听到卫生间门打开，就要以最快的速度去占领，否则将被其他住户占领了，弄不好上班会迟到的。因为是公用，所以脸盆毛巾肥皂等只能搁在房间里。区区14平方还要去掉一个斜顶，放一张双人床已显十分拥挤，大橱根本搬不进，房间正中还要放一张方桌四把椅子，铺铺满满，这里还是全家的会客室和饭厅。所谓巧媳妇难为无米之炊，为了让家尽可能舒服点，我们绞尽脑汁！家具是无法再添置了，当时也没什么好家具，只好在软件上做工夫——窗帘、桌布和床罩，都是紫色系列，我喜欢紫色。连落地灯灯罩，也是浅紫色的。所谓落地灯，其实是山寨版——用细号水管磨光后漆上乳白色，再套上百褶裙一样蓬开的灯罩（也是山寨版自制的），灯一亮，还真有点情调呢。上海人就是有“自给自足，丰衣足食”的山寨精神。

有一阵市面上到处有售硬塑料（可能当时木材紧张）流线型椅

子。我买了四把各为大红、青莲、鹅黄和乳白色的，围着铺着紫色图案的方桌一圈，顿时全室活泼亮丽起来。可能那时生活缺乏色彩，也可能小房间适宜鲜艳的色彩！我的同事来做客，还称赞不已。可见，室雅何需大！

因为厨房在楼下，便把煤气灶搬到我们三楼的过道上。这倒好，热辣辣的饭菜可以直接从炉灶上到饭桌上。到了冬天，还可以把煤气灶的“乌龟壳”（煤气灶的灶心）移到饭桌上吃“司盖亚盖”。那几年的冬天好像特别阴冷，我们就把煤气灶心留在房间里，炖赤豆汤、火腿粥，周围加上一圈铁丝栏为女儿捂尿布。因为房间小，很快就温暖如春。每逢下班回来推开房门只看到玻璃窗上的冰霜结得满满的，房间里只需穿一件毛衣就可以了，令人不禁由衷地唱起 Home Sweet home。当然，这样做法很危险，但那时也不顾不上这么多了。

正如俗话所说“上帝给你关上一道门，又为你打开一扇窗”，我们被扫地出门被迫迁入的这户人家，是一栋两开间三层楼的新里，是上海会计界泰斗、立信会计学校创办人之一诸尚一先生的私宅。“文革”中住房被压缩到二楼一层，三楼两间和二楼亭子间就被我们家“占据”了，一楼也被塞进另一家被扫地出门的资本家。很怀念与尚公一家做邻居的日子，虽身处逆境，二楼仍常会爆出尚公豪爽的笑声。那时我还在穷街中学任教，但已经非常喜欢阅读文史类的书。

尚公作为历届市政协委员，虽然家产尽殆，竟然能奇迹般的保留下一整套完整的文史资料和其他一些珍贵的旧书。我常常下去向他借书，顺便与尚公聊天，听他讲述他少小时的种种趣闻。我今天之所以还能写一些关于老上海的文字，除了我的家庭背景以外，还得拜谢与尚公做邻居的那段“蜗居”生活。尚公诙谐乐观，我称他为“诸家伯伯”，因我平时语速较快，每次在楼梯或后门遇到尚公，不及开口向他问候，他总要用手掌为我打拍子：“慢，再慢点，否则诸家伯伯就要变成猪八戒了。”那个时日，很多人出门上班都不知道晚上还能不能回来，诸伯母每天总是抱着孙子，忧心忡忡地将丈夫送出后门口，尚公就会不时说着笑话故作轻松。一次我正好与尚公同时出门上班，随口说了一句：“这个天阴阴的，不知会不会下雨？”尚公就在边上回答：“不会的，因为我的背脊上是精干百燥的（上海俚语，若天要下雨，乌龟背会湿漉漉的）。”上班前他总是要亲亲小孙子，再亲亲自己的太太，厨房公用总有人进进出出，他就诙谐地说：“我弄错了，本来是亲孙子的，怎么亲到老太婆脸上了。”尚公的乐观也感染了我们。尚工好学不倦，家中连书桌都抄掉了，他就坐在藤椅上在把手上搁块洗衣板作书桌。改革开放初期，尚公众多著作，就是在这块洗衣板上写出来的。

“文革”期间，诸尚一只领生活费，太太又没工作，生活十分拮据，但他们依然过得充满尊严和情趣。任何最廉价的菜——萝卜干、酱菜、猪大肠、猪头肉等，经过诸伯母的手，都会成为诸伯伯可口的下酒菜。我们平时上下楼总要走过他们房间，诸家的房门从早到晚都敞开的——尚一伯半真半假地说："那些里弄干部、街道的治保大妈总怀疑我在阴暗角落里搞破坏，我索性把门从早开到晚，省得她们不放心。"因此，他在房里的一举一动我们都看得清清楚楚，印象最深的是他家的饭桌对着房门，即使吃早餐就是简简单单的泡饭、酱菜，但尚一伯那坐如钟的进餐架势仍犹如英国贵族。

"文革"中，隔墙有耳，即使上下邻居，言谈也格外小心。生性诙谐的尚一伯就充分利用肢体语言和眼神与我们相互鼓励。他兜中总揣着两张扑克牌：红桃 6 与红桃 10——沪语中 6 和 10 合读就是"落实（政策）"的意思。每每在楼梯过道上与我们相遇，他就会神秘兮兮地抽出这两张牌，略略亮一下，像出示月票一样，然后意味深长地说："身体保重！""文革"后，我先生家落实政策，搬离这间 14 平方蜗居时我还真有点依依不舍。在最困难最无望的日子，我们和尚公一家守望相助，共度时艰迎来了春天。

那个时代，大部分上海人居家空间仄迫，精明的上海人应势设计出一种袖珍家具。我至今在仓库里还保留着一套"文革"期间生产的卧室家具，当年家具都要半夜去排队，我们这套是用三百多张"侨汇券”才买到的。有人劝我这种三夹板蹩脚家具还留着做什么，处理掉算了，我却认为这也是历史。可能当时上海新婚夫妇大多属“蜗居”，家具做得特别袖珍，所以那双人床只有四尺，写字台比缝纫机大不了多少，与之相配的还有一架“红灯牌”电子管收音机，五斗柜上放着领袖像呈现的就是那个时代的新房特征。如今上海人申请“经适房”的标准是人均 14 平方米，从中可以看出三十年来上海民生的进步。

贵族之色

中国传统，紫色为贵纡之色，只有贵族才能享用。

京中皇宫就称为“紫禁城”，小时候我曾以为紫禁城真的是满城紫色呢。原来，在中国，紫就是贵皇之色。不过不知为什么到了近代，紫色往往又作为罗曼蒂克的象征。不理贵气也好浪漫也好，紫色，总是一道十分怡人悦目的色泽。我母亲是1939级上海中西女中高中毕业生，她们的级色Class Colour，就是紫色。也因此，紫色成我妈妈一生最喜欢的颜色。同样的，也是家中的主色调，一应窗帘、沙发套、床罩等都是以紫色调为主——上海家庭都是太太说了算的嘛。

紫色，老上海话称“茄花色”，也称“茄色”，因为与嫩茄子是同一色泽。但洋派点的如我父母一代的洋大学生们，则喜欢称紫罗兰色，一下子就那么富有诗韵，令人浮想联翩！难怪老上海有家著名美发厅“紫罗兰”，就在旧法租界今武康大楼沿马路底层。直到20世纪60年代文革前，“紫罗兰”从来就是海上著名工商界人士太太小姐及著名电影明星指定的美发厅。号称东方巴黎的上海，美发厅可谓成街成市，何以“紫罗兰”有如此强烈的吸引力？当然师傅技术高超是要素，但想来这个纡贵脱俗的店名，也起了举足轻重的作用。那时上海女人淡淡一声“我的头发从来就是‘紫罗兰’做的”，足以令人对她的时尚观刮目相看。

或许就是因为“茄花色”，连带最大路的蔬菜“茄子”，在一堆蔬菜中总是那么夺人眼球——令一篮蔬菜一下子生动起来。所以，笔者认为蔬菜中的贵族，非茄子莫属。当然若单以价格来论，茄子是十分平民的，但若论品相，那一抹或浓或淡的紫色，就令茄子颇有贵相。

南宋大臣郑清子所作的《咏茄》中就有这样描述：青紫皮肤类宰官，光圆头脑作僧看，如何缁俗偏同嗜，入口原来总一般。尽管如此，可能就是因为那一层油光光的浅紫色，总觉得茄子虽然价钱便宜，却总有股贵气。恰如真正的贵族，往往不如暴发户那样身价丰厚，却自骨子里有股傲气。

茄子广东人称矮瓜，江浙人称“六蔬”。茄子的口感味道从不被赞扬，但经精心烹饪，却可做出道道可口的菜肴。为节约篇幅，这里且不提《红楼梦》中那道以无数只鸡煨出的茄子，光我们家常菜中，茄子确是十分可口又经济的。炎炎夏日，将茄子清蒸至酥烂但仍成型，吃时浇上虾籽酱油与麻油，再用筷子划成丝，下饭香口又清爽；此外，鱼香茄子，也是大众家常菜。还有，茄子也可以入西餐。东洋菜中我们知的天妇罗中，就有以原只茄子切片涂以面粉油炸而成，入口嫩腻。茄子入西洋菜同样可口：先将茄子以盐微腌一下（上海话称“渍”），再沾上面粉炸香后，拌以香料叶、番茄与芝士一起如焗面一样焗香，出炉时芝士香浓郁四溢。当时我婆婆经常亲自做此菜。便宜的茄子此时已“华丽转身”，没人能猜到它的前世。另外，将圆茄在橄榄油中稍浸渍，再配以柠檬汁、大蒜片、黑椒入烤炉烤也十分有风味。

茄子的贵族风范就在貌似矜贵，却可以全身心服务社会，淡煮浓烤总相宜，真实地诠释了何为贵族。

麻将与国粹

麻将，又称雀战，相传源于江苏太仓，难怪上海人如此喜欢麻将。太仓在旧时为皇家粮仓，仓内常年囤积稻谷以供南粮北运。为免雀患，捕雀成守仓兵丁职责，并以捕雀多少资以奖励。为求有据可循，发给各兵丁竹制筹牌，筹牌上刻有字以作输赢、奖赏之依据：如“索”即“束”，是捆串起来的雀鸟；“筒”的图案是火枪横截面，几筒就表示几具火枪；“万”，即为赏钱多少；至于东南西北为风向，因发射时要考虑风向。“中”，即为击中，故涂红色；“白板”即打空枪；“碰”为“砰”，乃发枪之声；至于“胡”，实为鹘，为鹰的一种，有了鹘就不愁打不到麻雀，就是胜券稳操的赢家了。“发”，就是得赏发达。这些筹牌给守仓兵丁筹集起来，久而久之作为游戏工具流传下来，并不断演变游戏规则直至定型，便成了近代麻将，故而也称“打麻雀”。因麻将牌前身为竹制筹牌，又称竹战。《红楼梦》中未见有打麻将记载，只有抹骨牌推牌九，可见在曹雪芹时期尚没有搓麻将之娱乐，或尚未流行到金陵也未知。

麻将有输赢，自然有赌博成分在其中。不过平心而论，搓麻将初衷是一种社交方式，一种消遣，一种十分亲民有效的公关手段。有点银钱出入，诚为增加点刺激，只是自有那班贪利之徒将其视为生财工具，并令搓麻将职业化，平白坏了麻将名声。

中国传统，琴、棋、诗、画，乃个人文化修养。麻将因涉及判断牌局、记牌、揣摸对方心理等诸多智能思维，实在可归为棋类。自有一批力撑麻将为国粹文化的热心人，努力为麻将正名。2009 年 8 月 20 日在澳门举行第三届“世界麻将大赛”，据说有 201 名选手，大部分来自两岸三地及海外华人，其中不乏外国人，每位选手都需打足二十四圈，积分最高的前 32 名可获约合八千多元人民币的奖金。奖金不属高，但选手认为这是为麻将正名，发扬国粹，这才是最重要的。正如上届季军，来自香港的选手林浩楠说：“麻将是中国传统消遣艺粹，与赌博没必然关系。”

当今提倡慢生活，炎炎夏日，各执一杯清茶，习习空调下，闲闲地打上几圈麻将，互相聊聊天，一应生活压力、对老板不满等，通通在麻将台上吐个痛快。几圈后再饮一碗冰冻绿豆汤，不失为一幅祥和的夏日消暑图。上海人最会过日子，称为搓搓小麻将，即输赢小小的，旨在消遣怡情，特别对老人更有益。

要为麻将正名，很重要一环是力改麻将为赌具的印象。事实上，考究的麻将牌是可以作为艺术品收藏的。从前太祖母有一套袖珍麻将牌，放在紫檀木盒里，牌背是翡翠，牌身为象牙，牌花是精心手绘的。抄家后，这副麻将牌不知去向。

现今国泰民安，基于中国麻将文化日益被国际关注，已成华人的一个符号。有聪明商贾及时抓住这个空间，恢复旧时麻将生产工艺，让麻将牌作为可收藏的工艺品。

据说广州就有这么一家公司，以黑檀木或花梨木镶日本贝壳或水晶作牌，并配以红木或紫檀木工艺精美的外盒，售价一盒二千至四千元，不仅受内地各界欢迎，更受海外华人包括欧美游客欢迎。现今连一些跨国银行如渣打、花旗、苏格兰皇家银行等，也会专程去该公司订制一批工艺精美的麻将作礼品，送给其高端客户，也有顾客以此作新人结婚礼物或生日礼物……

旧时上海人求职，老板往往会邀其一起打几局麻将，据说这是十分有效的见工方式，人的坐相品性言谈分析和判断能力，在牌桌上一览无遗；上海人有句老话，“要观其人的品行，只需观看他的麻将搭子”；西人谚语“许多重大问题都是在餐桌上解决的”，我们或者可以说“许多棘手的问题或可在麻将桌上化解”；西方有夫人公关，我们有麻将公关……麻将其实内涵太多的东方哲学，并不像一般电视电影中表现得那么不堪，是一个很值得研究的国粹文化。

旧上海的证券交易所

晚清洋务运动兴起，上海在清光绪八年（1882 年）已成立平准股票公司，是上海金融史上第一家股票公司，各种股票市价每日挂牌，公开买卖。其时先后发行的股票有招商局轮船公司、上海三星纺织厂、汉冶萍煤炭公司等。此时投资股票多为官股及大小官僚，人数不多。

中国传统讲究脚踏实地做生意，故对这种新型的虚拟的赚钱方式，一般上海人是很谨慎甚至抗拒的。

其后股票交易逐渐增多，股票流通渐广，有人看准股票虽有风险，但赚钱快的特点，便有专以做股票交易为主业的，上海人称之为“吃交易所饭”，也索兴称之为“股票掮客”。足见当时对此专业人的一种偏见或贬意。这里有多种原因，除了中国传统理财心理是求稳求实外也因为吃“交易所饭”的为了寻求讯息渠道，“公关”手段十分要紧，且要善于判断时局及市面，所谓眼观四方、耳聆八方，为人难免要机灵敏捷，讲点技巧，遇事不露声色……再加上此业无需什么学历文凭，又无正规朝九晚五的上班规律，给人一种吊儿郎当不务正业的错觉，因此在旧上海地位不高。正如张爱玲在《半生缘》中给那位坏料祝鸿才就设计了个“吃交易所饭”的职业。我们说创作源自生活，多少说明做证券交易在老上海的社会地位是不高的，哪怕再成功有钞票，总给人一种路子不正的感觉。一般上海好人家（指书香门第，包括名门）是很抗拒将女儿嫁给“吃交易所饭”的。

当年的股票掮客，用今天行话说，确实档次不高，初时没有固定场所，他们每日午前就在茶馆店聚合，洽谈股票交易，一般都聚集在四马路（今福州路）大新街（湖北路）口的惠芳茶馆，在那里听行情，讲头寸，内中有茶商丝商洋行跑街，也有以收佣金为利的烟纸店老板等，看似三教九流，杂集一起，却也生猛红火。当时不少外帮人想来上海寻生计，无亲无戚无领路人——今天行话为“没有关系人脉”，头脑活络的就去这些股票掮客扎堆的茶馆店，泡上几天，就有“熟读唐诗三百首，不会作诗也会吟”的感觉。其中惠芳茶馆一个小堂倌嵇馥苏后来就自己开了钱兑店，后成上海滩有名的股票炒手。现在想来，当时大家围桌伸手讲价，倒是老上海颇有特色的一景，可惜余生也晚，没有见识过。

到了民国三年（1914年），由于股票交易越来越多，来茶会的股票掮客也不断增加，难免鱼龙混杂、良莠不齐。为维护行业公信力，经公议达成组织股票商业公会协议，开办费一千余大洋共同凑集，公会租赁二马路（九江路）禾兴坊一所两开间石库门为会址。可能受场地限制，股票交易仍在茶馆以茶会形式进行交易。当时大多会员另有一份正职，此仅为兼职，但也有专职做交易赚取佣金的，就是股票掮客了。

民国时期的国库券

民国时期中国银行的股票

如前文已述，股票交易一开始，是不受社会重视的，再加一些野鸡公司鱼目混珠，而会员个人资金究属薄弱，当时还得不到银行支持，反映行市的行情单根本送不进银行，传媒更给予白眼，再加当时上海还有两家英、日外商交易所，确给公会造成很大压力。

第一次世界大战期间，外国人忙于战事，中国民族实业有了发展的缝隙，特别国人自办铁路热潮掀起，粤汉川汉公司、江苏铁路公司、浙江铁路公司等先后成立，发行股票，后来公债发行……诸如种种，交易极为活跃。

一时公会业务蒸蒸日上，会员获利颇为丰厚，不少原来只以股票交易作副业的会员，纷纷以股票经营为业，如不少原有店面的会员，各在店前挂上了某某股票公司的招牌，特别在福建路、九江路、汉口路一带，几乎隔三岔五，就见到一块股票公司招牌，成了上海的华尔街，其中也有不少野鸡股票公司（指没有加入公会不遵照公会合约办事）。其中范季美可为上海股票交易业的先驱和领头人。范季美是日本留学生，曾任中国银行北京总行的总司务（管理各分行钞票的发行），因银行规定行员一律不能从事股票投机交易，后辞职做股票交易专职。有人回忆他加入股票公会后，与大家一起坐在一张长台边伸手叫价买卖，极为引人注目。

范季美与一众同道之人深感现时的股票公会已跟不上新经济形

势的需要，在一次会上倡议，以现时的公会为基础办一个以证券为专业的交易所，起名为华商证券交易所。取名“华商”，有两层意思，其一为区别于上海的两个洋商交易所，其二是暗指于1907年成立的上海证券物品交易所有日人资本。

1921年1月，上海华商证券所正式成立。由于它继承了原来股票商业公会的业务，驾轻就熟，营业十分红火，信誉大增，股票掮客也华丽转身为经纪人。公会以30万元购置了闹市中心汉口路以西四亩多地鼎新里房地产，准备自建大楼。

上海金融界对证券所也另眼相待，且专注投入。金城银行率先开办丰大证券号，买进经纪人牌号。这是第一个参加证券所的银行经纪人，其后各沪上银行也用各种方式经营股票经纪。一时一直被人看不起的证券所经纪人牌照（注册的股票掮客）身价十倍，经纪人牌照的转让价高达六七千大洋。不少股票掮客鸟枪换炮，在闹市租起写字间，挂出股票公司牌子，有不少是银行经理与经纪人隐名合伙，再雇几个员工打电话跑街探行情做公关，颇具规模。

1922年前后，华商交易所在汉口路九江路间已购置的那块地皮上兴建三层楼房，命名为“证券里”，前面沿街为办公室，中间为交易市场。从此，上海股票交易完全脱离了茶会（在茶馆店交易）形式，开始有了专门的交易场地，后面和东边的房子，租与经纪人。华商证

上海华商证券交易所经纪人工牌

券交易所一时在沪上成证券业大老哥。当时杜月笙、吴蕴斋、叶扶霄等都为该会理事。

在交易所方兴未艾之际，连海上闻人黄楚九也想从中获利。他在大世界游乐场隔壁开设沪上独一无二的“上海夜市交易所”，以补日间投机者不够过瘾，在晚上再来刺激一番。同时，他还在该交易所旁开设“日夜银行”通宵服务，以利“夜市交易所”的客户们，设想可谓周到。黄楚九确实会抓机会。而且他开拍的棉钞、黄金与花钞，是交易市上最热门的。但毕竟交易有投机因素，且夜市交易所又专在晚上营业，哪有那么多人有此等精力，白天做了晚上再出来做？再加黄楚九名气虽然响，但名声也不怎么好，小百姓大都听而畏之，怕与之搭讪会吃不了兜着走；再讲那里的经纪人令人与黄楚九的白相人身份有所联想，即缺乏诚信力，因此去看热闹的人是有的，但经营惨淡维持不下去，昙花一现即告停业，是交易所中寿命最短的一个。

在1922年之间，股票交易可称已达登峰造极之时，竞争也剧烈，经纪人纷纷登报做广告招徕顾客，交易市场，黑幕重重，投机客开的小公司应运而生，附在“经纪人”号中，拉客户，赚回扣，资本虽小获利却很大。股票交易场上，生生死死发财破产的，屡见不散。

上海地产大王程霖生（程贻泽叔侄），家产上亿，人称其为中国哈同。今泰兴路市政协是他当年私宅，还有今南京西路常德路口的洋房，都为程家物业，为上海华人地产商老大，富可敌国。偏偏程霖生喜做标金，大约追求刺激吧。不久，就是这个黄金投机败了全部家当。到 1943 年旧历年前，程霖生已无余钱可供过年，欲向旧日友人借钱，人家都避之不及，不久郁郁而逝。离世后床底下除一大堆喝剩的空洋酒瓶，可谓家徒四壁！他的侄子程贻泽，当年有小孟尝君之称，家中晚晚笙歌艳舞，到后来他只好在街边摆一只香烟摊维生，后贫病交加卒于 20 世纪 60 年代。

抗战爆发，上海租界沦为孤岛，人心恐慌，战时物资遭投机商囤积，沪市投机浪潮又起，交易极为活跃。不少人从中渔利，被讥为发国难财。当时整个证券市场漆黑一团，张爱玲笔下的祝鸿才后来发横财，住到虹桥大洋房内，应该就是这些人中之一。

抗战胜利后，政府决定以华商证券交易所股东为基础，成立上海证券交易所。中国银行、交通银行、农民银行和中央信托局、邮政储金汇业局分认 10 亿元的资本，并将原证券所旧址扩充改建，成为债券、股票两个市场，楼下做股票，二楼做债券，三楼为办事处，推杜月笙为理事长。

在运作形式上，上海证券交易所将原来的黑板制式交易改为柜台制式。这种柜台交易，在美国小城很流行，人们称为“美式配备”。

上海证券交易所的成立，标志着上海证券交易市场完成了统一

香港路 59 号原上海证券交易所建筑一角

组织的局面。但因内战所累，国民政府币制信用扫地，证券市场交易已成强弩之末，场内交易清淡，场外交易猖獗。当时投机买卖集中于黄金、银元、美钞等，一度在十几天内黄金价格上涨 28 倍，银元上涨 2.7 倍！ 1949 年 5 月上海解放，军管会封闭了证交所的证交大楼。老上海交易市场就此沉寂。

SHANGHAI XICAN HE SHANGHAI XIAOCHI

上海西餐和上海小吃

上海西餐和上海小吃

饮食文化从来最能体现出当地民生文化。

海派文化的特点是海纳百川，但“海派”不是大杂烩，海派可以很亲民、很宽容、很不规范，但必具相当的精度，我们称之为精致。

上海生活程度高，空间仄逼昂贵，不精打细算点，还真难生存呢。但天性对生活有追求的上海人也不肯亏待自己，就千方百计在“精”字上做功夫，造就了经济精致的上海小吃。一碗无面浇的光面，下得软硬适中，洁白整齐地一梳，浸在清得透澈又香鲜扑鼻的宽汤里，再撒上一把娇绿的葱花，是上海草根阶层最喜欢的主食，便宜可口又方便烹饪，且拥有一个十分可爱的名字：阳春面——如春天的阳光一样和煦温馨。此外，再平民不过的萝卜干到了上海，就会精心切成薄薄的片状，在旺油炒一炒，加上糖，临了再浇几滴麻油，就是上好的佐餐之肴。

上海的小笼包最能体现出上海的精致。上海小笼包就是袖珍型的北方包子，皮薄汁饱馅足，犹如一个外貌玲珑可爱却又深藏不露的娇怯水灵的小美人。你必须用筷子和匙子小心翼翼地伺候她、呵护她，她是很容易受伤的，一个不小心弄破了她一点点就会遍体鳞伤，美色尽失。所以有一种说法，吃上海小笼包要像法兰西 kiss……

一直被亚洲人视为西方文化精髓典范的西餐来到上海，也会被除去其矜持高贵约制众多的外表而变得轻松亲民且合乎东方人的肠胃。

上海最大众化的西餐称“罗宋大餐”（Russian Set），据说由流落到中国北方的沙俄贵族带入的。罗宋大餐一套通常为一盆煮得酥烂的牛肉汤和一大块炸成金黄色的猪排。罗宋大餐的店堂一般陈设简朴，以力减成本，故经济可口，广为上海普通市民所识。

曾有个笑话，一个老上海在伦敦的美食坊 Beauchamp Place 发现一家俄罗斯餐厅，喜出望外一心要去品尝下原汁原味的罗宋大餐，结果大失所望。连店里的俄罗斯老板都不懂这个老上海所形容的“罗宋大餐”。其实这不奇怪，上海的罗宋大餐已上海化了，现今罗宋汤改名为“红汤”或“乡下浓汤”，许是为了澄清误解吧！

所以，如果你发现，在上海的法国人不知道“拿破仑蛋糕”，俄罗斯人没听说过“罗宋汤”（Russian Soup），葡萄牙人不识“葡国鸡”……一点不必惊讶：这是上海人独创的海派西餐——将西餐烹饪法引入却以中国人习惯的口味，运用西式调味及食材而成的海派西餐：酥软稠腻，完全不同传统中餐，却又有别原汁原味西餐，故而西方人来上海，大可尝试一下上海西餐，一定会有意想不到的惊喜。包括上海的西点，也有别正宗意大利法式甜品，上海西点奶味浓却不太甜，口感较清淡。最具代表性的是“红宝石”的鲜奶蛋糕，此外，栗子蛋糕也是海派西点独竖一帜的。栗子蛋糕是百分之百 Made in

Shanghai，中国北方盛产栗子，天津良乡栗子更为有名，上海人灵机一动，就有了栗子蛋糕。从前只有在栗子上市的秋冬季节才有，现今有了栗子粉，一年四季都可吃到栗子蛋糕。

海派西餐店西饼店的店老板本身不少是在海外侨居多年的老上海，持浓厚的老上海情结。这些海派西餐店大多开在上海中心区的旧租界的老房子里，开间不大却富有老上海元素，播放的乐曲都为20世纪三四十年代好莱坞电影的插曲，怀旧氛围十分浓烈，在那里，你可以感性地品味老上海味道。

中国香

红和甜，在中国民间是喜庆吉祥的符号，红要红得正，鲜活亮堂；甜要甜得醇，笃实厚稠。在悠长的农业社会，老百姓终日面朝黄土背朝天，辛勤劳作，唯有过年过节才会挂红穿红，打糕捣浆犒劳一下自己，如是千百年来，犹如太上老君的炼丹炉，经岁月焙炼，成就了今天的中国红和中国甜。

殊不知，我们还有中国香。中国香不张扬不呛鼻不浪漫，素雅内敛，像煞我们的传统审美，恬淡而深邃，袅然缥缈之际，承载得起一部沉甸甸的五千年中华历史！中国香，是以柔克刚的最好典范！腊梅香，水仙花香，茶香线香……就是最经典的中国香！

众所周知，上海话“味道”，其实不光指味蕾的生理感觉，同时也是嗅觉的更是心理的、对氛围境况诸多方面总合的一种感觉。我们常说的年味，就是由中国红、中国甜和中国香三个主要元素合成，而中国香是其中的灵魂。

天竺腊梅，当为中国的年花。我们通常会在涌着暗香的腊梅中配一串天竺，取其“天作之合”的谐音，那沉甸甸的艳红的一串，颗粒结实饱满，既有丰收的意蕴，又恰如其分地点出了过节的喜气，却一点也不影响梅花特有的清雅。犹如光谱可折成红橙黄绿青蓝紫，梅花香，就是清、幽、古、沁、透、芳、静的总合。

对上海人来讲，水仙花也是大好的年花。早在年前就要置好水仙头，如若正逢过年时绽放，那属十分吉利的。水仙花与腊梅一样，十分中国，所以其盛器必要十分道地的中国瓷，再配上红木座，方才显出味道。与腊梅的孤傲清高相比，水仙花香更显清新活泼。或许因为太过素雅，所以每一棵水仙上也都给扎上一圈红纸。虽然腊梅与水仙风牛马不相及根本不属同宗共谱，但我仍觉得她们就是一对姐妹花；腊梅是成熟的姐姐，水仙是天真烂漫的妹妹。

过年的元宝茶，就是一盅清茶配两枚檀香橄榄，一枚放在杯盖顶上，一枚在杯碟边，翠绿的一对，在吃得过分甜腻的节中，十分养眼。轻啖一口檀香橄榄，一注甘香，似淡实深，直透心脾，经久不散……英文中大约很难找得到一个适当的词可表现中文的“甘香”。小小一枚檀香橄榄，可以品出百味人生，峰回路转，柳暗花明，先苦后甜，渐入佳境。

传统大年，拜祭是一个十分重要的板块，可惜长年来一直被视为迷信。中国传统讲究宗族，如庭训、门风、家规、家传、家教、家学、家史……我们常说的文化传承，不是靠打造而是细水长流汇合而成，宗族和家庭就是最基本的链接。这里因篇幅所限不再展开，以后撰文细叙。

线香在拜祭活动中承担十分重要的角色。古老的说法：点上了线香，祖宗的魂魄就会回来，因而线香总是给人一种肃穆、神秘之感。线香究竟源自中国还是印度或波斯，才疏学浅的笔者不得而知，但我是固执地将线香归为中国香：香得婉约祥和，自然令人联想到“儒雅”两字；缥缈缠绕之中，自会生出一股庞大的能量，再骄奢专横之辈，面对那袅袅娜娜的一缕，不禁也会对天地生出敬畏谦卑之心。

上海在20世纪60年代初之前，一些老派人家（主要为三代或四代同堂的）仍保持有过年祭祖的习俗。笔者犹记得，幼时长辈们手把手教我们向老祖宗上香，不许有任何嬉皮笑脸不恭之态，心里要想着有如“好好学习，天天向上”之类的励志之语。那时总觉得连大学毕业的长辈们都那样“迷信”，故意表示出一种不屑。父亲曾叹着气对我说：“学着点总是好的！只怕将来想问都问不到！”一晃几十年，父亲一语成谶！如今父母都已双双作古，我自己也有了第三代，但我总算知道一点皮毛，逢冬至年三十，必置上祖父母、外公外婆和父母照片、鲜花之外，恭恭敬敬上香，缕缕馨香之中，身心会生出一股清轻欲升的理念，犹如登上穿越时空的隧道，上与逝去的亲人对话，下与不可知的未来沟通，静心冥想：我从哪里来？我的先辈给了我什么？我又应该给后人留下点什么？（非指钱财物业，如单指此，倒简单多了！）人们说的香火连绵，就是指此吧！

在喧嚣亢奋的年节中，中国特有的静谧的香味，犹如太极图里全白中那一点黑和全黑中一点白，不露声色地发出某种警示！凡事有所节敛，见素抱朴。

当我们在现代化潮流的激情俯冲中心生迷茫甚至六神无主时，只要闻到缕缕恬淡的中国香，就会在嘈杂市声人烟中得到领悟和安慰，明白事荣物枯，原自有序，境随心移，就会安宁平和。

蓝色的中秋

中秋节不同清明、端午或重阳等节日，它有点如过大年夜、圣诞夜，故而香港的中秋假不是放八月十五，而是八月十六——是在八月十五之夜尽兴之后的十六可以睡懒觉。

从前一些传统老商号，如米行钱庄布庄等职工休假是不跟西历走——一周做六休一，老式商铺没有礼拜日，只有过大年、端午、清明和中秋才有假放，可见，中秋在中国人心目中属大节日。

我们小时候（20 世纪 50 年代），中秋还要祭祖、烧香斗，特别是太祖母还在世时，一点都马虎不得。渐渐到今天，中秋过节只剩下吃月饼这个传统程序了，过节的方式越来越时尚多元，特别是年轻人。

我们小时候的月饼大都是纸盒装的，铁盒装的远没今天这样普及。那时候好容易拿到一盒铁盒装月饼，月饼还未吃，那只绘有嫦娥奔月古画的铁质月饼盒早已被多人"虎视眈眈"——老保姆看中要做针线盒，哥哥看中要放他的走兽棋、陆军棋，我则想放我的花手帕再洒上几滴花露水！

那时月饼很少有人送，大多自己买。不过家中若有外公外婆或祖父母等长辈的，就可以收到很多月饼，我们这些小辈也就借老长辈的光了。其实，老人们大多不怎么爱吃月饼，但他们很在乎收到月饼；某人送过了某人还没送过，某人去年没送过，今年不知会不会记得……一笔账在肚子里煞煞清。老人收到小辈的呵护越深，他们收到的月饼必定越多，老人也越觉得有颜面，所以中秋给长辈送月饼是头等大事，比送领导重要得多。

月饼有广式和苏式、宁波式，还有潮式。苏式和潮式，还有宁波月饼很相似，都是酥皮的。潮式月饼又称老婆饼，不知什么原因？是否从前月饼都是家制的，自然都由老婆大人亲自制作？广式月饼较豪华，有精美的图案及盒装，馅也有讲究，有单黄、双黄、莲蓉、椰蓉，款式多多！苏式、宁波式包括潮州月饼就简单多了，一般是用油纸筒六只一装，压张红纸再用红绳扎捆好一拎，也可以送礼了。但笔者还是最喜欢吃老大房的现做现卖的鲜肉月饼，趁热一口咬下去，鲜汁四溅，香浓可口。

知道上海男人最喜欢吃什么月饼？据说是百果。从前一盒月饼四只装，一般一只莲蓉一只椰蓉，再就是搭一只豆沙一只百果。可能是经核算过既有腔调，经济上也较划算——如若四只全是椰蓉莲蓉就太奢贵了。从前的百果月饼是各种馅料的大杂烩，一般不太受欢迎。唯有好脾气的上海男人抢不过老婆儿女，索性做阿 Q，胸口一拍："我就是最喜欢吃百果月饼！"

小时候吃月饼，可能那时吃的东西不多，总带着份企盼之心——有如那部香港电影《岁月神偷》，因为稀罕，故而几乎带着一份虔诚之心品尝月饼，就像今天切生日蛋糕一样，每只月饼都会一切四，甚至一切八，几只月饼就这样切成几个小角，一家人分，久而久之，就觉得月饼一定要有人分着一起吃，一个人吃月饼，哪怕现在十分时尚的迷你月饼，一个人吃总觉得有点落寞！当一个月饼只作为果腹或者解馋，不再具备强调团聚的价值时，就完全失去了中秋吃月饼的意义了。所以尽管月饼高糖高油，但每逢中秋，总还是要与家人分享。遗憾的是，今天的月饼大都是方形的，为什么不是圆形的？

现在城市高楼耸立，要讲赏月总有点煞风景，但我有幸赶及旧时月色，在家中三楼阳台，不用望眼欲穿就能看到那轮明月，天是清澄湛蓝的！

中秋和大年夜一样，适宜在家中过。这绝对是很家庭的很温馨的体验。

小时候过中秋，还要吃菱角，说小孩子吃了会聪明伶俐。我不太爱吃菱，却十分喜欢那种紫绛色的老菱，一只只就像老红木工艺品。成年后每逢中秋，总觉得象征着一年已过大半！如以此比喻人生，我似乎也已走到人生的中秋！常会为着消逝的过往而有一丝伤感，说起来似有些多愁善感，其实是一份珍贵的回顾！当年揽我和哥哥入怀共尝月饼，共看月亮的父母永远离开了，哥哥与我也不在一个城市！但每逢中秋，我一定快递几盒杏花楼老字号月饼给哥哥，那是他与我从小一起分食的他熟悉的月饼！女儿一家也远在他国，幸好，身边还有老公，年年与我共分月饼。现今空巢家庭颇多，常常有朋友相约，几家合在一起热热闹闹过节，我们都婉拒了。不知为什么，总觉得过大年要红红火火热热闹闹，唯独中秋，那是一个静谧的很私人的节日。如果说过大年是红色的，那么中秋节应该是蓝色的；蓝色没有红色那样喜庆，但温馨清澄。其实每个节日都应该有它的个性，我喜欢蓝色的中秋！

过年祭祖

老上海虽为十里洋场，但浓厚的传统文化仍为强势。坚守传统文化的上海人家被称为“老派人”，而新派人大多为洋大学生或在洋行现代企业任职的，尽管他们认为传统过年繁琐费神费时，但一年就这么一次，也就顺水推舟乘机热闹一番。这有点似今日香港的白领。老上海的居住模式，还是遵循三代甚至四代同堂的模式，家里大都会有个“高老太爷”或“贾母”。“五四”以后的文艺小说，他们大多被作为阻挡社会前进的典型，其实现实中，他们并非如此不堪，某程度上，他们为家庭文化的图腾，绝对权威地维持了大家庭的和谐和包容，是传统文化忠实的守护神。新派人在外面洋文再流利职位再高，在家里还是成不了气候。故而老上海的过年，还是很传统的。

中国过年习俗，看似都是吃吃喝喝，其实内里传递的信息，是十分深远的。常年农业社会的生活模式，没有社会福利没有社会保障，也无太多娱乐，老百姓赖以依仗的，唯有家族间的相互提携交往。故而，中国人从来十分看重宗族内的交往。过年的一切风俗传统，其实就是紧紧围绕着家族宗亲四个字。

俗话说：年廿十，数银纸，即此时此日过年的资金要到位。放出的债和借贷的债，也要收回和还清。年廿开始，就要忙送年礼和收年礼。

老百姓间互送年礼，原本是一份挺朴素的感情交往，通常为自制的糕点自腌的咸肉风鸡之类。客气点的，送原只火腿、鲍鱼海味；洋派点的有听装糖果饼干，洋烟洋酒；也有送衣料绒线等，这是十分海派的了。除非客户商家之间，一般不会送太重的礼，以免对方有压力，因为要回礼的。从前送年礼极少有送现金的(压岁铟除外)，除非送大公司的礼券。老上海习俗，送现金似有看低对方的意思。

大年夜是过大年的高潮，犹如西方的圣诞夜。这一晚，不要说在外地的小辈，哪怕已分家住出去的本地小辈，也一定要回来。大年夜最重要的一个仪程，就是祭祖，所以决不能无理缺席。

近日报端有载，浙江乡镇掀起修家谱热潮。人说盛世修谱造庙，一点不错。大年夜的团年饭，不仅仅是寓意合家团圆吉祥，也更是生动的传承家族文化的一课。所谓树高千丈，叶落归根。祭祖，起的就是这个作用。老上海人家女儿嫁妆中，总有一套包括蜡签、香炉、酒壶、桌围的祭具。祭具是锡制的。曾问老人为啥不用黄铜，答曰可能黄铜太亮不够肃穆。桌围是缎子，素色的绣花。嫁妆中有这样一份祭器，意即从此女儿姓夫家姓，要用心供奉夫家的祖宗。

年三十傍晚时分，厅堂已布置好，朝南墙上刷刷挂出列代祖宗画像，俗称“尊”。祖宗眉目都是一样的，身穿朝服挂朝珠。小时候不懂事，以为祖上真是做大官的。原来“尊”上的祖宗都是穿官服的。这种“尊”是人手绘制的工笔画，十分细腻。“尊”下是一条供桌，上面排列着密密集集的酒盅碗筷，那是为列代祖宗准备的餐具。一张八仙桌与供桌成T型。八仙桌最朝外侧一边系着桌围，桌前有拜垫。桌上放着供菜，其中一定会有条生猛的活鲤鱼，在供桌上还是泼拉拉的，最外沿就是蜡签香炉等祭具。

老上海人家，大年夜祭祖时，就已换上过年新衣，崭崭新的齐齐围站在厅堂。特别要提的是，小老婆不能参加祭祖，但妾生的儿子可以参加，这或者是农业社会传统，对谱族血液纯正的保证。

祭礼由家中最年长最有权威的成员主持，上香洒酒后，他就如宣读年终小结一样将家族中一年发生的大小事宜一一向祖宗宣读，其实是通报给各位家庭成员。从前通讯不发达，难得一年中人到得最齐，也是一个很好的机会。然后众人依资排辈向老祖宗磕头。酒过三巡后礼毕。在天井或花园中已设有一只大火盘装满锡箔，仍由最年长之成员在大火盘前洒三杯酒，再绕盘洒一圈酒，然后点燃锡箔，直到全部烧尽，祭祖始结束。这时，热热闹闹的年夜饭就开始了。

老上海习俗，最高年资家长是在年夜饭桌上发压岁钿的，也可能因为此时小辈们到得最齐。说起压岁钱，也是源自农业社会大家族的循规：古时大家同工同酬吃大锅饭，没有自己分配银钱的权利，过年时做长辈的体恤小辈，就分发给小辈一点零花钱可以让他们自由支配。这就是压岁钿的初衷。一旦成家另开门户，自然就不再有压岁钿拿了。故而老风俗只要一天不成家，就可以拿压岁钿，也不用给别人分发压岁钿。

大年夜是狂欢的一夜，再严格的家庭在大年夜也可以大开赌禁。长辈和小辈，主子和仆人，上上下下一起赌。最常见的是推牌九，热闹又有气氛。当然搓麻将也十分时兴。新派点的人，特别关系已确定的恋人，可以出去看一场半夜电影。张爱玲的《半生缘》中也提到过。

从年三十祭祖始，祖宗像就一直挂着，天天要上香，香茗鲜花供奉。上门的拜年客，因大家都是亲友或姻亲过房亲，拥有共同的祖宗，都要上香。民俗所说的“香火不断”，就是这个意思。如是直到正月十五，“尊”就一一除下，也一样有仪式，由家长带领全家敬香，俗称“收尊”。

少小时总觉得祭祖是“迷信”，现今有了相当生活资历，方才悟到，在我们漫长坎坷的人生之旅，那自小耳提面命的祖训家风犹如亲人的叮咛，我们懂得不能辱没祖宗庭门，我们也懂得感恩回报……那深深扎入中华大地的宗族之根，令我们的文化灵魂得以依仗有所归属。

年糕和年花

年　糕

年糕是年景中一个很重要的板块。中国春节的一大象征就是丰收富足，故而“食”自然是过年的主题。而南方地区是以稻米为主食，故而以米制的各种糕点就成江南春节最应景的食物，俗称年糕。

年糕的起源民间传说来自春秋战国，吴国大夫伍子胥奉命筑城，建成后众人庆功，但伍子胥仍心事重重，因有感于吴王终日沉迷酒色疏于政务，吴国迟早必被攻陷。便私下对部下说，他日若吴国蒙难，百姓只需去城门下掘地三尺，民饥可缓。后伍子胥身亡，吴国也遭越国击败，民不聊生，人们记起伍子胥所嘱，遂于城门下掘地三尺，方发现基砖由米糕所制，民饥得以缓解。为了纪念伍子胥，逢年过节民众就制米糕以纪念。且不说此传说是否经得起考核，但年糕耐放及越陈越硬，得到证明。

上海人说的年糕，通常有白年糕（宁波年糕）和猪油年糕。猪油年糕也分红白，以糯米及大量猪油及糖制成，上面还嵌有成块猪油，再撒上糖桂花，一蒸熟如玛瑙样，晶莹剔透。我从小就喜欢先挑这块猪油吃，犹如吃奶油蛋糕前先刮吃上面的裱花奶油一样。还有一种桂花糖年糕，没有那么多猪油，赭咔色砖头般一块，通常切成薄片再沾点蛋汁放在油里煎一煎，香松可口，也可做汤年糕吃，甜津津的香糯可口。

不过江浙人一般概念上的年糕，就是白年糕，又称宁波年糕，半尺把长成井字形层层叠起，这是最有年味的食物。困难时期供应再紧张，每家每户这样的白年糕总会配给到一点。一时弄堂里进进出出的菜篮里总有那么一叠白年糕，邻里的话题也因此沾上点年气："年糕领回来了？这趟年糕好咪，喏，捏捏看，鼓卜卜的。""呃，晚上弄点塔菜炒一炒，再加点冬笋就好了！"言下充满无尽的遗憾。那时冬笋多金贵呀！上海人就这样，总归想尽力将生活弄得最精致，哪怕嘴巴上象征一下也好。

白年糕最本色最无花无巧，所以也最翻得出花头。

与桂花糖年糕、猪油年糕相比，宁波年糕（白年糕）就像纯洁无瑕的村姑，浅妆淡抹总相宜。最大众化的年食就是炒年糕，且因各家的手势与烹饪特色而尽显风姿。过年众人都吃得满嘴甜腻，一盘炒得碧绿生青的塔菜冬笋炒年糕一上桌，清新悦目，简直是神来之笔。此外，黄芽菜香菇肉丝炒年糕，鲜美可口。炒年糕可单独做点心招呼拜年客，也可在家宴上做点心。

白年糕犹如一位朴实会把家的主妇，无论何时都会把温暖和美味带给进门的每一位客人。年糕一时吃不完，也不要紧，可将其切成如云片糕一样的薄片，摊放在竹篾（俗称埭头）上晒干，需要时再拿出来在水里浸糯，一样可炒出香口糯牙的炒年糕。炒年糕也可甜吃，即用红糖加油炒，但过年时节，还是菜炒年糕好吃。因嘴巴都吃腻了。从前政府号召“好儿女志在四方”，不少上海人奔赴祖国四方支援国家建设。但无论如何，过年一定要回上海。慈爱的上海妈妈总会赶在他们离沪前捎上一袋年糕干给他们，让他们在异乡也能炒上一份家乡的年糕，一解思乡之愁。晒干的年糕片还可当零食吃，拿去小贩处爆炒米花，体积顿时放大几十倍，香喷喷热烘烘地当场吃，与今日的爆玉米花十分神似，是上海市民人家小孩子最熟悉的零食。

白年糕最简单的做法是做成汤年糕，哪怕放入剩菜残汤也可以热腾腾地一锅端上来，香气满溢，隆冬时分踩着一地的寒意回家，看到这样一锅汤年糕，从心底会飞出“甜蜜的家”的旋律。

在我的回忆中，全家围炉吃年糕是最温馨的。那时虽没暖气，但一般经济上较富裕的上海人家，就会生上火炉，那种烧大煤饼的，长长的白铁管直伸到窗外的火炉，（上海人俗称北京炉子），炉子上不是熬着一吊水，就是熬点汤呀赤豆红枣粥呀。

为充分利用能源，冬夜总是全家围着火炉，我们兄妹做功课，爸爸看报，妈妈结绒线。在没有电视干预的年代，上海人家的晚上，就是这样简朴温暖。9 点过后，功课做好，总会吃点宵夜。有年糕的时节，我们就会在火炉上架上铁丝网，用小洋刀叉起切成小段的年糕在炉火上烤，顿时一股焦香味弥散着全屋，年糕烤成焦黄软塌塌了，就沾着与绵白糖混在一起的黄豆粉，集脆软香甜鲜酥一身吃。这种现在年轻人看也不会看一眼的粗食，是我难忘的回忆！

现今一年四季都有这样的宁波年糕，过年时反而不成主角了。但我们家的年夜饭上，总会有一盘冬笋塔菜炒年糕，这似乎不仅是作为一道菜肴，已近一种仪式；人往高（糕）处走，日子高高（糕糕）兴兴越来越红火，如宝塔（塔菜）样节节攀升。

年　花

过大年再省俭再不讲究生活情调的人家，总也会在家里放置点花卉。过年的花，总是以喜庆之色为宜，最经济的一种叫银柳，一撮撮如毛绒头一样，据说原色为银白色，故有此称。为图喜庆，都给染上绛红的。这种花很经放存，从年夜放到立春都没问题。但总体感觉不够生动，特别是因为染过色的，总有点如标本的感觉。

腊梅是公认的年花，很中国，很古雅，再配一串沉甸甸红艳艳的天竺，喜气就来了。腊梅生性冷傲，枝丫伸展之间极有个性，无论哪个角度看去，都是一幅浑然天成的艺术拼图。传统以腊梅比拟清高的文人雅士，实在十分贴近。或者正因如此，一般不敢怠慢腊梅。插放腊梅的花瓶，总是有意选颇有古意的高瓶，如底下再衬只红木座子，那就是花与意境的相融，犹如人的灵肉合一，所谓室雅何需大，就这样一株腊梅，就给家里在喧闹的节日中带来丝丝静谧安好的气息，不露声色地提醒我们狂欢要有节制，享受要有制约，这就叫和谐。

不过年轻人要悟知到这个境界，未免太少年老成了。菟子花，大约是最受青少年喜欢的。菟子花价格不贵，小朋友省几天零花钱就可以捧回来一盆，而且好养。吃腊八粥时抱几盆回来，红彤彤的，鲜艳夺目，摆几盆在窗台上，就满室生辉。那一朵朵娇小玲珑的红火苗样的小花，纤不盈掌，舒舒泰泰地各展风姿，彼此独立又互相映扬扶持，天真自在自得又浑为一体，像煞传统中国民俗画“百子戏玩图”。菟子花的花盆随意得很，犹如青春少女随便一条牛仔裤一件 T 恤都靓丽夺目。菟子花可以一直开到农历二月初。前几日上海大寒，我一个疏忽，结果一夜之间大门外朝西北窗台上几盆菟子花给冻蔫了，花儿像铃铛一样耷拉下来，令我心疼不已。试着将其移到朝南窗台上，没几个小时，朵朵小花又挺起来了。菟子花犹如青春少年，活力四溢充满生命力。俗话“不登大雅之堂”，唯独对花而论，此话不存在。

水仙花是最多见的年花，腊梅太孤傲，菟子花太孩儿气，玫瑰似是情人节专利，那么，水仙，才是最亲民又脱俗的年花。

水仙，水中仙子也。传说希腊神话中拿茜素 Narcissus 因自恋水中自己倒影而堕入湖中，幻化成水仙花。或许就因为这个传说，清丽的水仙总带几分凄美，但并不影响水仙作为年花。水仙形态优雅又亲切，如凌波仙子，活泼俏丽，即使那份淡淡的哀怨，也是蓝色的而不是灰色的。水仙的风韵恰似《罗马假日》中的奥黛丽·赫本，一位平民装束的公主。

不清楚水仙是否西洋传入，但印象中，水仙是很中国的，养水仙都用传统的中国瓷盆，如呈佛手形的就要用圆花盆，笔架形的则用椭圆形的花盆，很有讲究。至于花盆，青瓷碎瓷青花配以座子都可以，但好像都是素色，否则，似配不起水仙的清俏。然而因为过年，似也不好太素净，于是往往会在水仙腰上箍一圈红纸，点缀一抹喜气。

水仙不能晒太阳，否则就疯长身子不开花。

眼见快近年二十了，尽管连日严寒，家里几盆水仙已隐显嫩青色的花蕾，企盼能赶在新年之际绽放。

喜欢水仙花香，清新温馨，恰如企盼我们的生活，不求富贵逼人，但快乐自得自尊。人生于世，虽营营役役，为生计奔波，然终有稍事喘息的片刻，这时，沏一壶清茶，在花香沁人之际，过滤掉一切尘世功利，实在是一大享受。

饼干琐忆

家里曾有好几只盖头上是一幅圣诞老公公像的饼干罐头，还是民国时代留下的“老古董”。一只只油桶般大的饼干罐，塞得密密麻麻的，一罐丰盛。饼干盖四周有一圈橡皮，盖子一合就“呲”一声，表示已落槽了，上海话叫“密缝了”，如是饼干放多久都不会变潮。祖父是做银行的，自然明白但凡大包装的总比小包装的合算，因此每每都要求舅舅买最大码的那一桶，看来这是圣诞节大促销时上市的，故而盖上总是那位脸色红润笑容可掬的圣诞老人。上海饼干的味道其实也不错。上海的益民食品四厂前身是英商沙利文，那带有不少英伦遗风的早茶饼干，可能就是英国人午茶唱主角的，是一种很朴素的无任何夹心或花俏的原味饼干，每片有成人的手掌心那样大，如吃两片再加一杯奶茶，已足可点心，否则，要影响正餐胃口。通常在放学回家后，我和哥哥就会去摸一只圣诞老公公饼干罐，从中一人取两片早茶饼干，再冲一杯乐口福，然后才开始做功课！这在今天看来最平常不过的，在20世纪五六十年代，已属“富二代”或“富三代”的生活场景了，可见今天社会已多富裕了！

其实中式饼干也十分可口，我最喜欢吃苔条饼，那秋香绿的薄薄的一层，少油少糖，十分健康，现在却少有听说买苔条饼吃。我常常特地跑到石门二路一家单开间门面的饼坊买苔条饼吃，那里的苔条饼是现烘现卖、隔着塑料袋捧在手中热烘烘的。那是一家夫妻老婆店，两夫妻操江苏口音。他们的苔条饼做得十分精细，薄薄的一片脆卜卜香喷喷，相比之下，眼下老字号饼家的苔条饼一块抵那里的三块厚入口木呼呼的且不是手工，而是机器大批量生产！我们老字号集团为什么总敌不过一些小本经营的私人作坊，原因大家都清楚。那家单开间门面的小作坊生意很好，有时还要排队。一斤苔条饼也要卖到十来元，但那硬是人手在客人面前现做现卖，确实物超所值。后来石门路动迁，那个小作坊消失了。我们若有所失了好一阵直到有朋友喜孜孜的来相告——那对夫妇在北京西路石门二路处又开出来了，方才松一口气！可见酒香不怕巷子深，东西好自有人义务做广告！为了能吃上新鲜苔条饼，我们每次总买半斤甚至更少，吃光了再来买热辣辣的新鲜货。此外，杏仁饼核桃酥也是很经典的中式茶食。

说来很有趣，西式饼干一定要配牛奶咖啡或奶茶，中式饼干如苔条饼核桃酥之类，就一定要配茶，故又称为茶食。如若苔条饼配咖啡，就是一百个味道不对。这里决不是一个习惯问题，肯定有食物结构的学问在其中。

自从英国的“马莎百货”落户上海，英国饼干不再矜贵，十几二十几元一筒，也是一般工薪阶层消费得起的，毕竟现在人胃口都小，浅尝多滋味嘛！凭心而论不愧为下午茶的贵族，英国饼干就是有一股贵气——口感上的贵气——单件小巧口感淡雅，余味幽然，还有外形精致，如马莎的蓝莓饼干，比从前的银洋钿大不了多少，正中一圈嫣红的草莓或绛紫的蓝莓，形象矜贵，放在塔形点心盘中就是十分悦目的景致，还有它的姜汁饼干，松脆香辛，辛得很温柔……

老上海人家，谁家没有一只马宝山或泰康饼干的罐头？那种罐头工艺极好，用真材实料马口铁，哪怕饼干罐外壳的颜色已锈蚀得面目模糊，布满凹疤，那只盖子还是密缝密（上海话读“呜”）气。不少上海人家在里面底部再垫点石灰，俗称为“梗灰甏”，如是防潮更佳，再用以装饼干或开洋、长生果等。这样的“梗炭甏”一般总放在老人房的床底下，供老人随时取食，也是老人哄孙儿辈的最大法宝！回想那时不少家庭三代同堂，确是大多数少尊老，老爱少，小辈随时留意老人这只饼干罐有无空了，以便即时补上，老的则总要在罐头里贮藏一点“存货”，以便邻里小朋友或自家儿孙来玩，拿出来招待小客人。

20 世纪 70 年代后期，中国经济渐渐复苏了，听装饼干悄然回到市场，工艺要比老式的金鸡饼干罐精细多，颜色也鲜艳多，小小巧巧的绘有花朵或可爱的儿童头像，那时还未开放到放美女像。好像几十元左右一听，在当时属颇奢贵的，吃喜酒寿酒送这么一听装罐头是一份很体面的礼物。那时市面上也没什么装饰品，新房五斗橱上搁这么一只色彩鲜艳的听装饼干桶，也是一种装饰，一份喜气呢！

YUEDU DE LING YU ROU

阅读的灵与肉

阅读的灵与肉

在电子书大行其道的今时今日，无论从经济、快捷和方便各角度看，确有纸质书无可比拟的优点。但我总有疑惑，这与传统的阅读感觉真的一样吗？这最多算一种快餐阅读，急匆匆填饱肚子了事，但如若真正享受阅读之乐，就非得纸质阅读，给我们实在的感官享受。

笔者每天上午最开心的，就是阅读当天报纸：从各式早报到晚报，从《青年报》到《老年报》，香港《明报》到天津的《今晚报》，深圳的《商报》……每天收到各式报纸不下十几份之多，沉甸甸的一大叠，捧着取回来，散发着浓浓的油墨香。隆冬腊月拿到手的报纸渗着丝丝凛冽的寒气，前几天 40℃高温连报纸都像刚出炉的面包，热烘烘的，这才叫有质感的阅读。年轻人笑话我何苦如此辛苦麻烦，电脑上什么报都可以免费阅读。但是，我不喜欢那种没有“质感”的阅读。纸质阅读还有个好处，就是可以剪报。当然，电脑也可以采集，但我还是喜欢边听音乐，边用红笔将喜欢的文章划上记号积存起来，不时来次剪贴。现今我的剪报已有厚厚的几十叠，闲时抽几本翻阅，常会得到意外的收获。

对纸质的书报，总有近乎偏执的爱。无论上理发店还是出门旅行，哪怕开会，放一本书在手袋里，隔着手袋感觉到书本的分量，书的线条分明的轮廓和触觉，就觉得心里很踏实，好像携着一位忠诚的朋友同行……这种感觉，似是那冰冷的金属外壳的电子本所不能给予的。纸质书除了可令人用眼阅读，还可凭借其他官能体验去感受书，让阅读的趣味更盎然。

阅读不仅是滋养我们的精神粮食，还构成我们人生经验的一部分。说起来，阅读是一种精神体验，其实也是一种肉体感受——书的封面设计、排版开本，包括其纸张的手感，甚至你的阅读姿势、阅读背景，都融合进你的阅读体验，跟书的内容融合在一起，所谓灵肉合一。这与恋爱一样，没有了书本这个可观可触的“躯壳”，你如何跟文字缱绻缠绵呢?

当我们回想起读过的某本书，总是一个实体，而不是一个虚名。当得到一本心仪的书，将它放入自己的书架，那种占有的满足感，真为人生一乐!

很喜爱旧时那种毛边线装书，触觉温暖，充满岁月痕迹，全手工的装帧，令书本显得自然简朴。旧时为凸版印刷，据说非常费工夫，用手工将铅字逐颗排好，反复检查，经一再试验调整，还需逐张印制，这又名“活字排版”，是中国四大发明之一。我是印刷工艺外行，但挺喜欢这个“活字”，使每个字都有独立的生命。现今的电脑排版固然划一整齐快捷，但现代化总给人一种冷冰冰的感觉。

阅读决不是工具，实在是一种享受。既是精神的，也是肉体的。

夏日偶感

时尚兴怀旧，各式同学会、校友会方兴未艾，最开心的是童年玩伴的聚会，那才是充满童真的回味！旧时的玩伴，经过半个多世纪的颠簸动荡，不少远走他国，遍布天涯海角，幸好有 e-mail，不能相聚，至少还联系得到；有些玩伴，真有芳踪无处觅之憾。譬如，萤火虫、叫哥哥、夜乌子（知了）……

萤火虫，我们这一代四十后乃至更早一点的已老去的孩子们的童年之梦，哪个不是与萤火虫有关的？早在民国时代的小学课本，已有儿童带着网兜捕捉萤火虫的配图和儿歌，坊间更流传很多有关萤火虫的谜语……萤火虫令我们的童年增添梦幻的色彩。在 20 世纪 50 年代我们年少时，萤火虫在市区已属很罕见，但在一些公园里还有，如我家附近的西康公园南阳公园，小小的也不收门票。虽位处中心区域，但那时入夜后的上海，街灯稀疏，行人也少。在园内草木茂盛处，常能见到一闪一烁的萤火虫漫天纷飞。暑假期间，我们常会与小朋友相约去那里看萤火虫，还随着一闪一闪的萤火虫奔跑，骚扰了不少在树丛深处喁喁私语的情侣。男孩们用纱布做的布兜捉萤火虫，然后放在一只光明牌奶粉广口玻璃瓶里。萤火虫在夜色中更显晶莹璀璨，令小小的我们联想到灰姑娘的水晶鞋。哥哥曾经捧回家这样一瓶约十五六只萤火虫，就像将天上的星星采下来放入瓶中一样，家里的老保姆却连声“罪过”，现在想想少不更事的我们真太罪过。萤火虫的生命已很短暂，大约也就这么一夜，还要剥夺它们的自由空间！

前几日七夕乞巧，据说深圳一带有商人出售瓶装的活萤火虫，售价约每只8元。一般一瓶至少要有50只起，也有一千只起计，这么昂贵依然生意旺火。据说网上订购更红火——男孩子将此作为鹊桥相会给女朋友的礼物呢！听似好浪漫，但真也十分“罪过”！当大自然的恩赐一旦沦为商品，浪漫的光泽也褪色了！

还有个玩伴是“叫哥哥”。暑日街头，常见有人挑着两大捆的用细竹编成小笼子串成的巨型“叫哥哥”笼，挑担人几乎隐在其中，远看就似两垛会移动的小竹笼。此起彼伏的“叫哥哥”声撒满长街小巷，成最生动的无本广告，后面尾随着一簇如痴如狂的小孩子们。好像5分钱连笼带一只叫哥哥，用根细绳一穿，就喜滋滋地跑回家了，挂在阳台的窗把手上。那时上海不能养宠物，叫哥哥成了我们小孩子最宝贝的宠物。叫哥哥声给闷热的夏日带来一片欢悦，特别午后敞开的窗外一片宁静，隔着竹帘，窗外的蝉声和家里的叫哥哥声一呼一应，有如催眠曲，躺在凉席上就这样不觉睡着了。一觉醒来叫哥哥仍与蝉声一唱一和，那白晃晃的日头已偏斜了。最喜欢给叫哥哥喂食，夏日西瓜多，切一条西瓜青瓢插入笼中，它会用前爪捧着吃；毛豆也是它爱吃的，吃得很绅士，啃成弧形的口子……叫哥哥养得好，可以养到中秋后，此时一身翠绿已从腹部开始渐渐泛为绛红。张爱玲也写过叫哥哥，看来她姑姑也喜欢养叫哥哥。夏日炎炎，老上海人家都有养叫哥哥的习俗，据说是为了“避惊”。因为夏日昼长，老人小孩很容易打盹小睡，最怕有突发的声响将老幼惊醒受吓，如一直有叫哥哥的叫声相伴，就可缓解突然的声响带来的惊吓。同时叫哥哥确实也给喧嚣的城市生活，带来一些郊野的雅趣！

我们年幼时虽无环保教育，但大人也教我们要善待生命。

而今随着城市郊野的日益被水泥蚕食，这些童年玩伴已销声匿迹！

再富也不要富孩子

与中国父母的“再穷，也不要穷孩子”相反，比尔·盖茨的名言是：“再富，也不要富孩子。”是他太有钱了，站着说话不腰疼吗？

笔者出生自银行世家，祖父程慕灏（1898—1991）29 岁起出任上海中国银行副行长，是上海中行有史以来最年轻的副行长。直至 80 岁从香港中国银行副行长位退休任顾问，是中行史上唯一一位跨新旧时代的高层管理。他是笃信“若要小囡好，常带三分饥和寒”的。他对后辈的教育是 3S：Saving（储蓄）、Spending（消费）和 Sharing（分享）。他是坚决反对当时很时兴的置地造楼，以保证后代可以躺在收租上悠闲一世之风的。

3S 中首要的是 Saving，身为银行家的祖父一世从来不炒金炒房炒股票、做投机，一来是避嫌疑，更因他从实践中确实悟出，长期的持恒的定时的储蓄的得益，岂但可观且又安全，还可养成自律和有备无患的人生态度。记得我参加工作时，一月工资 36 元（20 世纪 60 年代），扣除饭票交通费和零用，就去银行买贴花储蓄——相当现今的定投，如是到我结婚成家，户头上新钱老钱连本带息竟也有四位数，在 70 年代，也属一笔颇有分量的嫁妆压箱钱了！或受 3S 影响，我和先生从来不炒股不炒房，或许因此失却了很多致富机会，但股市楼市金融风暴起起落落与我们无关，可以静心读书写作观看人生风景。但定时定期的储蓄，却几十年如一日坚持着。当然现今储蓄不单仅存银行，但我们从来只认长线小利却稳定的产品。至今虽无大富，至少衣食无忧。

第二个 S（Spending）就是消费。理财不是要你一毛不拔，理财的最终目的是提高生活质量。消费是人生很重要的一个乐趣。只懂钱生钱，不懂消费，这样的人必铁公鸡一毛不拔，少朋友少社交。当然消费不等于挥霍，消费名牌也不等于就是炫耀，追求生活品质也是享受人生的一种方式。如何消费本身是一门生活美学，是我们愉悦人生很重要的保证。

Sharing 分享，钱财要有人与你一起分享，才有幸福感满足感和成就感。哪怕只是很小一笔年终奖，如能拿出来孝敬父母，给另一半买份礼物，给小辈一个惊喜……远远好过想方设法钱生钱！从大处讲，捐款、助人，也是一种分享。祖父送父亲入清心男中和中法大学，都是上海一流的学校，但让我父亲在大学时代就在某生物化验所兼职挣零用钱。而且祖父一生热心公益捐款，20 世纪 80 年代已年届九旬，仍以私蓄设立上海中行程慕灏奖金用于培养、激励新人。

3S 就是我从小学到的理财知识，今世今日 3S 或者有人觉得太 Out 了。2 月 16 日《新民晚报》的《如何打理压岁钿，问倒中小学教师》中指出，教师们由于缺乏金融理财等相关经验，难以应付学生提出的“银行加息了，到底存多长时期定期才合算？”“通货膨胀厉害，压岁钿买哪款理财产品更好？”于是有人质疑，教师培训多集中专业和教育心理，是否还要加强金融专业培训？中国孩子的理财教育，确实有待加强，但该如何正确理解理财教育？笔者认为，如果我们的教师专业之外再广学金融理财，是否有点本末颠倒、强差人意？不错，如果天真的小孩一个个都被教成巴尔扎克笔下的高老头那样的锱铢必争或少年老成，精于算计以钱赚钱之辈，这太可怕了！

我想，真正的理财教育，不是具体的教你钱生钱的操作细节和判断能力，这本身是很难教会的，否则，发财太容易了。我们要向年轻一代传授的，是对金钱的态度。

“慢递”的魅力

现今快递公司开得成行成市，快递还不够还要加急特快……所谓“时间就是金钱”，现今什么都要讲求快，“慢”似乎就是犯罪和窝囊无作为的代名词！为了抵抗这种令人深感重压的速度感，欧洲率先在20世纪六七十年代推出“慢活”文化。说到“慢活”，中国早有此传统，一些汉字如“悠悠”、“娓娓”、“渐渐”、“恬淡”等，都是赞美“慢活”的，三百年前的蒸汽机革命打破了宁静的“慢活”，今后工业时期的人们悟觉了——人生苦短，何必再埋头赶路而不顾细细欣赏四周的风景？

信不信由你，最信奉“时间就是金钱”的香港，在九龙旺角某商场，目前就开出一家“慢递”收费服务，专为客户慢递明信片，时间由客户自己订：数月数年甚至更久……在指定日子给你送到。

2010年秋天，笔者全身心体会了一次“慢递”所带来的享受。那是秦怡老师竭尽心血，亲力亲为而办成的《首届上海中外无声影片展》，那是一束来自默片时代的信息，历经八九十年风风雨雨，在电影已经进入3D时代之时，才“慢递”到上海影城。

默片，无声响无对白，老式的化妆和落后的制作工艺……能征服今天被高科技及丰厚的物质宠坏了的观众吗？深深佩服秦怡老师的执著和坚持，当她在美国被无声电影艺术魅力所折服时，她马上想到祖国的观众们不应当错过这样的艺术享受，无怨无悔地贴精力、财力和时间操办了我国电影史上划时代的这次影展。

在一次与秦怡老师的饭局上，第一次悉知秦老师的这番苦心举动，看到白发苍苍的老师如此激情动容的介绍她在美国的感受、又担忧不知影展能否成功，真为这位为中国电影事业和观众鞠躬尽瘁的艺术家感动。

等到观看了金焰和王人美合演的《野玫瑰》，那感人又十分生活化的细节，简单的光与影交织出堪属经典的镜头，今天看来，仍那样富有功力，朴实无华。因为是默片，一切表演尽在演员的眼神和肢体语言中，令他们高超的演技得到了淋漓的发挥。总觉得现在的电影对白太多，喋喋不休的，是分分秒秒都要霸占住观众的思维空间，留白太少，这似也是现代人的毛病——太过夸夸其谈，内敛不够。而五位特地从美国邀请来的音乐家现场即兴为影片配乐，那样默契而天衣无缝，弥合了国界、文化和时光的障碍，在无声中触碰我们的灵魂，用音乐把我们的感情释放出来，真佩服他们怎么能那样默契完美地诠释他们并不怎么熟悉的八九十年以前的中国故事，或许音乐真的可以超越时空和地域，当我们对自己的电影先驱日趋淡忘时，这些美国音乐家已在为中国无声影片《神女》等配乐并以 DVD 形式发行了，多亏有了秦怡老师这样一位有心人我们才能享受到那发自八九十年前的“慢递”，23 日那天，正逢倾盆大雨，当金焰与阮玲玉合演的《桃花泣血记》显出“剧终”两字时，全场观众自发起立长时间鼓掌，这掌声也是献给秦怡老师的。这里用得上一句泰戈尔的诗：你自己都不知道，你的礼物是多么美好！

快递带来的是物理性的纯传递动作，“慢递”却是化学性的触及心灵的震荡。快递是为当下服务，“慢递”是对过去的反思。

老校长

看80年前的默片《神女》，片中一位老校长，给我留下的深刻形象绝对不亚于由阮玲玉扮演的那位迫于生活而沦落的妓女。老校长戏份不多，且是无对白的默片，但他的眼神及肢体语言，无一不流露出作为一位知识分子对底层弱势学生的关怀及扶助之心。当然这是个影像人物，但肯定有生活依据。

校长，不是一份行政官职，只是一份职业，讲得浅薄点，一份赖以生存的职业，然从职业道德讲，是学校的灵魂。

“校长”一词应是舶来品，应该是伴着西风吹入中国，满打满算不过一百五六十年历史！

中国历史上的第一批校长，应该都为受西方文化熏陶的，将西方的教育体制为宗以国学为本办校治校，老百姓称为“洋学堂”的校长，校长虽为一校之长，但不是官位，只是职位。

《神女》中老校长微躬着背，一身西装，谦和温良。时值20世纪20年代，校长在教育尚不普及的中国，是广为百姓所敬佩和仰慕的。即便如此，在作母亲为妓女的学生家访时，仍看到他在门口脱下帽子，神态谦卑地轻轻叩门，这一细节显示这位校长的博大胸怀和对弱势群体的一视同仁！当众多学生家长和校董会一面倒不同意让妓女的儿子在该校读书时，他据理力争，终寡不敌众，为坚持“有教无类”的孔圣人之训，不惜辞职以明志！当女主角因失手打死流氓而入狱时，这位老校长主动探监并收养了她的儿子——他曾经的学生。

近百年的中国教育界，确实涌现出不少优秀的让其学生铭记一辈子的老校长，比如我祖父一直记得他在老家桐乡小学的徐校长。当时祖父与伯祖两兄弟都在桐乡小学上学，伯祖成绩优异，经校长推荐介绍入他同学任校长的杭州第一官立中学并享受奖学金，最后伯祖考入官费赴东京帝国大学留学。然曾祖父因家贫，虽赴日留学有官费，但家中指望已高中毕业的伯祖早点负担养家之任。徐校长得知此况，几次三番家访苦劝甚至流出眼泪，正所谓精诚所至，曾祖父终于答应了，但只好终止我祖父的学业，让他去学生意。面对同样是学业优秀的祖父，徐校长实在不舍得，看看曾祖父家境，要培养两个秀才，实在勉为其难……后来总算想到一个折中办法：仍由徐校长推荐至杭州省立簿记学校免学费及住宿费，学制为两年，祖父再持此学历去上海中国银行考练习生。从此，祖父在银行界服务了一辈子，并成为近代史上著名的银行家，解放后出任多届全国政协委员……而伯祖学成归来，开办了上海首家华资的、以中文命名各种指标专用名称的医药化验所，在医药界被奉为“中国微生物之父”。如果当时没有徐校长的引领，两兄弟早早辍学去学生意，则完全是另一种人生！

薛正女士从老上海的中西女中起到新上海的市三女中一直都任校长，一生未嫁，以校为家。我母亲是 1939 级的中西女中毕业，直到20世纪80年代薛校长去世，母亲和她的同学们每年都要去看望薛校长多次。

笔者母亲在要证明一个观点时，必会加上一句："薛校长讲的"，比如"女孩子可能生得不漂亮，但可以长得很漂亮……"比如"薛校长讲过，钻石固然晶璀华贵，但棱角太锐，太显锋芒，做人不可如钻石……"一个学生到暮年还能记住校长讲过的片言只语，可见校长教诲印象之深。母亲能讲出好多薛校长故事，比如抗战胜利后大批国民政府接收大员来到上海，他们不少极力欲将自己千金送进这所海上名媛学校，但因英文不过关，都被薛校长拒之门外，其中就有韩复渠的女儿。薛校长惜才爱才，有位王姓女学生成绩优秀，却不幸患上肺病，只好休学，此时离她高中毕业尚不到一年。此女生钢琴造诣颇高，而中西女中的音乐教学是亮点和特色。为了既可让女生安心养病又可让她及时拿到文凭，薛校长破例允许她在家边养病边习琴艺，只要通过学校的钢琴考核和音乐理论考核，一样可领到毕业文凭。该女生病愈后去美国康奈尔大学专修音乐教育，学成回国后，薛校长再聘她回母校任音乐教师，她带领的中西女中学生合唱团在比赛中连连得奖。

不明白为什么我对自己学生时代校长一点记忆都没有，连名字都不记得。后来做了一段时间老师，对校长感觉也只是个领导，仅此而已。现今，校长开始有自主权了，但隐约中，一些校长好像知识分子的儒雅与谦卑气淡泊了，有点如企业老总味道。校长现在大约也不会做家访了，与家长之间似已不是对等的。校长确为一校之长，但已不是学校的灵魂！

再回想到《神女》中那位老校长，虽距今已有八九十年之久，总觉得，他的形象非但一点没有 out，反而很值得我们反省……

一生最忠实的朋友
——书籍

我的阅读生涯开始得很早。在我少小时，有种绘得十分精美的彩色童话连环画：《白雪公主和七个小矮人》、《小红帽》等。听妈妈说，我很小时候就会一个人静静地翻阅小人书，虽然导致我今天深度近视眼，但我无悔无怨。

文字，除了具传达信息的功能外，本身就是一种艺术，是人的情感汇聚的升华。优雅流利的文字令人赏心悦目。文字既可以是波澜壮阔，也可以是涟漪片片，回环不绝。特别是中国的唐诗宋词，对文字的运用已达登峰造极之境，如“君不见黄河之水天上来，奔流到海不复回”，那种破空而来又急转而下之势，短短十几个方块字，就表现得如此尽致生动！

从小妈妈就对我说：“女孩子可以生得不漂亮，但可以长得很漂亮。”随着人生资历的日益加深，我总算明白了这句话。女孩子们为了美而减肥隆鼻开双眼皮无可非议，但别遗漏了最有效的一着：阅读。阅读会令男人女人都更优雅更添人格魅力。有一种魅力称风度，风度绝对不是天生的，而是后天修养而成的。修养风度的营养，很大部分就是来自阅读。

我们对人生的认识，都是从读童话开始。善良美丽的白雪公主、美人鱼、灰姑娘……是我们稚小心灵最初的憧憬。然后我们认识了安娜·卡列尼娜、包法利夫人、漂亮的朋友于连、《战争与和平》中的正人君子皮埃尔、贾宝玉、鲁智深、赵子龙……就是简单的白纸黑字，不靠什么美女俊男，也没有特别技巧，有如春雨润物悄无声，不知不觉中塑造着我们的灵魂。

阅读也是一种很好的心理治疗法，阅读能使我们在纷嘈的现世静下心。只要有书陪伴在侧，你永远不会觉得失落和孤独。我的手袋里总习惯放一本书，如是在餐厅等人时，或者在开会时间未到枯坐时，就可以拿出来翻阅。人说“等人心焦”，有本书陪伴着你，你就不会焦虑发火，达到自求心静的境界。

随着如今网络科技的发展，阅读之风似有很大的变化。当然，无纸阅读也是一种阅读方式，但我们常说的“书香”之感，则荡然无存了。现代都市人，在网上资讯大海洋中浮浮沉沉，又便捷还经济，但一书在手的那种感觉，是不可取代的。那一段一段地读，一页一页地翻阅，与网络的浏览寻觅十分不同。读书，作为一种阅读的整体，一件物件，它是立体的，且是可触可感的。

说到书香，现今真可谓难寻！我在中学时代就有逛旧书店的爱好。每天放学后去旧书店“做书钉”或淘过期的《大众电影》《上影画报》是我的嗜好。当时南京西路江宁路转角有一家上海旧书店，无疑是一个最好的图书馆。我在那里读完好多本托尔斯泰和屠格涅夫的著作。现今我们的书店被大商场和购物中心蚕食得渐见减少。不过幸好，上海还有“书城”。

写到这里，不禁觉得好有必要介绍一下香港的书店。随着香港对内地客自由行的开放，香港游已渐普及。如你有时间，不妨去见识一下港岛九龙的城邦书店。这是一幢已有80年历史的旧楼，白色方形支柱配着落地玻璃，港人俗称小白楼。书架全以希腊罗马风格建成，配合欧洲书店常见到的木楼梯及色调柔和的壁画，给人清雅、书香四溢的感觉。老板陈国华及太太兼书店总经理的吴芷琴为这爿颇有古典情趣的书室可谓操尽了心。它们认为书店的功能有别于其他商店。书店不是单一的银货两讫的销售，书店更重要的是要推广阅读，建立读者和作者之间的桥梁。然现实是严酷的，随着租金高涨，时下忙碌的都市人阅读频率的下降，就在笔者结束此文之际，已传来“城邦”书店欲撤离这幢小白楼的消息！

人说，岁月无情，然阅读却是最有情义的。社会文化和历史就是通过阅读，代代相传，继往开来。

你还找得到那把口琴吗？

日前誉满全球、纵横口琴乐坛逾半世纪的意大利口琴演奏家威利波格在香港演出，不消两天门票已全部售罄。演出之夜，尽是头发斑白的旧日口琴发烧友。香港仍存有几个自发的口琴会，老友相聚，分外亲切，场面温馨感人，是金融严冬下难得一见的春色。

与钢琴、小提琴这些主流乐器相比，口琴往往被视为很小儿科的玩意，且在交响乐队中根本排不上号，音乐学院也从未有口琴专业招生，故而，它似一直被忽略，在乐坛的身影有点清寂。

与小提琴钢琴相比，口琴其实是很年轻的乐器，它于1821年才诞生。其实在生活中，口琴却从来是人们的老朋友。但凡现今年届五十以上的先生们，只要家境不是太差，在他们的学生时代，口袋里必兜着一把口琴。在放学后的空教室里，操场的高低杠下，口琴男生三五成簇聚在一起，从《桑塔露琪亚》到《溜冰圆舞曲》……一一吹来。

今天的年轻人一定想象不出几把小小的口琴竟可以奏出管弦乐的气势。“文革”前笔者正值中学时代，有幸听过一场亚非拉专场音乐会，其中有一场口琴独奏，由钢琴伴奏，曲目是《鸽子》和《梭罗河》，这才知道清脆明快的口琴音色与钢琴是最佳搭配。另外，数十人同时合奏口琴，场面十分壮观。那晚的口琴大合奏我记忆犹新，琴声在双音与和弦两重音色间，在低音口琴的陪衬下，有种月光般的凄美，演奏的曲目是俄罗斯民歌《大草原》。

口琴入门十分容易，通常都是无师自通。我们学生时代，学校有口琴队，少年宫有口琴班……玩口琴完全出自个人对音乐的爱好，不存在任何家长旨意。玩钢琴小提琴在我们学生时代尚属贵族化的乐器，而口琴，只需省下几天的零用钱就可以自己解决，一圆驰骋广阔音乐殿堂之梦。当然，口琴要吹奏得专业，还是要经过专人教授。记得有位著名口琴教授石人望先生，赫赫有名。他不但教授口琴，还将众多世界名曲改编成口琴乐谱，将口琴的特色发挥得淋漓尽致。相比那位当今名驰口琴乐坛逾半世纪的意大利口琴名家威利波格，石人望早在六七十年前就吹红了上海滩。他一生都致力这把一尺不到的小小的口琴身上，我们研究上海史的，不应让石人望先生在上海城市近代史上缺席。不知他仍健在吗?

在什么都被贴上身份象征标签的今天，学生不是学钢琴就是学吹萨克斯风，吹口琴似显得太 out 了。殊不知，现今香港学界，口琴比赛每年一届，胜出者可参加两年一度的亚太区口琴赛，再胜出者可去德国参加四年一度的世界口琴比赛。香港不少名校都有口琴队，社会上有各种口琴会就是这些校友自发组成的，定期自行组织演出交流。已故著名音乐人黄霑生前也对口琴爱不释手。相比之下，内地的口琴声已无处可追寻。当年那潇洒地托着口琴搧着颤音的男生们今天都已是做爷爷的年纪了，你们还找得到当年的口琴吗？想想那欢快明亮又层次丰富的口琴声，其中满载着我们这代人单纯朴实的青春，纵然人世万物都有曲终人散之时，然一代人的记忆，犹如那缕清亮悠扬的口琴声，仍是如此悦耳动听！

钟摆人生

报载现今中国一些富贵人士颇有赴美产子之趋势，理由有几种，有的是计划生育超生，与其罚款，不如将孩子生在美国，既不占中国的生育配额，孩子还可以生来就是美国人；再有被自己身历的高考教育体制吓怕了，不想孩子再遭此罪；更有被美国完善的医疗福利所吸引，特别是美国公民上大学的低廉收费……芸芸种种，正如专职从事"赴美产子"的中介所述，赴美产子收得的效益，胜过抢银行！

中国传统，注重家谱宗族，乃至21世纪的今天，蒋经国两位非婚生子，都要认祖归宗。要说是因为想沾点蒋门之光，蒋家皇朝早已灰飞烟散了。想来真正原因，还是寻求血脉上的归宿。

当然，今天再也不会有那种腐迂的、以入不入外国籍作为爱不爱国的标准。国籍，只是一张证明你身份的纸；血脉，才是真正界定你生命之根的所在……

说到赴美生子之举，早在20世纪二战胜利后，特别在上海的上层社会中很风行一时。究其原因，最重要一条是，美国基于二战中华裔与美国公民合力浴血抗击法西斯的英勇表现，修改了华人不能入籍的旧移民法。另外，大战胜利后，美国在世界上形象空前高大。时值国内抗战虽胜利，仍觉前途未卜，此时若能弄到一个美国国籍，有如《2012》中已手持登上诺亚方舟的船票……

那时赴美产子似比今天方便得多。只要登上任何一艘美国邮轮，根据国际公约，就相当于登上美国国土，故而孩子生在美国邮轮上，一落地就自然拥有美国国籍。

抗战胜利后，上海至旧金山每月有两班船往返。乘船赴美生子似较乘飞机有更多优越性。船上航运约二十来天，笃悠悠的不必将生产日期克得太精确，邮轮一应设施齐全，肯出大价钱买张头等舱位，在船上做月子都舒舒服服。

上海我的同龄人（在大战胜利后出生）中，颇有一些出生在美国邮轮上的，比如当年大名鼎鼎的美国麦加利银行（现渣打银行）的大买办的大孙子，就是出生在美国威尔逊将军号上。按理，他就是个美国人了，他与我们和共和国一起成长——戴上红领巾，学雷锋争做好人好事……后来大家都人到中年时，他向我们如实道出：中国是不允许有双重国籍的，他曾有两个选择：如若选美国籍，根据50年代日内瓦一个什么公约——凡是1949年后滞留在中国大陆的外籍国民都可以回国。他那时是可以凭他的美国国籍赴美的，但年纪太小尚未成年，父母又不能与他同行，小小年纪去投奔美国亲友，父母舍不得，亲友也不敢负这个责。经再三考虑，父母代他放弃了美国籍。曾问他后悔吗？因为他是直到改革开放后以不惑之年，才再以美国出生证明赴美奋斗，比那时候要整整迟了二十几年！头发已斑白的他回答："不！那二十几年给我留下宝贵的与父母、手足共同生活的温馨记忆，且令我对自己身份认同十分踏实明白！”

他告诉我，身居异国最痛苦的就是身份认同，就像一只钟摆，时刻在两种截然不同的价值观中来回摆动。幸亏他去美国时身心已定型，有着明确的文化取向和身份的自我认同。

他在某州立图书馆亚洲部做个主任，看似已融入白人主流社会，但在美国属“少数民族”，回到中国来，却不属同胞，被称“华裔”。“这不是里外不是人吗？”他开玩笑地说。他认为拥有美国国籍的唯一好处就是可以竞选美国总统什么的。退休后他与太太拿老美的退休工资在上海养老，赛过活神仙。但是，国内看病、有企业聘他去发挥余热等，就都成问题了。不过毕竟回到文化之根，他这个假洋鬼子在上海老家生活得如鱼得水，这得拜谢他四十多年在上海的生活，不管手里持的那张纸是什么籍，心中始终明白自己根的所在。

现今新一代赴美产子的父母，必须为孩子在天平上称一称，一张纸质的身份证明与血脉传承的身份归宿，哪个更重？如果铁定要孩子做美国人，那你必须从小让孩子在美国长大，让他渐渐拥有自己的社交圈，从小接受美国的价值观和审美观，父母必须有一方陪伴着孩子或全家移民，索性让小孩子成为赵小兰、骆家辉、莫虎那样的“香蕉人”。如若让他在中国长大，即从小接受中国的传统文化和价值观，但身份却不是中国人，这会让未成年的孩子对身份归宿很迷茫。

当然他可以上国际学校，但那只是个人工制造的国际背景。成年后再回美国重新适应，他就要开始漫长而恍惚的钟摆人生。如若决定孩子定居中国，那当初何苦费那么大劲赴美生子？真为了省读美国大学的那几个学费？

所以，赴美生子这笔账绝对不是用数学公式算得出，数字只能算得出价格，却算不出价值。

价钱和价值

在一本励志性的书上读到这样一个小故事：一个拍卖会上，拍卖的是两枚全球仅存的一便士邮票（又称黑便士邮票），从 40 万美金起，节节上升最后一声“200 万”，令全场哑然。一位中年人在众目睽睽下，傲然拿下这两枚邮票。接下来发生的一幕令人吃惊，他掏出打火机烧掉了其中一枚——他是烧掉了 100 万美金呀！

此时，中年人扬声说：“现在，这是全世界独一无二的仅有的一枚黑便士邮票，我将这仅存的一枚再拿出来拍，看这枚唯一的黑便士邮票最终由谁来得？”

拍卖场内又是一阵骚动，最后这枚邮票被拍到 900 万美金。

这位先生烧掉其中一枚邮票，花费 200 万，但最后却赚了 700 万！文章最后以无比赞赏的语气说：你有没有胆量？你有没有他的信心和远瞻……？

读完这篇小文，我一点也不觉得这位先生的成功之道值得借鉴，所以我也永远不会发财致富吧！不错，烧掉一枚邮票，赚了 700 万，但是，那是多么珍贵的不可再生的邮票！为了这区区 700 万美金——当然这是一笔大数目，但 700 万美金总有法可以赚得，但那枚被故意烧毁的邮票纵使花尽全球的财产总和，也终不可复原。这里就牵入到一个价值与价格的问题；从价格上讲，这位先生盈利了 700 万美金，但从价值上讲，为区区 700 万美金，约合人民币 4 000 多万，不过是一幢上海豪宅别墅的价钱，但从此人类文明遗产却有一个永远无法弥补的缺陷。

他无权仗财大气粗如此肆意轻率地处理人类文明遗产！

我不喜欢这样的人，哪怕他赚钱本领再高。正因为我们有为数不少的只懂价钱不懂价值之辈，他们只看到地皮的价格在节节攀升，只看到同样一块面积的地皮上只造一幢花园洋房太浪费，连带在寸土尺金的地皮上种植花花草草也是浪费，不如造两幢三十几层的高层住宅，再以数万元一个平方将其分层出售，扣去拆迁赔偿，岂不是仍获利多多吗？这就如同那位烧掉珍贵邮票的仁兄，他们不知道城市老建筑是特定时代的产物，是不可再生的！多年前，就因为是那些只知价格不懂价值的人话事，虎丘路上世界仅存的如蒙古包特色的犹太教堂被拆除了，静安寺门口有“天下第九泉”之称的静安古井连带那块碑消失了，愚园路上盛宣怀的第一座私宅也被拆除了。西方民生介入影响上海市民生活的见证及几代上海人熟知的地标“三角地小菜场”和“西摩路小菜场”也消失了，石门路上挺有海派建筑特色的刘家大宅也被拆除了……那些只懂价格的人看不到这些旧建筑所承载的城市人文遗产的价值，因为它们是非物质的，所以不能称斤作两来估摸其价格。于是，就被轻率处理了，从而形成上海城市文化一个永远无法填补的遗憾。而那些取代它们的建筑，无非是一些商务楼或五星级大酒店，偌大上海处处都能找到他们安身立命之处，何必非要前者让位？唯一的解释是黄金地段的地皮价格令人心动，但他们却忽略了地皮上面的建筑的价值。

庆幸的是，近年来，上海成熟了，众多残旧的老厂房都被发掘出历史价值而得以华丽转身，重获新生！不过，还是要高度警惕这些持财肆行之辈！

绿钞票

绿钞票——美元也。因美元的票面颜色为绿幽幽的，老上海坊间，称其为“绿钞票”，犹如称金器为“黄货”一样。上海人讲起来海派，其实是十分谨慎忌露财的。所谓黄金美钞，百多年来一直被上海人视为硬通货。黄金是千百年来中国人早已默认的硬通货；美钞被奉为美金，成为众多钞票中唯一可以与黄金平起平坐的纸质货币还是近百年的事。

所谓美金，其实只是一张绿色的纸，何以会称之为“金”？中国人传统称货币为“金钱”，就是真金白银的意思，最起码也为“铜钿”（铜板）。所以百多年前上海开埠之初，对花花绿绿的外国钞票，是不信任的，除非加工光亮的实骨挺硬的沉甸甸的银元，因是外国银元，故又称“洋钿”。上海人至今还习惯称钞票为“洋钿”，如一块洋钿、六角洋钿。

随着越来越多洋人来上海寻机会，基于洋人大多流动性很大，以美金支领酬薪对他们更合适。事实证明，美金全世界通用，且在通货膨胀重压下，固若金汤，上海人开始认识美金的含金量；一时，顶抵房子（相当买居住权）、买卖房屋企业等大宗交易，上海人都相信以美金或金条交易。有些洋行为免换算之烦，干脆直接以美金支付薪酬。二次大战结束，美国威望空前高涨，再加上大批亚洲战场的美军取道上海返美，上海满街都是神气活现挥着绿油油美金消费的美国兵，一时，从理发店的美发师到夜总会看厕所的阿婶阿叔，都见识了美金，“绿钞票”之说，就此传开了。

二战结束，大批被日本人押关在集中营的英美人士历经折磨，终于捡回一条命，对东方巴黎再无眷恋之心，一心要回老家与亲人劫后团圆，他们在沪的产业都是以美金结算兑现的。现南京西路陕西北路口的英式公寓“花园公寓”，当年就是笔者祖父与另外两位银行家合资购下整条弄堂共 80 个住宅单位，包括弄堂的汽车间及南京西路沿街的铺面和楼上住宅，共为 90 万美金，以今人民币汇率 6.7 计算，同地段买一套三房二厅的都买不到！大战胜利后，我舅舅赴美深造，当时外公为广州中国银行副行长，舅舅也算个“官二代”吧，揣着 500 美金就去留学了，可见当年美金的含金量……

1949 年后外祖父一直闲赋在家，却仍过得悠闲滋润，大人说，幸亏舅舅在美国赚美金。中美虽然尚未建交，但美金仍可通过香港中国银行汇入。记得文革前，汇率为一美金二元几角人民币。那时为人民服务，有专人直接将人民币现钞送上门，其实是为了便于控制外汇防堵美金黑市交易。那时，私调外汇要抓去坐牢的！舅舅每月汇 50 美金尽孝，在 20 世纪五六十年代外公外婆笃定可以吃香喝辣，困难时期还有侨汇券，这是国家争取外汇的利国利民手段。至今我还保留有当年中国银行颁发的领收侨汇的小本子。

从来没有见识过“绿钞票”，直到尼克松访华后最初几批旅美亲戚回沪探亲，才零距离触摸到绿钞票；开面比人民币小，但触觉硬扎，票面也干净，那时人民币脏兮兮软塌塌的。信不信由你，唯美金数起来才有刷刷的数钞票声，刮拉松脆。

随着出国潮留学潮热，美金黑市牌价大明大方地拉升，最高曾达1∶10……然世事难料，随着人民币不断升值，美金的金本位威望开始动摇，美金的神话破灭了。但在老上海人心目中，美金仍是那样的美好。笔者一位94岁的忘年交是上海唯一还健在的当年麦加利银行的员工，任由美金一路贬值，他从来不甩兑，也不存银行。“我又不是上亿的，一点小数目，蚀得也有限，也犯不着一次次跑银行，闲时摸摸数数，也蛮有趣的……”他说。或者这些绿油油的美金，常会唤起他年富力壮时的峥嵘岁月的回味吧！

度身定做

21 世纪最大的特点之一，是个人空间得到空前的尊重和保护，尊重个性、保持个性，这本身是现代人文的一个重要标志。

当人的生活提升到一定层次后，我们对私密性和“自我”会越发重视，越来越讨厌人云亦云、一窝蜂、随大流，忌讳过着千人一面的生活方式，特别在上海这样一个大都会，百多年前就开始有了“度身定做”的专为个人服务的行业：当年上海老介福绸布庄有专售“独幅旗袍料”，即顾客可按个人对色彩、面料的要求，店方会专门去厂家为你特别设计织造一段衣料，独一无二的，仅此一段。相比裁缝的量体裁衣，这是十分奢华的度身定做。除了皮鞋衣服可以定制外，住宅建筑也有划测师为你度身定做。北京西路铜仁路口由邬达克设计的“绿屋”，就是“度身定做”的典型，在房子设计图出来之前，邬达克多次与屋主、上海颜料商吴同文共同进餐，揣摩他对新居的要求：时尚现代，独一无二的，却又要不违中国传统，三代同堂有祭祖家祠的居家文化。于是，一幢四层楼的外观超现代的 Art.Deco. 的，外墙用绿色瓷砖嵌镶（屋主吴同文的幸运色是绿色）的，内设家祠，楼内的暖气盖及楼梯扶手的图案花纹等一应细节都与中国传统元素呼应，配有舞厅、酒吧和私人网球场的地标性豪宅从此出现在上海版图上，并定格在上海近代城市建筑史上。这就是“度身定做”的功绩，令人佩服的是屋主的种种要求都实现了，尽管它们有的是对抗的，但都给建筑师和谐地融和一起，自然地体现出来。正如当年邬达克拍着胸膛对吴同文所预言：即使 50 年之后，保证这幢房子还是独一无二，超现代的。不会 out 的。

现在人大都抗拒全装修房，虽然价钱经济，但就因为缺乏个性。“装修”在英文不用 Decrat 而用“Fit”，可见其意在“适合”而不在什么“装饰”，这就是度身定做的意义了。度身定做的范围可涉及极广，私家车私房菜、私人医生私人教师（家庭教师）甚至私人律师、私人会计师、私人游泳池、私人网球场、私人会所，还有私人演出（唱堂会）……一个文明度越高的社会，它的私人服务范畴越广。

度身定做就是按照对方特定的需要及客观条件打造适合的服务需要。

世界进入 21 世纪，社会福利和生活水准空前提高，“度身定做”的私人服务不再是一小部分上流社会才能享受到，比如手机（私人电话专线）、个人网页、私车改装、指定发型师以及银行的私人理财服务，自由行旅游……一般工薪阶层都可享受到。讲究个性，张扬个性，已成 21 世纪大众普遍的追求。

度身定做，与其说是一种生活方式，不如说是一种生活态度。人类，毕竟是独立的生命，都有表述内心的欲望。我们常说的“人性化”，就是尊重人的这种自我表述的愿望。其实在工业革命前，资讯远没今天发达，人们反而过的就是度身定做的生活——按自己口味烤面包制奶酪酿酒蒸馒头打糕，规划房子布局……虽然粗糙，但因都是手工制作，所谓“我手诉我心”，是心情的流露。所谓“农家乐”！犹记得那时女孩子给情郎的定情物，就是一双亲手缝制的鞋：尺寸大小宽窄，一针一线，就是为着那一个“他”，与今天哪怕花四位数五位数，买双名牌皮鞋，你觉得哪个更奢侈？更真情？

蒸汽机的发明，将社会带入一个讲究效率、划一、大批量模式生产的工业时代，包括几百人共看一只拷贝电影共听一场演奏会的产业化娱乐，于是，手工的度身定做工艺和文化产品（如室内乐、私人影院、剧院包厢位等），就显得特别矜贵，为身份象征。

度身定做成为21世纪生活潮流之际，受到挑战的不仅是传统服务业的品质，说到底，最受挑战的还是我们自己。度身定做犹如将你的内心独白公之与众。“度身定做”的悄然兴起，不仅是考验我们的钱包，更是考核我们的审美品位和自信力。度身定做看似完全释放了对自我的束缚，但从另一角度讲，度身定做绝不是个人“欲求”的堆砌，要求我们更懂得取舍，更严格的自我约束和节制，度身定制一个更完美、自然的自我！

后记

缅怀故人，是对自己的反思。

不可能再出现另一个程乃珊，因为历史不可能重复20世纪40年代。

乃珊的母亲与张爱玲在圣约翰大学同学，同在一个大班上课，据乃珊母亲回忆，张爱玲文笔出众而且英语语法十分了得，故而张爱玲一直是乃珊心目中的偶像。平心而论，她们都是独特而不可取代的，正如荷兰的喜力啤酒，很甘味，同样是啤酒，与用崂山矿泉水酿制的青岛啤酒口味却不同。

乃珊离我们远去已四个年头了，她纪实的老上海的芸芸众生却时时会浮现在眼前。在重铸新上海时，学林出版社情有独钟地再版《上海探戈》《上海街情话》和《上海素描》，曹可凡先生和简平先生倾力作序，在此一并深表敬意和感谢！

风景就像一个女人，她有台风风眼一样的心胸，她的长发就像飓风，她的云唇犹如雨吻，洗涤大地，也为一个城市留下一段刻骨铭心的回忆。

严尔纯

2017年5月

图书在版编目（CIP）数据

上海素描 / 程乃珊著 .—上海：学林出版社，2017. 8

（程乃珊散文）

ISBN 978-7-5486-1227-8

Ⅰ . ①上… Ⅱ . ①程… Ⅲ . ①散文集—中国—当代 Ⅳ . ① I267

中国版本图书馆 CIP 数据核字（2017）第 124278 号

上海素描

作　　者——程乃珊
责任编辑——许钧伟
装帧设计——魏　来

出　　版—— 上海世纪出版股份有限公司
学林出版社（上海市钦州南路 81 号 3 楼）
电话：64515005　传真：64515005
发　　行—— 上海世纪出版股份有限公司发行中心
（上海市福建中路 193 号　www.ewen.cc）
印　　刷—— 上海叶大印务发展有限公司
开　　本——850 × 1168　1/32
印　　张——14.5
字　　数——26 万
版　　次—— 2017 年 8 月第 1 版
2017 年 8 月第 1 次印刷
书　　号——ISBN 978-7-5486-1227-8/I · 177
定　　价——46.80元